小学館文庫

緑陰深きところ

遠田潤子

小学館

目次

緑陰深きところ

序章　雛の家

「河童亭」の灯りを消してドアを開けると、生ぬるい春の夜風と共にサイレンの音が近づいてきた。

　胸の奥が締め付けられるような、生々しい音だ。三宅紘二郎は半開きのドアに手を掛けたまま、思わず立ちすくんだ。

　店の前を消防車が通り過ぎていった。途端にサイレンの音が低くなる。紘二郎は長い息を吐くと、のろのろとドアを閉めた。鍵を掛けようとしたが、うまく鍵穴に入らない。鍵を無理矢理に突っ込んで回すと、色の褪せた「本日は閉店しました」のプレートがカラカラ鳴った。俺はこの歳になっても、まだサイレン一つで動揺するのか、と思う。

　店から家までの距離が辛いと思うようになったのは、いつ頃からだろう。五十を超えた頃か？　それとも、六十を超えた頃か？　七十を超えた今では、もう辛いのが当たり前になっている。

紘二郎はうつむいたまま歩きはじめた。「河童亭」は明日は定休日だ。すこしゆっくりできる。疲れた足を引きずりながら、堺（さかい）筋を越えた。

車かバイク、せめて自転車でも買えばいい。だが結局なにもせずただ歩き続け、とうとうこの歳になってしまった。いつまで店を続けられるのかもわからず、今さら遅すぎる。

紘二郎がミナミの外れに店を開いたのは四十年以上前だ。カウンターだけのカレー屋だが、細々と続いている。今では、知る人ぞ知る老舗（しにせ）の名店ということになっているらしい。流行のスパイスカレーではない。大量のタマネギをひたすら炒（いた）めて作る牛すじカレーだ。元々、貧乏所帯の節約料理だった。

若い頃には、自分がカレー屋になるなど思ってもみなかった。カレーを作るとしても、それは家族のためだけのはずだった。だが、結局、家族は手に入らなかった。

松屋町筋（まつやまちすじ）を渡って、足を止めた。眼（め）の前の坂を見上げる。

上町（うえまち）台地は坂が多い。北は大阪城、南は住吉（すみよし）にかけての一帯は、平坦（へいたん）な低地の広がる大阪市内に突き出た鞍（くら）のようなものだ。商業施設、寺、オフィスビルが並ぶ間に、ふいに閑静なお屋敷町が現れる。大通りからすこし入れば、石畳の路地も階段もあった。雑多でありながら静かな町には、いたるところに坂がある。紘二郎の家はそんな台地の一角、四天王寺の北側にある。

ネイルサロンが見えてきた。昔、中島調剤薬局だった場所だ。

中島とは幼なじみで、高校の水泳部では互いに競い合う仲だった。中島はいつも紘二郎のスタートを褒めてくれた。

――三宅はスタートだけやったらオリンピック級やな。古橋広之進にも勝てる。

――スタートだけで悪かったな。でも、中島のフォームかてオリンピック級に綺麗や。

――見た目だけな。

プールサイドで「フジツボ」しながら、よく冗談を言い合ったものだ。

二年前、中島が肝ガンで入院したと聞き、見舞いに行ったことがある。すると、中島は管の刺さった手で顔を覆い、突然激しく泣き出した。

――三宅はスタートでタイムを稼げたな。ほんまにうらやましかった。僕はどんなに泳いでも速くなられへんかった。もう一度高校時代に戻って泳げたらな。スタートをやり直して、間違わずに、今度こそ……。

恩人である親友に掛ける言葉が見つからず、ただ立ち尽くした。病室を出ると、中島の妻が丁寧な礼を言い深々と頭を下げた。本人を前にするよりも胸が痛んだ。

その一ヶ月後、中島は死んだ。葬儀は身内だけで済ませた、と葉書が来た。

ふと思い出して羨ましくなることがある。中島には葬儀を出してくれる身内がいた。

だが、自分にはいない。

紘二郎は石段を上った。ふいに息が切れ、足を止めた。

今日は三月二十日。昭和三十九年のこの日、紘二郎は女と手を繋いで天王寺七坂の一つ、真言坂を駆け下り、くじを作った。あの頃は必ず幸せになれると思っていた。満ち足りた家庭を築けると信じていたのだ。

あれから五十有余年が過ぎ、昭和は終わり平成の世となった。今度はその平成も終わるという。五月一日からは改元されて新しい世になる。だが、紘二郎には確信があった。自分は過去に取り残されたままだ。なにも変わらない。

春のせいだ。サイレンのせいだ。厭なことばかり思い出す。

紘二郎は歯を食いしばりながら、歩き続けた。すると、石段の上から一組の母子が下りてきた。こんな遅い時間にどうしたのだろう。思わず足が止まった。

まだ若い母親は小さな女の子の手を引いている。笑いながら、なにか話しかけていた。女の子は嬉しくてたまらないのか、跳ねるように歩いている。膝から下にバネでも入っていそうだ。思わず紘二郎は眼を伏せた。その横を母と子がすれ違った瞬間、ふわりと甘い香りがした。桃の花の匂いだ。

通り過ぎてから気付いた。母子は花など持っていなかった。先程、息を乱したのは現実ではない。記憶の中の香りだ。

昨日のことは思い出せないが、昔のことなら思い出せる。

桃の香り。緋毛氈。年に一度、納戸から出してくる雛人形。子供の歓声。淡桃色の着物、紅の帯。紅を差した唇。菱餅。ぼんぼりの灯り。女の笑顔が揺れている。見たことがなくても憶えている。見たことがなくても忘れられない。

紘二郎は振り返った。だが、母子の姿はどこにもなかった。ただ闇の底へと続く石段が見えるだけだった。

瞬間、身体が震えた。あれは春の夜が見せた幸せな幻だったのだろうか。それとも自分の心が作り出した浅ましい未練なのだろうか。

のろのろ足を引きずりながら石段を上り切って角を曲がると、瓦を載せた石塀が見えた。突き当たりには太い大谷石の門柱が立っている。門柱には長方形のくぼみがあった。かつてはここに「三宅医院」と木製の表札が掛かっていた。能筆だった父が墨で大書した立派なものだった。

廃病院は物見高い連中にとっては、格好の暇つぶし場所らしい。夜中に肝試しにやってきて、家の前で騒いだり車のエンジンを掛けっぱなしにしたりした。紘二郎が住んでいることを知らずに塀を乗り越えて侵入してくる者までいて、警察を呼んだこともある。

錆びついた鉄の門扉を開けると、軋んで揺れながら酷い音を立てた。郵便受けをのぞくと、ダイレクトメールとピザ屋のチラシが入っている。いつも通りのゴミをつかんで玄関に向かおうとしたとき、ピザ屋のクーポンに引っかかった葉書に気付いた。絵葉書だ。雛人形の写真が印刷されている。正面から撮った男雛と女雛だ。宛名を確認すると三宅紘二郎殿とある。下半分の通信欄には達者な筆でこう記されていた。

花開萬人集
花盡一人無
但見雙黄鳥
緑陰深處呼

ふいに身体が動かなくなった。息もできない。周囲から音が消え、その代わりに遠い声が聞こえてきた。

——花開けば万人集まり　花尽くれば一人なし　ただ見る双黄鳥(そうこうちょう)　緑陰深き処(ところ)に呼ぶを。

父の声は朗々と深い。兄の声は初々しく澄んでいる。

眼の前に、ひんやりとした座敷が浮かんだ。畳の香り、見台や白い扇子までが鮮やかに蘇る。紘二郎は思わず呻いた。過去の記憶は圧倒的な暴力だ。容赦なく人の心を打ちのめす。

紘二郎の父の趣味は吟詠だった。子供の頃、紘二郎と兄はよく父の詩を聞かされ、稽古もさせられた。紘二郎はさっさと逃げ出したが、兄はかなり上手だった。

緑陰、深き処に呼ぶを――。

葉書に書かれていたのは、広瀬旭荘の「夏初遊櫻祠」の一節だ。紘二郎は気を取り直して葉書を読んだ。差出人は兄、三宅征太郎、住所は大分県日田市港町とある。

咸宜園か。日田には江戸末期、広瀬淡窓が開いた咸宜園という有名な塾があった。「夏初遊櫻祠」を作った旭荘は、淡窓の弟で二代目塾長だ。

見れば、ずいぶん古い葉書だ。写真は変色し、角は丸くなっている。抽斗の奥に眠っていた絵葉書を引っ張り出してきたのだろうか。消印は一昨日だった。

紘二郎は顔を歪めながら流麗な墨文字を眺めた。ため息が出るほど美しい、父譲りの筆運びだった。

桃の香り。緋毛氈。年に一度、納戸から出してくる雛人形。子供の歓声。淡桃色の着物、紅の帯。紅を差した唇。菱餅。ぼんぼりの灯り。揺れる女の笑顔――。

冷え切った家に入ると、明かりも点けず座敷の雛人形の前に座った。古い雛道具だ。

人形は黴臭く、緋毛氈は折り皺がつき、あちこちに染みと虫食いがある。随身の刀はない。子供の頃、紘二郎が遊んでいて壊してしまったからだ。酷く叱られたその日、ある女のことを知った。

紘二郎は三人官女に眼を遣った。島台を捧げ持った官女の装束には黒い染みがある。

「……睦子」

紘二郎は再び呻いた。黒い染みは血だ。兄が睦子の血で雛を汚したのだった。

昭和四十七年五月十三日の夜、大阪ミナミの千日デパートが焼けた。八十台を超える消防車が出動し、ミナミの空にサイレンが鳴り響いた。

その翌朝、この家で兄が家族を殺して無理心中を図った。兄は妻の睦子と寝たきりだった睦子の父を滅多刺しにし、五歳になる娘の桃子の首を縮緬帯で絞めた。三人を殺した後、兄は自分も死のうとしたが死にきれず、自ら通報して逮捕された。

千日デパート火災では百名を超える死者が出た。日本中が衝撃を受けたその陰で、兄の審理は粛々と進み、やがて判決が出た。死刑を免れた兄はそのまま服役した。

惨劇の後、三宅医院は閉院となった。紘二郎は住む人のいなくなった実家に戻り、一人で暮らしはじめた。廃病院は呪われた家、心霊スポットと様々に噂された。世間では紘二郎のことをこんなふうに言う者もいた。

――あんな恐ろしいことのあった家に平気で暮らすなんて、どんな神経をしているのだろう。よほど情け知らずで非常識な人間に違いない。なにを言われようと、言い返すことはしなかった。ただ、歯を食いしばって生き続けた。出所してからの兄とは完全に音信が絶えた。どこでどうやって暮らしているのか知らないままだった。

紘二郎はもう一度、葉書に書かれた「夏初遊櫻祠」を読んだ。

ただ見る双黄鳥　緑陰深き処に呼ぶを

双黄鳥とは二羽の鶯(うぐいす)のことだ。つがいの鳥、夫婦の象徴と読める。兄はこう言っているのだ。睦子は今でも自分のものだ。そして、自分は緑陰深きところで、静かで穏やかな日々を送っている、と。

そのとき、耳許(みみもと)で兄の声が聞こえたような気がした。

――紘二郎。死んでも睦子は私の妻や。決しておまえには渡さない。

一切容赦のない苛烈な声だった。己の正しさを疑ったことのない人間が発する声だ。

紘二郎は葉書を手にしたまま、庭へ降りた。桃の木の前に立つ。春の夜のしんとした気配の中にも、晴れやかな甘さが庭を満たしていた。身も心も、自分でも驚くくらい冴え渡っているのがわかった。

先ほど見た母子の幻は俺の決心を促すためのものだったのか。

すっぱりと身を引くことが睦子のためだと思っていた。未練など振り切り、なにもかもなかったことにしなければ、かえって苦しめるだけだと信じていた。だが、結局、睦子は幸せになれなかった。

それなのに、兄は自分一人、安穏と老後を送っている。そして、すべてを失って孤独に生きる紘二郎に当てつけるように、こんな葉書を寄こした。

桃の香りと兄の絵葉書のせいだ。これまで、無理矢理に閉ざしていた蓋が開いてしまった。溢れ出してくる。もう自分では止められない。

「今からあんたを」

兄はすでに罪を償った。死んだ者は決して生き返らない。許すことができない以上忘れるしかない。そう自分に言い聞かせて生きてきた。だが、そんな寛容がなんの役に立っただろう。不自然に心を押さえつけ、誰とも関わらずに生きてきた結果、頑なで孤独な老人ができあがった。望んだものをなに一つ手に入れることができず、なんのために生きてきたのかもわからない。だれも看取らず、だれにも看取られない人間、それが俺だ。

今、ようやくわかった。法や時の流れが許しても、たとえ神が許したとしても、俺は許すことなどできない。

遅すぎたことはわかっている。それでも、俺はやる。

濃桃(のうとう)の花の向こうに、どろりと垂れた闇が見えた。桃の香りを胸いっぱいに吸い込み、紘二郎は一言一言をはっきりと口にした。

「兄さん、今からあんたを殺しに行くよ」

第一章　令和元年五月十二日　大阪　四天王寺

朝一番での納車を頼んだが、十一時を過ぎても車は来なかった。

「先程もお電話した三宅紘二郎です。高橋さんは戻られましたか？　今朝、コンテッサを納車してもらうはずやが」

何度目かの電話を「イダテン・オート」に掛けた。だが、先ほどと同じ言葉が返ってきただけだ。

「申し訳ありません。ただ今、高橋は席を外しております。戻り次第、お届けに上がります」

電話を切ると、玄関に置いた旅行カバンを見下ろした。本当ならもうとっくに大阪を離れているはずだった。なのに、まだ家にいる。

兄を殺しに日田へ向かうと決め、紘二郎はコンテッサを探した。

一九六五年、コンテッサ1300クーペが日野自動車から発売された。デザインはイタリアの巨匠ミケロッティが手がけた。コンテッサとはイタリア語で伯爵夫人の意。

その名の通り、流れるようなボディラインの実に優美な車だった。

水冷四気筒エンジンをリアに積み、フロアシフトの四速トランスミッション、最高速度は百四十五キロ。ブレーキは前がディスクで後ろがドラム。フロントのトランクルーム、左右に二つずつ付いた丸いヘッドライトや、テールのグリルが印象的だ。

いくつもの中古車ディーラーを回り、状態のいいものを探してもらった。なにせ相当な旧車なので、なかなか見つからない。探し始めて一ヶ月が過ぎたとき「イダテン・オート」から連絡があった。そこから納車までさらに半月。今日がどれほど待ち遠しかったことか。

「河童亭」には閉店の張り紙をした。休業にするべきか迷ったが、覚悟を決めるために退路を断つことにした。

旅の支度は簡単だった。わずかながらの蓄えと、数枚の着替え、身の回りの物をバッグ一つに詰めるとそれで終わりだ。

苛々（いらいら）しながら待ち続け、ようやくコンテッサが届いたのは昼過ぎだった。現れた高橋を見て、紘二郎は驚いた。髪はボサボサ、スーツは皺だらけ。だらしなくシャツのボタンを開けて、ネクタイもない。最初に接客してくれたときにはこうではなかった。もっと礼儀正しかったし、懸命だった。一体なにがあったのだろう。

「朝イチという約束やったが」

不快をあらわにしたが、高橋は悪びれたふうもない。

「申し訳ありません。今朝から人手が足りませんで」

投げやりな口調で詫びると、面倒くさそうに書類を取り出した。

日付を書き込む欄には「平成」の上に「令和」の訂正印が押してある。ふっと感慨に囚われた。「昭和」「平成」「令和」と三代にわたって自分は生きている。「昭和」に生まれて「昭和」に死んだ者もいるのにだ。

すべての手続きが終わって車を受け取ったときには、もう二時を回っていた。高橋は書類を乱暴にカバンに突っ込み、唾でも吐きそうな勢いで言った。

「オレ、今日であの店、辞めるんすよ。まあ、なにかあったら、だれか別の人が対応しますんで」

挨拶もせず行ってしまった。紘二郎はしばらく呆気にとられていたが、気を取り直して眼の前の車を眺めた。

五十年ぶりに見るコンテッサだ。深いワインレッドは記憶のままの鮮やかさだった。正面のエンブレムを撫でていると、胸が詰まってふっと眼の前が滲んだ。愚かなこだわりか。見苦しい執着か。だが、あのとき、俺は本当にこの車が欲しかった。ワインレッドのコンテッサに乗って、睦子を迎えにいく夢を見ていた。

当時のままで、と注文を付けた。だから、計器類はアナログで、エアコンはなくヒーターだけ。ただ一つ、追加して貰ったのはシートベルトだ。

もともとコンテッサにはシートベルトがない。法令上も、昭和四十四年三月以前に製造された車はシートベルトなしでも違反ではなく、現在でも公道を走ることができる。だが、安全という観点から見れば問題が大ありだ。兄を殺す前に事故でこちらが死んではたまらないので、新しく取り付けて貰った。

「……運転席だけでええのに」

紘二郎はため息をついた。シートベルトを、と頼んだだけだったので、勝手に助手席にも後部座席にも付けられていた。だが、この車に誰かを乗せることなどない。無駄なことだ。

フロントのトランクルームに荷物を積んで、紘二郎はコンテッサの細いステアリングを握った。最後に車を運転したのはずいぶん前だ。緊張で胸が苦しくなってきた。

今は五月、緑陰の美しい季節だ。睦子を迎えに行くはずの車で兄を殺しに行く。身体が震えたのは怯えではない。武者震いだ。旅の出発地点と決めた四天王寺に向かう。なにもかも、あの場所からはじまったからだ。

走りはじめてすぐに紘二郎は見通しの甘さに気付いた。旧車の宿命か、コンテッサは少々扱いづらい車だった。ほとんどペーパードライバーの紘二郎には荷が重い。伯爵夫人という名の通り気位の高いコンテッサは、素直に言うことをきくつもりはないらしく、やたらとステアリングが重い。押さえ込んでいないと、ふらふらと勝手なことをしそうに感じる。のろのろと走るだけで、神経がすり減るようだった。

四天王寺の駐車場に着いた頃には、もう疲れ切っていた。こんな有様で、果たして九州までたどり着けるのだろうか。

　朱塗りの門をくぐって辺りを見回し、そこで足が止まった。憶えている光景と違う。たしか、大昔に来たときは石の鳥居をくぐったはずだ。遠い記憶をたどったが自信が持てない。家のごく近所にありながら、五十年以上足を踏み入れなかったからだ。近くにいた僧侶に訊(たず)ねた。

「すみません。たしか、昔来たときは石の鳥居から入ったはずやが」

「ああ、石の鳥居は西門になります。ここは南大門。中へ入って左の方へ進んでください」

　礼を言って再び歩き出そうとしたとき、背後が騒がしくなった。

　駐車場入口手前にタクシーが駐(と)まっている。後部座席のドアは開いたままで、そのそばで客らしい若い男と運転手が揉(も)めていた。客はひょろひょろと痩せて背が高く、金色の頭がきらきらと輝いていた。

「絶対払います。そやから、すこしだけ待ってください」

　外国人にしては日本語が達者だ。金髪男はフード付きの白のパーカーを着ている。

ほとんど白に近いほどの金髪が、やたらと人目を引いた。

「いや、待たれへん。銀行にもないて言うたやないか。どうやって払うんや」

「お願いします。今すこしだけ待ってください。なんとかして必ず払いますから」

金髪が焦った様子で辺りを見渡し、紘二郎を見つけるとぱっと笑った。マリリン・モンロー並みのプラチナブロンドが風を受けて光ると、一瞬胸が締めつけられた。

紘二郎は勘違いに気付いた。金髪男はどう見ても日本人だった。ただ髪を染めているだけだ。

「あ、よかった。間に合った」

金髪男はこちらに駆け寄ろうとする。だが、運転手に肩をつかまれ引き戻された。

「ちょっと、あんた。逃げる気か?」

「逃げません。でも、ちょっと……」金髪が身体をねじって、紘二郎に向かって言った。「すみません。大事な話があるんです」

金髪男の顔をまじまじと見る。色白、細面。それなりに整っている部類だろう。だが、まったく見覚えがない。

胡散臭い男と関わりあいたくない。日田行きを前にして、面倒は御免だ。紘二郎は背を向け、西門へと向かおうとした。

「三宅さん、待ってください。その車はダメなんです」金髪男が叫んだ。

アスファルトの駐車場に哀しげで痛々しい声が響いた。紘二郎は思わず足を止め振り向いた。

「三宅紘二郎さん、僕はあなたにお詫びをせなあかんのです」

金髪男はかすれた声で訴えた。今、紘二郎に詫びなければ死んでしまう、といった眼をしている。

詫びとは？　と訊ねようとしたとき、運転手が苛々と金髪男の腕を引っ張った。

「おたくらの話はどうでもええ。とにかく料金を払てくれるか」

「必ず払います。そやから、ちょっとだけ待ってください。お願いします」

お願いしますと繰り返し、男は深く頭を下げた。だが、その金髪頭はバカバカしいほど軽くて綺麗で、謝罪にはまるで向いていなかった。

紘二郎は胸が苦しくなった。若い頃、こうやって頭を下げたことがあった。何度も何度も頭を下げ、挙げ句は土下座までして懇願した。だが、望みは聞き入れられなかった。真心や誠心誠意という言葉がただの綺麗事だと思い知らされた瞬間だった。

――お願いします、兄さん。一生のお願いや。頼む。兄さん。頼むから……。

払う義理などない。関わるべきでもない。それがわかっていながら、紘二郎は思わず内ポケットの財布に手を掛けていた。

「その男が踏み倒した運賃、俺が払う」

なぜこんなバカなことをしている？　財布から紙幣を取り出しながらも、自分のしていることが信じられなかった。

「七百六十円です」運転手がほっとした顔で言う。

「七百六十円？　たったそれだけか？」

驚いて金髪男を見る。すると、男は顔を赤らめ、恥ずかしそうにうつむいた。どうやら、本当に無一文らしい。呆れながら言われた料金を支払うと、タクシーはそそくさと行ってしまった。

「本当にありがとうございました」

金髪男が深々と頭を下げた。紘二郎はじっと男を観察した。やはり見覚えがない。

「君はなぜ俺の名前を知ってるんや」

「それは……」金髪男は一瞬ためらった後、覚悟を決めたふうに口を開いた。「僕は蓬萊リュウといいます。三宅さんに直接お目に掛かるのはこれがはじめてです」

「蓬萊リュウ？」ずいぶんめでたい名前だが聞き覚えがない。

「三宅さんがこのコンテッサに乗る前にお話しせな、と思てご自宅にうかがったんですが、ちょうどお出かけのところで」リュウは頭に手をやった。髪を一束つかんでぐっと引っ張る。「慌ててタクシーつかまえて、なんとか追いかけてきたんです。目立つ車やし、三宅さんがゆっくり走ってたんで助かりました。でも、乗ってからお金がないことに気付いて」

リュウは髪を引っ張りながら、照れくさそうに笑った。そして、髪から手を放すと真面目な顔になって言った。

「実は、このコンテッサはニコイチなんです」

「ニコイチ？」

「もともとニコイチいうのは、二台で一台いうことです。単純な言い方をすると、前半分が壊れて後ろ半分が無事な車と、前半分が無事で後ろ半分が壊れた車があるとする。それぞれを半分に切断して、きれいなところ同士を接合して一台にする。つまり、事故車なんかのパーツを寄せ集めた車いうことです」

「ちょっと待った。このコンテッサ、事故歴なし、修復歴なし、と聞いたが」

「全部嘘です」

「なに？」

紘二郎は愕然としてリュウの顔を見つめた。

「別の車のパーツを入れることは、部品供給のない旧車では普通のことです。ニコイチなんて珍しくない。大抵の車はちゃんとしてます。でも、このコンテッサは違う。まともなのは見た目だけ。かなり粗悪な部類の接合車なんです」

「まさか」

「本当です。そのコンテッサは剛性やアライメントに問題があります。すこしふらつきませんでしたか？」

「多少、違和感があったが……」

「走行性能の問題だけやないんです。そのニコイチ車は価値がありません。接合車はオークションに出せません。つまり市場価値はゼロ。非常に悪質な詐欺です」

かあっと頭に血が上るのがわかった。今朝、納車に来た高橋という男は会社を辞めるのだと言っていた。詐欺がバレてクビになったのか。それとも、バレる前に逃げたということか。

「君はなぜそんなことを知ってるんや？　『イダテン・オート』の人間か？」

「すこし前まで僕はあの店の店長でした。僕がニコイチ車を売るように指示したんです。本当に申し訳ありません」

リュウが深々と頭を下げた。ほとんど直角に折れ曲がった金髪男を見下ろしながら、紘二郎の身体は怒りで震えた。

「なぜ、そんな車を売りつけた？」

コンテッサ。五十年前、手に入れようとして手に入れられなかった車だ。この歳になってようやく手に入ったと喜んでいたのに。

「すみません」

「すみません、で済むか」

大声で怒鳴ると、門のところにいた若い僧侶がこちらを見た。トラブルを警戒したのか、様子をうかがっている。まずい、と思った。日田へ行く前に騒ぎは起こしたくない。紘二郎は深呼吸をして、懸命に心を落ち着けた。

「本当に申し訳ありません。すべて僕の責任です。本来なら代金をお返しして、新しい車をご用意するところなんですが……」リュウは喉を詰まらせ、咳（せ）き込んだ。「すみません、無一文なので、僕にはそれができず」

ぐだぐだと言い訳を続ける男に我慢ができなくなった。乱暴に押しのけると、リュウはバランスを崩して尻餅をついた。

「三宅さん、本当に申し訳ありません」

尻餅をついたまま、紘二郎を見上げた。顔を歪め、泣き出しそうな顔で言う。

たとえリュウ個人の犯罪だったとしても、「イダテン・オート」に責任がある。詐欺に遭った、と被害届を出すべきだ。だが、警察沙汰は避けたい。それに、ようやく見つけたワインレッドのコンテッサだ。これを諦めると、次は一体いつになるだろう。最優先すべきは兄を殺すことだ。紘二郎は心を決めた。警察には行かない。このままニコイチのコンテッサで日田に向かう。そして、兄を殺す。

歯を食いしばってコンテッサのドアに手を掛けた。手に入れたときの高揚など、もう欠片も残っていない。今あるのは「兄を殺さなければ」というただの妄執だ。五十年間、淀みきった心に堆積した泥濘だ。

「本当に申し訳ありません……」

謝り続けるリュウを無視してコンテッサのドアを開けた。すると、リュウが紘二郎の腕をつかんで引き留めた。

「三宅さん。その車はだめです。乗ったらあかん」

「今さらもう遅い」

乱暴に腕を振り払いコンテッサに乗り込んだ。瞬間、リュウの眼に絶望が浮かんだ。

「……三宅さん、お願いです……」

リュウが窓を叩いているが、無視してエンジンを掛けた。右折禁止の看板があったが強引に右に出る。そのまま谷町筋を目指した。

しまった、と思う。四天王寺では二つ大事な用事があった。そのどちらも済んでいない。だが、今戻ればまたあの男と会う。うっとうしい。

そのとき、ミラーにリュウが映った。走って追いかけてくる。紘二郎は驚いてミラーをのぞき込んだ。リュウがよろめいて、ガードレールにぶつかるのが見えた。なにか絶望的な顔で叫んでいる。再び走り出そうとして倒れ込んだ。そのまま起き上がってこない。

紘二郎は息を呑(の)んだ。思わずブレーキを踏む。瞬間、後ろからクラクションを鳴らされた。慌ててアクセルを踏む。スピードを上げると、車体がふらついたような気がした。

やがて、前方に緑の道路標識が見えた。高速道路入口を示す案内だ。えびす町ランプから阪神高速環状線に入る。次はこのまま池田線に向かい、その先の中国道を目指すだけだ。

大阪から日田までほぼ七百キロ。不良品のニコイチ車を一人で運転しなければならない。集中しなければ、と紘二郎は自分に言い聞かせた。余計なことを考えるな。あの男のことなど気にするな。

なのに、よろめきながら走るリュウの姿が忘れられない。白っぽい金髪がきらきら光っていた。すがるような眼で紘二郎を見た。そして、叫んで、倒れた。

眼の前に分岐が近づいてきた。このままのレーンを走れば池田線に入る。その先は中国道へと続いていた。車線変更して分岐を右に行けば環状線だ。ぐるりと一周して再び元の場所まで戻る。

ウィンカーに手を伸ばし、紘二郎は逡巡(しゅんじゅん)した。

「……阿呆(あほ)か」

己の愚かさに毒づきながらウィンカーを右に倒した。環状線を一周だ。

どうしてもリュウの姿が忘れられない。あの男はなぜ、あんなにも必死なのだろうか。

——三宅さん。

あの男は何度、俺の名を呼んだだろう。ここ何十年の間、あれほど真剣に俺の名を呼んだ人間がいただろうか。

男が倒れ込んだ歩道まで戻って来た。ゆっくりとコンテッサを走らせながら、金髪頭を探す。だが、どこにも見えない。見つけられないまま、とうとう四天王寺まで戻ってきた。再び駐車場にコンテッサを駐め、辺りを見回す。すると、南大門の下に座り込んでいるリュウを見つけた。紘二郎はほっとして、歩み寄った。

「おい」

リュウがのろのろと顔を上げた。紘二郎は声を上げそうになった。その顔は真っ青で、ひどく汗をかいていた。

「……三宅さん、戻ってきてくれはったんですか。ああ、よかった……」

リュウが青い顔のまま笑った。本当に嬉しそうだった。一瞬、紘二郎は胸を突かれた。

「気分でも悪いんか?」

「いえ、大丈夫です」リュウはそこで言葉を切って、息をついた。「久しぶりに走ったら息が上がって、ふらふらして……。全力疾走したたんはほんまに何年ぶりやろ、ってくらいやから」

「若いくせにだらしない」

照れ隠しに憎まれ口を叩く。だが、リュウはいやな顔ひとつしなかった。ただ、ほんのすこし居心地悪そうに微笑んだだけだった。

「厳しいなあ。でも、ほんまに疲れたんですよ」

リュウの金色の頭が陽を浴びて赤茶けて見えた。思わず紘二郎は眼を細めた。

遠い過去が蘇る。銅鍋。安アパートには不釣り合いな銅鍋。あの頃、たった一つしかない鍋で、睦子は煮物も汁も粥もなんでも作ってくれた。そのお返しに、紘二郎はカレーを作ったのだった。

「……とにかく、戻ってきてくれて、ほんまにありがとうございました。タクシー代ですが、今はないけどなんとかして絶対払いますから」

大真面目にリュウが頭を下げる姿で、過去から引き戻された。

「さっき銀行にもないとか言うてたやろ」

「……実は今、ホームレスなんです」

「ホームレス？」

まじまじとリュウを見た。おかしな話だ。店長ならそれなりに稼いでいたはずだ。

きちんと貯金をしていれば、仕事を辞めた途端にホームレスになるはずがない。

「いろいろあって一文無しで……」リュウは照れくさそうに笑っていた。

悪い男には見えないが軽薄な金髪頭を見る限り、やはりいい加減な生活をしていたのだろう。自業自得だ。

「タクシー代はいらん。なにがあったか知らんが、さっさと仕事を見つけろ」

「ありがとうございます」

リュウは素直に頭を下げた。紘二郎は軽い苛立ちを感じた。この男はなにを言われても、ゆらゆらふにゃふにゃしている。金髪頭は風に揺れる麦の穂といったふうだ。過ちを犯していることに気付かない。なんとかなる、という根拠のない自信にあふれている。

お前は間違っている、と紘二郎は思った。若い日の時間は決して戻らない。一度失ったものは二度と取り返すことができない。そして、後悔し続ける人生は辛い。なぜ、それに気付かない？

金髪頭を見ていると、どんどん苛々してきた。こんな奴に関わっても仕方がない。紘二郎は背を向け、歩き出した。

「あ、待ってください。あの車はやめてください」

やはり追いかけてくるが、無視して歩き続けた。

「三宅さん。考え直してください。なにかあったら取り返しがつかへんのです」

「これ以上つきまとうなら警察に行く」あまりのしつこさに、振り向いて大きな声で言った。「君が逮捕されたら、君は平気でも親兄弟に迷惑が掛かるぞ」

リュウがはっと足を止めた。途方に暮れた顔でこちらを見ている。無視して再び歩き出した。

前方に朱塗りの西大門が見えてきた。知らぬ間に足取りが速くなる。すこし息が弾んだ。

西大門の太い柱には舵輪のようなものが取り付けてある。転法輪だ。「自浄其意」と唱えて右に回せば、心が清浄になるという。

転法輪の前に立ち、息を整えた。手を合わせ、眼を閉じる。

「自浄其意」

小さな声で唱え、紘二郎は軽く輪を回した。金属製の輪はひやりと冷たい。わずかに背筋がぞくりとした。

あの日、睦子と二人で転法輪を回した。ここからすべてがはじまった。そして、今でも輪は回り続けている。清浄とは逆の方向へだ。

紘二郎は歯を食いしばって大門を抜け、先にある石の鳥居を目指した。

「ねえ、三宅さん」

後ろでリュウの声がした。かっとして振り返ると、リュウは呑気な顔で石の鳥居を見上げていた。

「さっきから気になってたんですが、寺に鳥居があるんは変やと思いませんか」

瞬間、息が止まりそうになった。呆然と見返すと、リュウは恥ずかしそうに眼を伏せた。

「すみません。僕は教養がないもんで」

動揺を隠して、胸の煙草に手を伸ばした。震える手で火を点ける。

「寺に鳥居があってもおかしくない。そもそも鳥居はインドから伝わったもので、結界を示してる。神社に限ったものやない」

「へえ、そうなんですか。知りませんでした」

リュウが軽く咳をした。見ると、風向きのせいで煙がリュウの顔のあたりへ流れている。背を向け、風下に移動した。

「……たとえば、説経節の『信徳丸』や『山椒大夫』では四天王寺が重要な役割を果たしてる。信徳丸はここで女に見初められた。厨子王は足が不自由になったが、この石鳥居にすがりついて拝むと再び歩けるようになった」

「ほんまですか？　そんな御利益があるんやったら、僕もやってみます」

リュウは石の鳥居に近づくと、大真面目な顔で抱きついた。過去が蘇る。苦しくなって眼を逸らした。

「信心のないものには無理や」

「やっぱりそうですか。残念やなあ」リュウは名残惜しそうに手を離した。それでも、まだ御利益に未練があるらしく、じっと鳥居を見上げている。金髪が夕陽に照らされ赤茶に染まっていた。

「銅鍋頭」

「え？」

　リュウが不思議そうな顔で紘二郎を見たが、無視して寺を出る。四天王寺を出発点にした以上、もう一つ、やらなければならないことがある。「釣鐘屋」で釣鐘まんじゅうを買うことだ。まだ店があればいいが、と紘二郎は急ぎ足で参道を歩いた。

　やがて、記憶のままの店が見えてきた。店の奥では昔と同じように、今でも一つ一つ饅頭を手焼きしている。紘二郎が饅頭を買ったのは二回。十六歳の夏と十七歳の夏だった。

　蟬の声、夕立。寺町、石畳の坂。濡れた髪、濡れたワンピース、そして、愛染かつら。

　夕陽が眼に入った。銅鍋頭を照らしている、現実に引き戻された。この男はホームレスだと言っていた。今夜は野宿か？　一文無しらしいが食事はどうするのだろう。

いや、甘やかしてはいけない。まだ若いから仕事などいくらでもある。彼は怠けているだけだ。なにもかも自業自得だ。

「五個入りを二つ」

なのに、気付くとそう言っていた。リュウはすこし離れたところに手持ち無沙汰な様子で立っている。紘二郎から離れるつもりはないらしい。

「間違えて二つ買うた」買った饅頭を一袋差し出した。

「いいんですか?」

「年寄りに十個も食べろと?」

「ほんまにありがとうございます。実は一度食べてみたいと思てたんです」

饅頭を渡すと、紘二郎は駐車場に向かった。リュウは当然のようについてくる。

一つため息をついて足を止め、振り向いた。

「これから君はどうする?」

「とりあえずコンテッサを追いかけます」

「俺がどこまで行くんか知ってるんか?」

「どこまで行くんですか?」

「大分、日田市や。途中、倉敷にも寄る。君は九州まで走る気か?」

「九州?」リュウは絶句し、しばらく黙っていたが、やがて悲愴な表情をした。「……

走ります」

「なんでそこまでするんや」紘二郎は呆れて大声を上げた。

「僕と三宅さんの間には不思議な力が働いてるんです」

「不思議な力？」

「それは……」リュウがまた口ごもった。「とにかく、僕が三宅さんに車を売ることになったんは偶然やないと思うんです」

「くだらん。ただの偶然や」

「違います。ちゃんと意味があるんです。迷惑やとはわかってます。でも、僕はニコイチ車を売った責任があるんです。三宅さんの旅を見届けなあかんのです」

リュウがきっぱりと言い切った。なんという眼をするのだろう。軽薄な金髪頭の下で憑かれたように輝く、痛々しいほど真摯な眼だ。紘二郎は当惑し、言葉が出なかった。

この男は若い頃の俺だ。人生に意味があると信じている。詫びれば許されると信じている。だが、きっといつか気付かされる。人生には意味などないこと、どれだけ詫びても償うことのできない罪があることを。そのときには、もうなにもかも取り返しがつかなくなっているのだ。

真っ直ぐにこちらを見つめるリュウの眼が苦しかった。紘二郎は混乱したまま立ち尽くしていた。この男を見ていると、若い頃の愚かな自分を見るようで苛立たしくて腹が立つ。いたたまれなくて逃げ出したくなる。なのに、できない。ちりちりと胸が痛む。

「釣鐘まんじゅうは取っとけ。それより晩飯をつきおうてくれ」

くそ、と紘二郎は心の中で舌打ちした。

「え、でも」

「どうせ追いかけてくるんやろ？　途中でぶっ倒れられたら寝覚めが悪い」

「三宅さん、でもそこまでしてもらう理由がありません」

「ごちゃごちゃ言うな。肉か魚か、どっちや？」

リュウはしばらくの間、呆然と紘二郎を見ていた。それから、ふわっと笑った。

「ありがとうございます。じゃあ、肉を」

思わずはっと息を呑んだ。今、なにか舞い降りたのか、それとも舞い上がったのか。頼りないが柔らかな軽さだ。天には届かないが、地に縛り付けられることもない。もどかしい高さをゆらゆらと漂うなにかを感じた。

リュウの笑みには、心地よい浮遊感と胸が締め付けられるような寂しさがあった。

車をコインパーキングに入れ、天王寺駅北口近くの小さな焼肉屋に入った。昔ながらの七輪で炭をおこして肉を焼く店だ。店内は煙だらけで、大きな音を立てて換気扇が回っているが到底追いつかない。

「ビールでも飲むか？」

「いえ、僕はお酒はちょっと」

下戸らしい。紘二郎も運転がある。二人してウーロン茶を頼み、適当に肉を頼んだ。

そのときリュウがリュックのポケットから漆塗りの箸箱を取り出した。

「君は自分の箸を持ち歩いてるんか？」

一文無しのホームレスに漆塗りの箸箱とは、ずいぶんおかしな気がした。よほどの潔癖症か、それとも今流行り（はやり）のエコというやつだろうか。

「これ、持ち方矯正用の箸なんです」

ほら、とリュウが差し出した箸には、斜めのくぼみがついていた。しかも、一本ずつ位置がずれている。

「ここのくぼみに親指の付け根がくるようにして、上の箸は人差し指と中指を……」

リュウはくぼみに指を当て箸を持った。すると、正しい持ち方になった。そのまま、開いたり閉じたりしてみせた。

「親がきちんとしつけをすればすむだけや」

「もちろんそうなんやけど、僕はおかしいまま大きくなってしもたんで。それであんまりみっともないんで、今からでも直そうかと」

リュウは塩タン用のレモンをしぼった。レモンの黄色のほうがリュウの金髪よりずっと鮮やかだった。

「リュウてどんな字を書く？　歳は？」

「漢字はないんです。片仮名でリュウ、二十五歳です」

「片仮名？」

「僕の親は漢字が苦手やったんです」リュウは金色の髪を引っ張りながら、頼りなげな笑みを浮かべた。「で、考えるのが面倒臭くなったらしくて」

「子供の名をなんやと思てるんや」

「すみません」

リュウが頭を下げる。あまり申し訳なさそうな顔をするので、紘二郎は罪悪感を覚えた。

「読めん名よりよっぽどマシや」

「けなすんか褒めるんか、どっちかにしてください。ややこしい」リュウがテンポよく突っ込んできた。「じゃあ、三宅さんはおいくつですか？」

「七十四になったとこや」

「七十四歳か。すごいなあ」ため息をついて、ふっと遠い眼をした。「……僕はずっと漢字が欲しいと思てたんです。たとえば、難しいほうの龍という字なんかいいと思うんです。強そうやし」

「龍なら天にも昇るな」

「天にも昇る、か。いいな、それ」

リュウが塩タンを並べながら笑った。リュウの手許（てもと）には二本のトングが並んでいる。見ていると、生肉をつかむトング、焼けた肉をつかむトング、それに食べるときの矯正箸と三種類をきっちり使い分けていた。じっと見ていると、言い訳するように言う。

「この箸は焦がしたくないんですよ」

塩タンの皿が空になった。次にリュウは見事にサシの入ったロースを載せた。脂が炭に落ちて威勢よく煙が上がる。煙が眼に染みて、涙が出た。リュウは横を向いて咳き込んでいる。

リュウは箸の持ち方こそぎこちなかったが、食べ方はきれいだった。すくなくとも、行儀よく食べようと努力しているように見えた。

「ホームレスと言うたが実家は？」

「一応あるんですけど」リュウはまだ軽く咳をしている。「ねえ、三宅さんの家のあたりは静かですね。高級住宅街いう感じで。そう言えば、カレーショップ経営とか聞きましたが、お店は休業ですか？」

「え？ 老舗でしょ？ お客さんが寂しがるんと違いますか？」

常連はいる。だが、誰とも話をしたことはない。馴れ合いたいような客は紘二郎に愛想を尽かし、次第に離れていった。残った客はみな紘二郎と同じ、無口で人の眼を見ることのできない人間だ。黙って来て、黙って食べて、黙って帰る。

すこし食べたところで、リュウはトイレに立った。しばらくして戻って来たときには、顔は真っ青だった。

「最近、まともなものを食べてなかったんで、上等の肉を食べたら胃が……。すみません。せっかくご馳走してくれたのに」リュウは申し訳なさそうに言った。

「なにか消化のよさそうなものを頼んだらどうや」

「すみません」

「何回も謝るな。うっとうしい」

「はい」

きつい言い方になったのに、リュウは微笑んだように見えた。

「なんで笑う？」

「だって、ほんまに嬉しかったんですよ。三宅さんが僕に気を遣てくれて」

青い顔で笑うリュウはやっぱり嬉しそうだ。こちらの方がいたたまれなくなり、眼を逸らした。

「気を遣たんやない。昔、似たようなことを聞いたからや」

「どんなことですか？」リュウが笑うのを止めた。

「食事中にする話やない」

「構いません。僕、昔の話を聞くの好きなんです。教えてください」

「つまらん話や」

「お願いします」

急に真顔になったリュウに戸惑った。なぜこんな話に興味を持つのかわからないが、別に隠すことでもない。

「俺の父は医者やったが若い頃に結核をやったせいで、徴兵検査は丙種合格やった。内地で診療を続けてたが、戦況が悪化してとうとう軍医として召集が決まった。そして、南方に送られて地獄を見たというわけや。そのとき、俺は母親の腹の中にいた。太平洋戦争や。わかるか？」

「詳しくはあまり……」

この若者にとっては遠い過去の話だ。そもそも紘二郎にも記憶はない。知らなくても仕方ないのだろう。いや、それどころか、日本とアメリカが敵国であったことすら知らない者もいるという。あれから七十有余年。父の見た地獄はまだ終わっていない。

「昭和二十一年。戦争が終わって次の年や。復員してきた父は痩せ細り青黒い肌をして、まるで幽鬼のようやったそうだ。あまり丈夫な方ではなかった父が生きて帰ってこれたのは、奇跡やったという。父の母は息子の生還を喜び、ご馳走を用意した。飢え死にする人が出るくらい、食糧難の時代やった。父の母は大事にしまってあった着物やら帯やら塗りの椀やらを売って、鶏を一羽手に入れた。そして、その鶏をつぶして鍋にした。父はなにも言わず黙って鍋を平らげた。だが、食べ終わった途端に全部吐いてしまった。父はそれが申し訳なくてたまらなかったそうや」

一息ついて、紘二郎は金色の頭の青年を見た。リュウは神妙な顔で聞いている。

「……つまらん話や」

グラスに手を伸ばしたがとうに空だった。今頃になってビールが欲しいと思った。

「そんなことありません。昔の話が聞けて嬉しかったです」

リュウがにこっと笑った。紘二郎はむっとした。この男にとって戦争など教科書でしか知らないことなのだろう。だが、紘二郎の世代は違う。もの心ついたのは戦後でも、そこかしこに戦争の気配があった。そして、紘二郎と兄はとっくに終わった戦争によって人生を狂わされたのだ。

「戦争の話が嬉しいか。お気楽な頭やな」

「すみません。そんなつもりはなかったんです。ただ、僕は祖父母がいなくて、昔の話を聞くっていうシチュエーションに憧れてたもんで、つい」

リュウが慌てて謝った。髪を引っ張って決まりが悪そうだ。

焼肉屋の店内は相変わらず煙でかすんでいた。七輪の上には焦げた焼き網があるだけだ。

リュウがトイレで箸を洗っている間に、勘定を済ませた。コンテッサに乗り込んだときには、夜の九時を回っていた。

この時間から車を走らせる気にはならない。だが、二度と帰らないと覚悟を決めて出た家だ。もう「四天王寺」から出発してしまったのだ。戻りたくない。

「これから九州を目指すんですか？」

「いや、今日は遅すぎる」

すこしの間、リュウを乗せてあてもなく夜の街を走った。慣れない運転で緊張して力が入っているのか、すぐに全身が痛み出した。

谷町筋を北上して、ライトアップされた大阪城が見えるところで路肩に車を停めた。暗い車内でもリュウの髪は白っぽく輝いて見えた。

「君の頭もライトアップしてもろたらどうや。外国人観光客が来て儲（もう）かるやろ」紘二郎は煙草に火を点けた。

「三宅さんがライト当ててくれるんやったらいいですよ」

「阿呆か」

思わず毒づくと、リュウがへらへら笑った。

「三宅さん、結構言わはりますねえ。僕の想像では、年配の人はもっと穏やかな性格やと思てました」リュウは唇の端で微笑みをこらえたような顔をした。

「たとえば、縁側で茶をすすりながら、わしは……なんて言うてると？」

「ええ、まあ」

「そんな絵に描いたような年寄りだけやない。ニュース見ればわかる。キレた老人の犯罪などしょっちゅうや」

「そやかて、僕、はじめてなんです。年配の人とこんなに話す……」

リュウは紘二郎に背を向け、咳き込んだ。よほど煙草の煙が苦手なようだ。仕方ない。紘二郎は煙草を揉み消し、備え付けの灰皿にねじこんだ。最近の嫌煙思想は知っている。紘二郎だって人に迷惑を掛けてまで吸う気はない。

だが、これは自分のコンテッサだ。リュウは勝手に追いかけてきただけだ。なにか釈然としない。

またひとつ軽い咳をしてから、リュウが口を開いた。

「三宅さんは今はお独りなんですか？」

「ずっと独りや」

「え？　ずっと？」リュウが驚いた声を上げた。「ほんまですか？　ほんまにずっと独身なんですか？」

独身のどこが悪い。とがめられたような気がして、むっとした。

「たしかに、俺の世代は結婚して一人前と言われた。見合い結婚も当たり前で、それどころか親の決めた相手と黙って結婚する場合も珍しくなかった」

「親の言いなりですか？」リュウの声にはかすかだが非難が感じられた。

「好きで言いなりになるわけがない。どうしようもない事情かてある。君みたいに好き勝手やってる人間にはわからんだけや。なにも知らずに偉そうなこと言うな」

言ってから紘二郎は後悔した。声を荒らげるようなことではなかった。この若者に紘二郎と兄の事情がわかるわけはない。リュウはただ素直に疑問を口にしただけだ。

紘二郎はリュウに見苦しく八つ当たりした。それこそ、ただのキレる老人だ。

息苦しい。コンテッサの中の空気が淀んで重い。運転席の窓を開け、夜の風を入れた。

「ひどい臭いや」

ぼそりと言うと、リュウがはっとこちらを見て、それから申し訳なさそうに詫びた。

「すみません。最近、まともに風呂に入ってへんので……」

リュウはハンドルを回し、助手席の窓を全開にした。

「いや、さっきの焼肉屋の煙のせいや。二人とも臭い」

「そうですか。たしかに、あの店すごかった。美味しかったけど」

リュウがほっとした顔をした。とりあえず誤解は解けたようだ。紘二郎はしばらくの間、黙って運転した。

嫌みばかりとは言え、こんなにも人と話すのは久しぶりだ。ひどく落ち着かない気持ちがした。誰かと話す、誰かと一緒に行動するということは、常にその誰かのことを考えなければいけないということだ。ほんの些細な会話ですら、相手がどう感じるか、ということを忘れては成り立たない。と言っても、それは特別な努力ではなく、ほとんどの人はごく自然に行っている。

だが、長年人を遠ざけていると、その自然ができなくなる。自分の発した他意のない言葉、愚痴、軽口、八つ当たりが他人にどう思われるかという意識が綺麗さっぱり無くなってしまう。紘二郎のようにだ。

「風呂に入りたないか？」

「でも、そこまで世話になるわけには……トイレの水道で身体くらい洗えますし」

「公共の場所で非常識や」

「申し訳ないと思てますけど……でも、三宅さんにそこまでしてもらう理由がないし」

「ある。鳥居のことを俺に訊ねた」

「鳥居ですか？」リュウはわけがわからないという顔をした。

「それに高速道路だろうが平気で追いかけてきそうや。他の車が迷惑する」

「いや、さすがに高速は走りません。僕かてまだ死にたないし。追いかけるんやったら下道にします」

　大真面目な顔で言うが、すこし眼が笑っているような気がした。

「一文無しで九州まで走り続ける気か？　体力もないのに」

「……なんとかします」

　リュウが傷ついた顔をした。本人にも「なんとか」の方法がわからないようだった。

「俺はもう歳やから長時間の運転はきつい。交代用の運転手として君を雇いたい。日当も出すし、その間の一切の面倒は見る」

「ほんまにいいんですか？　そんな甘い条件で」

「ホームレスに追いかけられるよりマシや」

「ホームレス言うのはやめてください」リュウが笑いながらもぺこりと頭を下げた。

「ありがとうございます」

　やはり、コンテッサに浮かれているのだろうか。正常な判断ができなくなっている。いや、と思い直した。俺はとっくにおかしくなっている。「兄を殺しに行く」と決めた時点で、すでに正常ではないのだから。

「三宅さん、日田へは観光ですか？」

「いや、兄に会いに行く」

「お兄さんに？」リュウが驚いた顔をした。

「悪いか？」

「え、いいえ。自分に兄弟がいないので、わざわざ会いに行くっていうのがぴんとこなくて」リュウはすこし決まりが悪い様子で、付け加えた。「僕も兄弟がいたら、仲良くしてたかもしれへん」

すこし考えて、リュウが言葉を続けた。

「さっき、石の鳥居について訊ねたからや、って言ってはりましたね。訊ねたんはお兄さんですか？」

「違う」

兄が俺に訊ねるわけがない。いつだって、知らないことなどないような顔をしていた。

紘二郎はそれきり口を閉ざし、コンテッサを走らせた。これ以上、リュウに詮索されるのはごめんだった。

リュウは黙って窓の外を見ている。まさか助手席のシートベルトが役に立つとは、と紘二郎は奇妙な感慨を覚えた。

その夜、リュウと二人、天満のビジネスホテルに泊まった。シングルは満室で、ツインの部屋だった。

申し訳程度のユニットバスがある。シャワーカーテンには染みとかぎ裂きができていた。紘二郎が先に入った。狭い浴槽に身を縮め、眼を閉じる。

本当ならとうに大阪を離れ、九州へと向かっているはずだった。こんなすすけてカビ臭いビジネスホテルではなく、小ぎれいな温泉旅館にでも泊まり、湯に浸かってゆっくりと手足を伸ばそうと思っていた。なのに、まだ大阪にいる。金髪の連れもいる。おかしな話だ。

リュウの風呂は長かった。ホームレス時代の垢を落としているのだろう。

「久しぶりの風呂やから、メチャクチャ気持ちよかったです。ついでに洗濯もしました」

長い風呂から上がると、リュウは洗濯物をエアコンの吹き出し口の前に広げた。心なしか、洗い立ての金髪は輝きが増したように見えた。

背の高いリュウが備え付けの浴衣を着ると、手足が丸出しで子供のようだった。まるで着方を知らないらしく、浴衣を身体に巻き付けるようにして、襟をきっちりとかき合わせている。呆れたことに左前だ。ちょっと皮肉が言いたくなった。

「蓬莱リュウ君。君は死んでるんか?」

「え?　どういうことですか?」リュウがぎくりとした顔をした。

「左前に着るのは死人だけ。お棺に入るときの死装束や」

「左前?」

「浴衣の合わせ方や。逆になっとる」

「あ、そうなんですか。僕、なんも知らんと」

へへっと恥ずかしそうに笑いながら、リュウはバスルームに消えた。扉を閉めてごそごそやっている。しばらくして出てきたときには、一応右前になっていた。やはり様にはなっていないが、なにせあの金髪頭だ。違和感があっても仕方ない。

「お先に」リュウはそそくさとベッドに潜り込んだ。

紘二郎はベッドに腰掛け、一本だけ煙草を吸った。空調があまり利かなかった。部屋は湿った洗濯物と煙草が混ざり合って、なんともいえない臭いがした。

時折、リュウが咳をした。

「風邪か?」

「すみません。なにせずっと野宿やったもんで」

リュウは頭まで毛布をかぶって咳き込んだ。紘二郎は煙草を吸ったことを後悔した。

しばらくして、毛布の中からくぐもった声がした。

「できれば、リュウ、って呼び捨てにしてください。蓬莱はいりません」

リュウは軽く言ったのだろうが、なぜか紘二郎の耳には苦さが残った。蓬莱という名字を捨てたがっているかのように聞こえたからだ。

第二章　令和元年五月十三日　倉敷　ビーンズヴァレー

ホテルの薄いカーテンを通して朝日が射し込んでくる。翌朝、七時にまだ寝ているリュウを起こして、出発した。

ステアリングを握るのはリュウだ。ニコイチのコンテッサでスピードを出すのは怖いので、高速には乗らず国道二号線でまずは倉敷を目指すことにした。

「バイパス使たら楽やけど、みんな結構飛ばしてるから」

紘二郎は感心していた。リュウの運転は上品だ。下品な追い抜きはせず、頻繁な車線変更もしない。軽く穏やかな運転だ。

「ブレーキの効き方が今の車と違いますね。だいぶ前から踏まなあかん」

内装は当時のままの、木製パネルを基調とした上品な造りだ。計器はみな針のアナログで、ヒーターはレバーを左右にスライドさせて調節する非常にシンプルなものだ。ラジオはＡＭだけで、押込式の選局ボタンが並んでいる。当然、カーナビも付けていない。

紘二郎はガラケーのままで、一文無しのリュウはスマホを持っていない。地図と道路標識だけが頼りだ。だが、老眼の紘二郎には細かい地図が辛い。リュウがいるので、ずいぶん助かった。

「スマホがなかったら仕事も探せんやろ」

「そうなんですよね。ほんまにどうしよう」

そう言いながらも、あまり困った様子はない。呆れたものだ。

「三宅さん、趣味はなんですか？」

「スイミングクラブでときどき泳いでる」

泳いでた、と過去形で言うべきだったか。兄を殺せば、もう泳ぐ機会はなくなるだろう。刑務所に運動場はあってもプールがあるという話は聞かない。

「へえ、すごいですね。僕はカナヅチなんです。小さい頃から水が苦手で。たぶん一メートルも無理やと」

「水に浮かん人間はおらん。その気になれば誰かて泳げる」

厳しいなあ、と言いながらリュウはへらへら笑っている。ホームレスで一文無しのくせにまるで何の悩みもないように見える。もともとがお気楽な人間なのだろう。いい加減に生きてきた結果がこれだ。

よく晴れて暑い日だった。エアコンがないので、ぐるぐるハンドルを回して窓を全開にして走った。それでも暑いので三角窓も開けた。

のろのろ運転のせいで、大阪を出て三時間が経った。ようやく明石の辺りまでくると、エンジンがぼこぼこ言い出した。異常回転だろう。とりあえず眼に付いたホームセンターの駐車場に入った。

「ちょっと見てみます」

リュウが車を降りて、早速フロントフードを開けて苦笑した。荷物しか入っていない。

「そやった。これ、リアエンジンなんやった」

二人で後ろに回ってエンジンの様子を見た。キャブレターがずいぶん熱くなっている。今日の暑さでオーバーヒートというところか。

「仕方ない。冷めるまで待ちましょか」

オーバーヒートしやすいのは旧車の宿命だ。焦らず行くしかない。エンジンを冷ましながら休憩することにした。

ペットボトルの茶を飲みながら、昨日買った釣鐘まんじゅうを食べた。

「これ、美味しいですね」

リュウは嬉しそうに饅頭を食べている。その様子を見ていると、ふっと睦子の顔が浮かんだ。

「明石と言えば明石焼きですね。たこ焼きをお出汁で食べるやつ」

リュウが何か言っているが無視した。

「せっかくやから食べて行きましょうよ」

厚かましい男だ、と思った。だが、もしこれを睦子が言ったならどうしただろう。

――紘ちゃん、明石焼き、食べて行こか？

俺は喜んで食べただろうな、と思いながら紘二郎はエンジンを掛けた。リュウは残念そうだったが、それ以上はなにも言わなかった。

海沿いを走る国道二号線は混雑していた。信号のたびに停まっている気がする。本来なら百四十五キロも出る車なのに、と紘二郎は苛々した。だが、横でリュウはすっかり寛いでいる。旅を満喫しているように見えた。

「三宅さん。倉敷へ立ち寄るって言うてはりましたが観光ですか？」

「若い頃、世話になった人がいる」

ずっと不義理をしていた。顔を出すのは心苦しいが、ケリをつけると決めた以上は挨拶をしておくべきだ。

「へえ。その方、今おいくつに？」

「十ほど上やったから、ご存命ならもう八十は超えてる」

倉敷に『谷豆腐店』という豆腐屋があった。気のいい親切な店主だった。毎日おからを買っていたら馴染みになり、いろいろとよくしてもらった。

あの頃、紘二郎は睦子と二人で暮らしていた。六畳一間の狭い部屋だ。一つの布団で抱き合って寝た。家具もなにもない。生活は苦しかった。紘二郎はいくつかの仕事を掛け持ちし、睦子は朝から晩まで工場で働いた。それでも、辛いと思ったことはない。明日は今日より必ず良くなる、と信じていたからだ。

子供が生まれて家族が増えたら、もっと大きな部屋を借りよう。貯金が貯まったら家を買って、コンテッサでドライブに行こう。そして、いつかきっと許してもらおう。

睦子はいつも笑っていた。紘ちゃん、紘ちゃん、と名を呼んだ。どれだけ聞いても飽きることのない、柔らかな声だった。

「三宅さん、そこ、右です」

リュウの声で我に返った。慌ててウィンカーを出す。カチカチと時計のような音がした。

倉敷の町はすっかり観光地になっていた。町の中心部にあった紡績工場はもうない。巨大なショッピングモールができて、観光客向けの店が並んでいる。

コンテッサを時間貸しの駐車場に入れ、谷豆腐店まで歩くことにした。駅前から続くアーケード商店街からすこし外れた場所だ。商店街は想像よりもずっと栄えていた。ところどころ閉まっている店もあるが、大抵の店が営業を続けている。人通りもある。

だが、ほとんどが見知らぬ店になっていた。

「この先に谷豆腐店いうのがあったはずや。隣がたしか寿司屋で……」

まだあるだろうか。もう五十年も前の話だ。残っていなくて当然だろう。覚悟しながら歩いた。

「三宅さん、あそこに寿司屋の看板が、ほら」

背の高いリュウが見つけて指さした。急に足が軽くなった。急ぎ足で近づいてみると、看板こそ上がっているがシャッターは下りていた。今も営業しているかどうかはわからない。その隣は白と茶のシンプルな外装のケーキ屋だった。どこを見ても『谷豆腐店』はなかった。

小ぎれいなケーキ屋と寿司屋の錆びたシャッターを見比べていると、やりきれない寂しさが広がってきた。なにもかも遅すぎたのだ。

「帰るぞ」

リュウに声を掛けたが、リュウはケーキ屋の看板を眺めたまま、動かない。

「三宅さん。帰るのは早いかもしれません」リュウが振り向いた。「ケーキ屋の名前を見てください。『ビーンズヴァレー』とあるでしょう。豆の谷て意味やないですか? 谷豆腐店の谷、豆腐屋やから豆ていうことですよ、きっと」

リュウが店の扉を開けた。ケーキ屋に入るのなど一体いつ以来だろう。正面にはシヨーケースがあって、色とりどりのケーキが並んでいた。十数種はあるだろうか。だが、紘二郎にわかるのは苺のショートケーキとモンブラン、それにロールケーキくらいだ。

「いらっしゃいませ」

三十過ぎくらいの女が奥から出てきた。生成りの布で髪を覆っている。紘二郎は女の顔をじっと見た。愛嬌のある、丸顔の下ぶくれだ。どこか、谷さんの奥さんの面影があるような気がする。孫娘だろうか。

「昔、ここは谷豆腐店やったと記憶しているが」

「ええ、そうです。私の祖父がやってました。豆腐屋は廃業して、今はケーキ屋なんです」

「谷さんはお元気か？」

「すみません。祖父は三年前に亡くなりました」

「……それはお悔やみ申し上げる」

紘二郎は嘆息した。あれだけ世話になった人に礼を言うこともできなかった。もっと早くに来ればよかった。やはり、俺のすることは遅すぎた。

「あの、祖父になにか用事がおありだったんですか？　私は孫の花菜です。もし、私でよければ」

「いや、ただ、昔、世話になった御礼を言いたかっただけや」

せめて線香の一本も上げたかったが、迷惑かもしれない、と思うと口には出せなかった。

「いえ、こちらこそすみません」

花菜があわてて頭を下げた。すこし表情が強張っていた。紘二郎は普通に話しているつもりなのに、よくこんなことがある。よほど、人好きのしない人間なのだろう。

「そんなに怖がらんでもええですよ」リュウが花菜に笑いかけた。「この人、愛想ないからちょっと怖く見えるけど、メチャメチャいい人なんです」

「おい」紘二郎は思わずリュウをにらんだ。

「だって、ほんまですやん。なんやかんや言うても、優しいし親切やし」

紘二郎は当惑して顔を背けた。リュウのお節介に腹が立った。あまりに馴れ馴れしすぎる。だが、助けられたとも思う。どう感じていいのかわからない。

「わざわざ来ていただいたのに、すみません。でも、きっと祖父も喜んでます」

花菜が微笑んで頭を下げた。営業用ではなく心からの笑顔に見えた。

きっとこの孫娘と祖父はよい関係を築いていたのだろう。だから、怨むことも憎むこともなく、快い記憶だけを懐かしむことができる。

「君のお父さんは豆腐屋を継がへんかったんか？」

「父は普通の会社員なんです。なかなか豆腐だけでは食べていけず」花菜は申し訳なさそうな顔をした。

「残念やな」

恩人の無念を思う。後を継ぐものがいないのは、どれほど辛かっただろう。

そこで会話が途切れた。花菜が気まずそうな顔になる。店の中に居心地の悪い静けさが漂った。

ふいにリュウが声を上げた。ショーケースを指さし、嬉しそうに言う。

「見てください、ほら、豆腐のレアチーズケーキ、豆乳プリン。大豆を使ったお菓子がいっぱいありますよ」

次に、リュウは壁際の商品棚を示した。

「こっちには豆腐ドーナツ、おからクッキー。こんなにたくさん豆腐屋の名残がありますやん」

「ええ。そうなんですよ」花菜がほっとしたように笑みをこぼした。「豆腐屋はやめたけど、せめてケーキの素材として豆にこだわりたいと思って」

花菜は本当に嬉しそうだった。気付いてくれてありがとう、といったふうにリュウを見ている。

「ああ、谷さんも喜んではるやろ」

軽薄な金髪頭でいい加減な男だが、さりげなく場を救ってくれた。紘二郎はほっとし、すこし恥ずかしくなった。俺などよりも余程人好きがするまっとうな人間ではないか。

そのとき、奥の厨房から男が出てきた。花菜と同じくらいの年齢か。コック帽をかぶって白い上っ張りを着ている。菓子職人らしい。すこし心配げな顔だ。

「いらっしゃいませ。なにか失礼がございましたでしょうか？」

紘二郎がクレームをつけていると思ったらしい。

「クレームじゃないよ。おじいちゃんのお知り合いのかた」花菜が大きく両手を振って、違うという仕草をする。

「え？　知り合い？」

男は慌ててコック帽を脱いで、ぺこりと頭を下げた。

「どうも失礼しました。婿養子のヒロシです」

「婿養子？」紘二郎はすこし面食らった。

「えへへ」花菜はからっと明るく笑って、ヒロシの背中を叩いた。「いちいち言わなくてもいいんですけど、こう自己紹介するとインパクトがあって、店を憶えてもらえるんですよー」

「なるほど。商売上手ですね」リュウが笑いを堪えながら言った。

「祖父が死んで、豆腐屋をする人もいないし、店を売ろうか、って話になったんです。あたしはこの人と付き合ってて、そのときはまだ修業中のパティシエだったんですよ。それなら、あたしと結婚してケーキ屋をはじめよう、ってことに。おまけに、うちの名字を名乗ってくれることになりまして」

「抵抗はなかったんか？」ヒロシに訊ねた。

「いえ、ちっとも。名字なんかどうでもいいですから。それに、この店は僕が乗っ取った、てなもんです」

ヒロシは花菜と同じくらい、明るくあははと笑った。やはり丸顔で眼鏡を掛けている。二人は同じくらいの背丈で、笑うと妙に似ていた。夫婦というより双子のようだった。

「へへー。そうなんですよ。夫に豆腐屋を乗っ取られてケーキ屋に改造されたんですー」

「仲、いいんですね」リュウが微笑みながら言った。

「あはは」

「へへ」

若夫婦を眺めていると、鈍い悔恨にさいなまれた。自分たちにも、なにかもっと別の方法があったのではないか。あのとき諦めさえしなければ、このケーキ屋の夫婦のような人生があったのではないか。

「祖父とは親しくされてたんですか？」花菜が紘二郎に訊ねた。

「この先のトンネルの向こうのアパートに住んでた。貧乏やったもんでおからばかり買うてたら、谷さんが気を遣てくれてな。おまけと言うて、豆腐やら揚げやらをつけてくれた」

ふっと睦子の声が頭の中に響いた。

——ごめんね、紘ちゃん。毎日おからで。

——なに言うてるんや。上等の銅鍋で作った上等のおからや。ご馳走やないか。僕は大好きや。

「トンネル向こうのアパートに住んでたってことは……じゃあ、三宅さんと同じですね」

「俺が三宅やが？」

「え？」

途端に、若夫婦が二人揃って怪訝な顔をした。首をひねりながら花菜が言う。

「あれ？　じゃあ、アパートに同じ名字の方がいたのかな。まあ、三宅はよくある名字だし」

「いや。三宅はうちだけやったはずやが」

二人はまた不思議な顔をした。やがて、花菜がとまどいながら口を開いた。

「実は、祖父が亡くなるときにあたしたちに預けた物があるんです。もし、アパートに住んでた常連さんが来たら渡して欲しい、って。手紙やから本人以外には絶対に渡すな、って。たしか頂き物の……そう、おせんべいだかクッキーだかの大きな缶に入れてありました」

「手紙？」

心臓が大きく跳ね上がった。かあっと身体が熱くなって頭のてっぺんまで痺れたような気がする。まさか、と思った。

「それで、一昨年の春頃に三宅さんという年配の男のかたが店に来られたので、その缶を渡したんです」

「なに？　じゃあ、その手紙はもうないんか？」

兄だ。紘二郎は直感した。この場所を知っているのは兄だけだ。兄が自分の名を騙って手紙を奪ったのだ。

「いえ、一ヶ月ぐらいしたら送り返されてきました。その後……年末に店を大掃除したときに片付けて……」花菜はヒロシを見た。「どこにやったか憶えてる？」

「いやー。倉庫かなあ。それとも二階か……どこだったか……」ヒロシがコック帽をかぶり直した。

「まさかなくしたんやないやろうな」

思わず声が大きくなった。花菜がびくっと震えたのがわかった。ヒロシも一瞬表情が硬くなったが、懸命に笑顔を作った。

「それはありません。だって、祖父は繰り返し言ってましたから。これはとても大切なものだから、って」

「本当か？」

思わず身を乗り出して訊ねると、リュウが横から口を挟んだ。

「三宅さん、そんなキツい言い方せんでも。営業妨害ですやん」へらへらっと笑って、若夫婦に頭を下げた。「お忙しいところを本当に申し訳ないんですけど、手の空いたときにでも探してもらえないでしょうか？　この人にとって本当に大切なものなんです」

「……ええ、わかりました」リュウのへらへら笑いに花菜の顔が緩んだ。

それでも、紘二郎は納得することができなかった。手紙が気になって居ても立ってもいられない。今すぐカウンターを乗り越えて倉庫に突入したいのを、なんとか思いとどまった。

「すまんが、よろしくお願いします」

紘二郎が頭を下げたとき、カランカランとベルが鳴ってドアが開いた。

「いらっしゃいませ」花菜とヒロシが声を揃えて言う。

幼稚園くらいの男の子の手を引いた母親が入ってきた。男の子は大声でなにか歌っている。手に握りしめているおもちゃは、懐かしい初代0系の新幹線だった。

「予約していた中村(なかむら)ですけど、バースデーケーキを」

「はい、お待ちしておりました。今、ご用意いたします」

すみません、ちょっと、とヒロシは紘二郎に一礼して奥に消えた。すると、また次の客が入ってきた。短い髪をした中年の女だった。花菜と顔見知りらしい。

「花菜ちゃん。こんにちはー」

「あ、福島(ふくしま)さん。いらっしゃいませー。いつもありがとうございます」

狭い店は紘二郎とリュウ、母親と子供、それに中年女でいっぱいになった。

紘二郎は初代0系の新幹線を見つめていた。頭に上っていた血が引いていくのがわかった。あのとき、二人でくじを作った。そして「倉敷」を引いたのだった。

「三宅さん、お店の邪魔になります。出直しましょう」

念のため携帯の番号を残し、一度店を出ることにした。背後でありがとうございました、と花菜の大きな声がした。ケーキ屋というよりは、威勢のいい豆腐屋のようだった。

店を出て、紘二郎は足早に歩いた。

「三宅さん、もうちょっとゆっくり……」

リュウが後ろで呼んだが、無視して歩き続けた。商店街を抜けると小さな山がある。鶴形山（つるがたやま）公園だ。上には阿智（あち）神社があり、石畳の細い道と石段の参道が延々続いている。駆け上がるように上った。あの頃は平気だったのに、今はすぐに息が切れた。

――紘ちゃん、ここ、天王寺の坂に似てる。

――ほんまや。この石段の感じがよう似てるな。

紘二郎たちは手を繋いで歩いた。振り返ると倉敷の町が一望できた。

――紘ちゃん、あたしたち、二人きりやね。

――二人きりや。

二人きり、という言葉は寂しい意味ではなかった。二人きりだからこそ無限の可能性があると思っていた。二人きりなら、なにもかも自分の意志で選べると信じていた。

しばらく立ち尽くしていた。リュウは背後でまだ荒い息をついていた。

「……昔、住んでいたアパートに行ってみる」

紘二郎は山を下りた。山の下には小さなトンネルが通っていて、紘二郎たちのボロアパートはその先にあった。トンネルを抜けてアパートを探す。だが、どこにも見当たらなかった。

　五十年も前の話だ。当然か。わかっていても消沈してしまう。立ち尽くしていると、リュウが情けない声を上げた。

「ねえ、三宅さん、どこかですこし休みませんか」

「俺は疲れてない」

　落ち着かなければいけないことはわかる。なにかできることがあるわけでもない。だが、じっとしていることなどできそうにない。

「僕が疲れてるんです」リュウが大きな溜息(ためいき)をついた。「お願いです。ちょっとくらい休ませてください」

「若いのにだらしない」

　悪態をつきながらも、商店街に戻って休憩することにした。古い喫茶店に入る。窓際の席に腰を下ろすと、急に節々に痛みを感じた。興奮して気付かなかったが、実は相当疲れていたらしい。

　自家焙煎(ばいせん)オリジナルブレンドを頼んだ。運ばれてきた濃いめのコーヒーを飲んでいるうちに、すこしずつ落ち着いてきた。もしかしたら、と思う。これもリュウの心遣いか？　自分が疲れたふりをして俺を休ませてくれたのか？

　リュウを見ると、オレンジジュースを前にぼんやりしていた。まだほとんど減っていない。氷が溶けてグラデーションになっていた。窓の外を眺める横顔は生気がなく見える。なんだ、本当に疲れていたのか、とすこしおかしくなった。年寄りと体力のないホームレス。似たもの同士だ。

　そのとき、窓の外を見ていたリュウが振り向いた。

「三宅さん、予想外のことが起こってるんですか？」

「ああ」

「それはいいことですか？　悪いことですか？」

「わからん」

「それはコンテッサと関係ありますか？」

「なんで赤の他人に話す必要がある？」

「僕はコンテッサに関することすべてに責任があるからです」

　リュウが真っ直ぐな眼で紘二郎を見つめた。嘘をついているようには見えなかった。痛々しいほど真摯な眼。誠実すぎて傷ついた眼だ。

「そういう君はどうなんや？」

「じゃあ、僕の話をしたら、三宅さんも話してくれますか？」

「いや」

「三宅さん。そんないけず言わんと。お祖父ちゃんが孫に若い頃の話をする、っていうシチュエーションに憧れてると言うたでしょ？」

「俺は孫なんかいらん」

「ええー、寂しいなあ」リュウが苦笑した。「とにかく今から僕の話をします。その後で、気が向いたら三宅さんも話してください」

「そんな約束はできん」

リュウは困った顔で微笑んだが、一つ咳払いをして話しはじめた。

「えーと、僕には一応恋人がいました。すごく素敵な女性でした。でも、振られました」

「ホームレスやからか？　それとも詐欺師やからか？」

「もう、三宅さん。ちょっと黙って聞いててください」リュウは髪を引っ張りながら笑った。「今から恥を忍んで話しますから」

「詐欺師の君にこれ以上の恥があるんか？」

リュウの顔がさっと強張った。紘二郎は一瞬で後悔した。だが、すまんと言う前に、リュウは泣き笑いのような笑顔を浮かべた。

「要するに僕が悪いんですよ。それだけです」

「なんでもかんでも自分が悪い、言うのはやめろ。うっとうしい」

リュウは困った顔で髪を引っ張り続けていたが、ひとつ咳をして顔を上げた。

「彼女の名前は川上壽々子。寿の難しいほうの字です。ひいおばあちゃんが付けてくれた名前らしくて。あだ名はジュジュ。僕もそう呼んでました。ふられた理由は、僕が人として最低のことをしたからです」

「最低とは？」

「それは……」

リュウは腕を組んで天井を見上げた。そのまま、眉を寄せじっとしている。それから、頭を下げた。

「……すみません。やっぱ無理です。言えません」

「なんや、今さら。自分から話すと言うといて」

「話すつもりやったけど……いざとなったら無理でした。すみません」

リュウが再び頭を下げた。金色の頭がふらふらと揺れている。だが、今は軽薄には見えなかった。十字架に掛けられたキリストくらい、苦しそうだった。

気まずい沈黙が落ちた。紘二郎はなにかいたたまれない思いで、金色の髪を見つめていた。

一体俺はどうしたというのだろう。この若い男と一緒にいると、やたらと心がかき乱される。

「……じゃあ、振られた話やなくて別の話にしろ。彼女とはどうやって知り合った？」

「それは、しょうもないきっかけなんですが」

「話してみろ。聞いてやる」

「なんや偉そうやなあ」

リュウがへらっと笑ったので、紘二郎はほっとした。リュウはまた髪を引っ張り、それからすこし困った表情で話しはじめた。

＊

僕が彼女と出会ったのは、ある冬の日のことです。

当時、僕は「イダテン・オート」で働いてました。客のいない暇な午後、パソコンで中古車オークションを眺めてたら、突然若い女が駆け込んできたんです。いらっしゃいませ、と立ち上がると、若い女は焦った口調で話しはじめました。

「あの、すみません。その先のパーキングに車を止めたんですが」

二十歳過ぎくらいに見えました。走ってきたらしく、髪は乱れて息が弾んでました。

「用事をすませて車に戻って来て、エンジンを掛けたら、すごい声がして」

彼女は半泣きでした。睫毛（まつげ）も唇も震えてました。でも、僕は思わず見とれてしまいました。真っ白なコートを着て、色白で頬は真っ赤。長い髪は染めてない黒で、乱れてたけど艶がありました。とにかく可愛くて、どこから見ても魅力的やったんです。

「落ち着いてください。声ってどんな声ですか？」

「ぎゃあっていう叫び声っていうか、悲鳴っていうか、とにかくすごい声なんです。人を轢いたのかと思って、慌てて車を降りて確かめたんです。でも、だれもいないんです。それによく考えたら、エンジンを掛けただけでまだすこしも走ってないんです。あたりを見回したら、こちらのお店があって……。中古車屋さんなら車に詳しいかと思ったんです。……ご迷惑をお掛けしてすみません」

彼女は礼儀正しく頭を下げました。つられて、僕も頭を下げました。

「いいえ、それは構わないんですが」

頭を下げながら、やばいな、と思いました。原因の想像はついたし、最悪の場合を考えると気が滅入りました。

「とにかく、見てみましょうか」

車まで案内してもらいました。白のレクサス。父の車なんです、と彼女は言いました。

「これからちょっとエンジンを見てみますけど、あなたは店で待っててくれますか」

「え、でも」

「危険があるかもしれません。念のため、店の中で待っててください」

僕の想像通りやとしたら、彼女に見せるわけにはいきません。嘘を言って店に帰しました。

彼女が店に入るのを確認して、覚悟を決めてボンネットを開けました。すると、やはり猫でした。ファンベルトの横に隠れています。前足を怪我(けが)して血が出てましたが、生きていました。ほっとしました。引っ張り出そうとしたんですが、猫は怖がって暴れました。僕はあちこち噛(か)まれたり、引っかかれたりしました。結局、上着を脱いで猫にかぶせ、なんとか引きずり出すことに成功しました。

血だらけの猫を上着にくるんで、店に戻りました。僕を見て、彼女は驚きました。

「大丈夫ですか。すごい血が」

「いえ、僕はたいしたことないです。猫がエンジンルームに入り込んでたんです。ちょっと怪我をしてます」

「猫？　なんでそんなとこに？」

「エンジンルームの下から入れるんです。暖かいから、猫が潜り込むことが結構あるんですよ」

「そうなんですか。全然知らなかった」

「これからはエンジンを掛ける前に、ボンネットを何度か叩いてみてください。もし、猫が入ってても、びっくりして出て行くから」

「わかりました」

空いている段ボール箱を見つけ、とりあえず上着ごと猫を入れました。猫はまだ興奮状態で、低い呻り声をあげてました。

「怪我してるんやったら、あたし、病院に連れて行きます」

いつの間にか彼女がすぐそばにいました。長い髪からいい匂いがして、僕は急に身体が熱くなったような気がしました。

「ええ。そうですね。早いほうがいいです」

平静を装って返事をしたけど、すこし声が震えました。でも、彼女はなにも気付いていないようでした。

「でも、よかった。爆弾やなかったんですね」

「爆弾？」

「さっき危険があるって言いはったから、爆弾やったらどうしようと思て」

どうやら、彼女の頭の中では、エンジンルームの危険イコール爆発物だったようです。僕は思わず突っ込んでしまいました。

「爆弾て……。そんなんだれが仕掛けるんですか？　心当たりでもあるんですか？」

「まさか。そんなのあるわけないです」

彼女は真顔で強く否定しました。だったら、なぜ爆弾を想像した？　さらに突っ込みたくなりましたが、我慢しました。かわいいけれど、すこしずれた人かもしれません。でも、これで緊張が解けました。

「とにかく爆弾やありません。見たところ問題ないようですが、念のため一度点検してもらってください。エンジンルームの洗浄をしたほうがいいです」

「わかりました。本当にありがとうございました」彼女は段ボールを抱えて一礼しました。「でも、そちらもひどい怪我やから、早く病院に」

彼女は何度も礼を言って帰って行きました。

彼女を見送り、そのあとトイレで鏡を見ました。彼女がよく笑わなかったものだ、と思いました。手も顔も傷だらけで、Ｙシャツには血の染みができていました。とくに顎の傷は目立って、マンガに出て来る「猫に引っかかれた人」そのものでした。すごく間抜けに見えました。

その日、僕は一日中彼女のことを考えてました。連絡先を聞けなかったことを後悔し、でも、彼女ならきっとすでに彼氏がいるから、と自分を慰めました。彼女は父親のものだという白のレクサスに乗ってました。たぶん、裕福で堅い家庭なのだろう。僕とは違いすぎる、と。

翌日、彼女から店に連絡がありました。猫は骨折ですんだこと、彼女の家が引き取ることを聞かされました。そして、汚れてしまった上着を弁償すると言われましたが、断りました。でも、内ポケットには名刺やらボールペンやらが入ったままやったので、もう一度会うことになったんです。

*

そのとき、携帯が鳴った。ビーンズヴァレーの花菜からだった。

「さっきはすみません。お待たせしました。缶、見つかりました。お店を閉めましたので、いつ来ていただいても結構です」

「わかりました。うかがいます」

勢い込んで立ち上がった。喫茶店を出ると、勝手に足が駆け出した。

息を切らせてビーンズヴァレーに到着すると、ドアを開けて飛び込んだ。カウンターの中では花菜とヒロシが揃って待っていた。

「三宅さん、さっきはすみませんでした。缶、ちゃんと見つかりました」

花菜が差し出したのは、古い贈答用のクッキーの大型缶だ。蓋に変色した紙が貼ってある。そこに、「三宅紘二郎様」とマジックで書かれていた。

花菜が缶をのぞき込んで言った。

「思い出したんです。そのかた、ちゃんと三宅紘二郎と名乗りました」

「缶の名前と同じだったから、信用して渡したんです。まさか、あんなお年寄りが嘘をつくなんて思いもしませんでした」

「本当か？」

「年寄りやから嘘をつかないなんて勘違いもええとこや」紘二郎は免許証を花菜に突き出した。「俺が本物の三宅紘二郎や」

「すみません」

　花菜とヒロシが頭を下げた。

「三宅さん、預かってもらったのにそんな言い方はないでしょう。それに、その人かてなにか事情があったんかもしれへんし」

　思い切ったふうにリュウが言った。紘二郎は瞬間かっとして、思わず声を荒らげた。

「事情？　そんなもんが言い訳になるか」

　店の中が静まりかえった。ケーキ屋の若夫婦が信じられないといった顔で、紘二郎を見ている。

　リュウはひどく哀しそうだった。呆れているのでも軽蔑しているのでもない。なぜかリュウ自身が傷ついているように見えた。

「これは……俺にとって、本当に大切な……命より大切な物なんや……」

　紘二郎はかすれた声で繰り返した。

「本当にすみません」花菜が頭を下げた。

「すみません」ヒロシも頭を下げる。

ビーンズヴァレーにまた居心地の悪い空気が流れた。だが、リュウが咳払いをし、なにごともなかったように話を続けた。

「三宅さんの名前を騙った人について、ほかになにか憶えてることはありませんか？」

「あたしが缶を渡すと、その人は丁寧にお礼を言って帰って行ったんです。でも、一ヶ月ほどしたら、手紙付きで缶が送り返されてきました」

「その手紙はあるか？」紘二郎は訊ねた。

「すみません。それはちょっと見当たらなくて。でも、短い手紙だったから中身は憶えてます。たしか、また預かっておいてくれ、と。わけがわからなかったけど、祖父が遺(のこ)した物なのでとりあえず預かりました。毛筆ですごい達筆でした。習字のお手本みたいな字です」

「ちょっと待ってくれ。この字か？」紘二郎は雛人形の絵葉書を取り出した。

花菜に葉書を示す。花菜はしばらく眺めていたが、大きくうなずいた。

「まちがいありません。この字です。迷いのない線で」花菜はヒロシに同意を求めた。

「ねえ？」

「ああ、そう。絶対そうです。ぱっと見て思ったんですよ。こんなにきれいな線が書けるのがうらやましい、って。実は僕、いまだに下手なんですよね、ケーキに字を書くの。バースデーケーキのプレートに名前書くのが怖いんですよ」ヒロシは兄の字を見て、うらやましそうに溜息をついた。

「送り状に送り主の名前と住所が書いてありましたよね。それは？」リュウが訊ねた。

「たぶんどこか大阪の住所だったと思います。名前は三宅で。もし違ってたら、その段階で疑問に感じたと思いますから」

花菜の答えは筋が通っていた。これ以上わかることはなさそうだった。

紘二郎は缶の蓋を開けた。すると、古い封筒の束があった。どれも宛名は谷一郎様とある。束の一番上から、手紙を一通取り上げた。開けると、さらに封筒が入っている。ひとまわり小さな封筒の宛名は三宅紘二郎様とあった。紘二郎は思わず息を呑んだ。その字には見覚えがあった。

今すぐにでも読みたかったが、こらえた。できることなら、ひとりきりで読みたい。

「あの、それから……」花菜がわずかに言い淀んだ。「三宅さんの名を騙った人は、眼があまりよくないようでした。サングラスも杖もなしでしたけど、そろそろと手探りで歩いておられる感じでした。まったく見えないというのではないけれど、あまりよくは見えない、っていうふうで」

そこで花菜は言葉を途切らせた。すると、リュウが助け船でも出すかのようにあとを引き受けた。

「なるほど。そのせいで本人確認がしにくかったんですね」

「ええ。こんな言い方はかえって失礼なのかもしれませんが、眼が不自由なかたを疑うのはなんだか申し訳なくて。でも、ちゃんとするべきでしたね。すみません」

兄は自分の名を騙って手紙を奪っていった。眼が悪いというのもただの演技かもしれない。

「でも、正しいかたに渡せてよかったです」

なあ、とヒロシが花菜を見ながら明るく言った。

「ほんとに。祖父もあの世でほっとしてると思います」

花菜はしみじみと笑い、ヒロシの方を見た。

「でも、ええタイミングじゃった」

「うん、そうじゃな」

突然、くだけた岡山弁になり、花菜とヒロシが顔を見合わせて笑った。

「いいタイミング？」

「実は、来週からこの店、閉店するんです」

「閉店？」紘二郎もリュウも思わず若夫婦の顔を見た。

「いえ、違います。改装するんです。だから一時閉店で」花菜が手をぶんぶんと大きく振った。その後を受けて、ヒロシが嬉しそうに、だが、すこしすまなそうに話しはじめた。

「隣の扇寿司さんなんですが、跡継ぎがいなくて店を畳むことになりまして、そこを安く買えることになったんです」

「で、店を広げてカフェスペースを作ろうか、って」花菜が続けた。「父はコーヒーマニアで、カフェの話をしたら一部出資してくれることになったんです。すごくラッキーな話で」

「ラッキーばっかりじゃないんですよ。この店はじめたときの借金がまだあるのに、さらに増えるわけですから。背水の陣ですよ」ヒロシが顔をしかめる。

「でも、どうせ借金するなら若いうちがええし」

「まあな」婿養子の似たもの夫婦はそっくりな笑顔で笑った。

「がんばってください」リュウもにこにこ笑っている。

紘二郎は眼を逸らした。ただの羨望か、それとも嫉妬か。彼らの笑顔が直視できなかった。

逃げるように店を出ようとすると、リュウに呼び止められた。

「ねえ、三宅さん。せっかくやから、なにか買うていきましょうよ」リュウはへらへら笑いながら、ショーケースをのぞき込んだ。「ケーキも美味しそうやけど、日持ちのするものがええかなあ」

無一文のくせに厚かましい、と思ったが、はっとした。世話を掛けた挙げ句に手ぶらで店を出るのは失礼だ。手紙に気を取られ、そんなことも気付かなかった。

「なら、君が見繕ってくれ」

「わかりました」

壁際には贈答用の箱入りの菓子が並んでいた。リュウはしばらく眺めて「当店おすすめ」という詰め合わせを選んだ。

「これはおからクッキーも、豆腐ドーナツも全部入ってます。これにしましょう」

紘二郎が会計を済ませると、花菜が会員カードを作ってくれた。

「今度できるカフェでも使えるようにしますから。一個サービスしときますね」気前よくスタンプを押してくれた。「ほんとによかったら、また来てくださいねー。是非」

ケーキ屋夫妻に見送られて店を出ると、町はすっかり夜だった。

倉敷の駅前のビジネスホテルに宿を取った。リュウが手続きをしてくれたのだが、さっさとツインを取ってしまった。

「シングル二つよりツイン一つの方が安上がりやし。僕も寂しくないし」

当たり前のような顔をして同部屋にする。厚かましい男だと思ったが、そこを追及する余裕はなかった。部屋に入って荷物を置くと、すぐにリュウに頼んだ。

「手紙を読みたい。悪いが一人にしてくれんか？　外で飯でも食ってきてくれ。飯代と……それから、当座の小遣いや」

　リュウに五万円を渡した。すると、リュウは首を振った。

「三宅さん、困ります」

「なにかあったときのために、持っとけ。いつも俺が横にいて財布を出せるとは限らんからな」

「でも、ここまでしてもろたら……」

「なにかあったときの金や。それに、俺は君を日田までの運転交代要員として雇ったんや。その間の小遣いを渡すのは当たり前や」

「わかりました。じゃあ、遠慮なく預かります。でも、一万でいいです」

「一万？　それっぽっちやったら心許ない」

「いえ、結構なんとかなりますよ。だって、ホームレスやったとき、一万で一ヶ月やってました。最後には尽きたけど」

「それで七百六十円の無賃乗車か。みっともない。とにかく五万円持っとけ」

「わかりました。じゃあ、遠慮なく」

　一人になると、窓際の椅子に座った。座面は染みだらけで、腰を下ろすと激しく軋んだ。ふっと三宅医院の錆びた門扉を思い出した。

缶を開け、手紙を一通手に取った。消印は昭和四十六年、つまり一九七一年だった。谷一郎宛の封筒の中から、三宅紘二郎宛の封筒を取り出す。差出人の名はない。見つかることを恐れて、敢（あ）えて書かなかったのだろう。

三宅紘二郎様
お元気ですか。私は元気です。桃子も元気です。

谷さんに無理を言って、紘ちゃん宛の手紙を預かってもらうことにしました。

紘ちゃんがいつそちらへ顔を出すかわかりません。でも、紘ちゃんがどこにいるのかわからない以上、ここしか連絡先がありません。だから、ここに手紙を送ることにします。

紘ちゃん、この手紙を読んだら、私からだと言って、谷さんにちゃんとお礼を言ってくださいね。

父の具合がすこしよくありません。脳卒中というのは、よくなることはないのだと言われました。今では身体の自由がほとんどきかず、一日中文句を言い続けています。あんまりわがままを言われると、むかむかすることもあります。

そんなときは、お雛さまを見ることにしています。紘ちゃんが随身の刀を壊すところを想像して、笑っています。

紘ちゃん。私、本当は「こまっちゃうナ」なんですよ。紘ちゃんにひと目でも会えたら、紘ちゃんから一通でも返事が来たら、そんな「こまっちゃうナ」なんて簡単に吹き飛んでしまうと思います。

私、ちゃんと約束を憶えてますよ！　紘ちゃんはいつかきっと、コンテッサに乗って私を迎えに来てくれます。絶対です。

家に戻ってくるのは、気が進まないのはわかります。せめてお返事だけでも下さい。

三宅紘二郎様

お元気ですか。こちらはみな元気です。紘ちゃんが迎えに来たのかと思い、思わず道路に飛び出しそうになりました。もうすこしで事故になるところでした。気をつけなくてはいけませんね。

征太郎さんは父を入院させるか、看護人を雇うか、どちらかにしようと言います。私は自分で面倒を見たいと断りました。征太郎さんは私が親孝行だと思っているようでした。

でも、本当は違います。私は父のことなど考えていません。ただ、これ以上、征太郎さんに借りを作りたくないのです。金銭的に甘えたくないのです。

草野(くさの)家はずっと三宅家に援助してもらっていました。無論、感謝をしています。でも、その結果がこれです。私は金銭的な恩義に負け、自分の人生を売りました。

これは罰です。いい子になろうとして、紘ちゃんを裏切った私への罰です。紘ちゃんを選ばなかったのは私です。なにもかも悪いのは私です。

後悔しています。毎日、毎日、後悔ばかりの日々です。紘ちゃんと逃げればよかった。どれほど恩知らずと罵られても、親を捨てればよかった。寝たきりの父を見殺しにすればよかった。そんなふうに思ってしまう私は、鬼です。鬼畜です。

今願うことはたったひとつです。私は自由になれる日を心待ちにしています。

私は最低の人間です。父の介護をしながら、つい考えてしまうのです。早くその日が来ればいいのに、と。毎日毎日考えています。父の顔を見るたび思います。そんな自分がいやでたまりません。

ごめんなさい。ひどい手紙ですね。こんなこと書くつもりじゃなかったのに。

ごめんなさい、紘ちゃん。

三宅紘二郎様
紘ちゃん、お元気ですか?

今日はお夕飯の話をします。私は絶対に作らないと決めた献立があります。それは「おから」と「カレー」です。その二つは征太郎さんがなにを言おうと、桃子がせがんでも絶対に作るつもりはありません。「おから」は紘ちゃんのために銅鍋で作るものです。そして、「カレー」は紘ちゃんが私のために作ってくれるものです。だから、この家で作るつもりはありません。紘ちゃんと会える日まで、この二つは取っておくつもりです。

紘ちゃん、今、どこにいますか。ほんの一言でいいから返事を下さい。毎日、掃除をするふりをして、郵便配達を待っています。一番に郵便物を受け取るようにしています。

だから、絶対征太郎さんにはばれません。安心して返事を書いて下さい。手紙がだめなら、電話でもいいです。合図を決めましょうか。三回鳴らして切る。それならできますか？

紘ちゃん、会いたい。本当に会いたい。この家を出たい。でも、父と桃子がいる限り出られない。紘ちゃん、お願いです、一目でいい。会いにきて。

睦子。

紘二郎は手紙を握りしめ、歯を食いしばった。あまりにも悲痛な睦子の叫びに、胸が痛んだ。比喩ではない。刃物で滅多刺しにされるような痛みを感じた。あのとき、なぜ、諦めたのだろう。コンテッサで迎えに行くという約束を、睦子はずっと憶えていた。睦子の手を放すべきではなかった。睦子がなにを言おうと、無理矢理に連れ去ればよかった。

どの手紙も同じだった。

——紘ちゃんに会いたい。家を出たい。私は後悔しています。

睦子の訴えに胸が潰れそうになった。あの家でどれほど睦子が苦しんだか。俺はどうして睦子を救い出さなかった？　強引にでも睦子をさらってしまえばよかった。

紘二郎は何度も何度も睦子の手紙を読み返した。涙など出なかった。ただ怒りと悔恨が腹の底で荒れ狂った。熱い。全身が焼かれているような気がする。憎い。くそ。眼の前が暗い。闇だ。永遠の闇。焦熱地獄の闇だ。

睦子。待ってろ。今すぐコンテッサで迎えに行くから——。

「三宅さん」

リュウが大きな声を出した。いつの間にか戻って来たらしい。心配そうにのぞき込んでいる。

気がつくとベッドに寝かされていた。紘二郎はようやく我に返った。いやな汗が額に浮かんでいた。夢にうなされた後のようだ。

「大丈夫ですか？」リュウが冷たい水を差し出した。

「ああ」水を受け取り一気に飲んだ。喉がきりきりと痛んだ。

「椅子に座ったまま気を失ってたんです。どこか具合が悪いんですか？」

「……いや。ちょっと血圧が高いもんで、ふらふらしただけや」

残りの水を飲み干すと、リュウにコップを返した。リュウはコップを受け取ると、そっとテーブルに置いた。そして、落ち着いた声で切り出した。

「その缶、あまりよくないものが入ってるのでは？　なんだか暗い匂いが……」

「よくないものとはなんや」かっとして紘二郎は怒鳴った。

「すみません。悪く言うつもりはなかったんです。でも、三宅さんが気を失ってるのを見て心配になって」

リュウが慌てて頭を下げた。背の高い男が身を縮めて詫びる姿は、どことなく痛々しかった。紘二郎は短気を起こしたことが恥ずかしくなった。心配してくれたリュウに八つ当たりなど、あまりにみっともない。倉敷に来て予想外の出来事が起こったせいで、不安定になっている。落ち着かなければ、と自分に言い聞かせた。

「……心配を掛けたのは悪かった。でも、これは大事なものなんや」

「それは、日田行きと関係があるんですか？」

「なんでそこまで君に話す必要がある？」

「話したら楽になることって、ありますやん。僕もいろいろあって、それを彼女に聞いてもろたんです。そしたら、すごく楽になった」

「振られたくせに偉そうやな」

「ほっといてください」

リュウが軽くにらんでから、ふわっと笑った。羽のように軽く心地よい笑みだった。ベッドに寝転がったまま、紘二郎は思わず見とれた。

ずいぶんと高いところにリュウのへらへら顔があった。だが、見下ろされているという感じはまったくない。ただ、紘二郎の頭のずっと上で、金の塊が光っているだけだ。

「昔は背の高いやつのことをからかって、半鐘泥棒と言うた。君はなんというか、あれや。星や。あれのてっぺんにある星や」歳のせいか言葉が出てこない。もどかしくて苛々した。「木や。飾りのぶら下がった木や。名前が出てこん」

「クリスマスツリー?」

「そう、それや。クリスマスツリー。君の頭はクリスマスツリーのてっぺんにある星や」

一瞬、リュウは眼を見開いた。しばらく呆然と紘二郎を見ていたが、やがて、今にも消えそうな星のように頼りなく微笑んだ。

「光栄です」

紘二郎は思わず息を呑んだ。わけもわからないまま、胸を抉られたような気がした。

「褒めたわけやない」

思わず憎まれ口を叩くと、リュウの顔がほころんだ。半分は苦笑いのようだ。

「星になれたらええな、と思います。きっと夜が怖くなくなる」

「夜が怖い？」

「ホームレスはじめた頃、一日中ぼんやりしてるだけでした。ほんまに、なにをする気力もなかったんです。家と仕事がなくなったら、脳味噌もなくなったみたいな感じでした。昼間はキタやらミナミやら阿倍野やらをさまよってました。一日一食で、スーパーの半額弁当を食べてました。昼間はいいんです。でも、夜は……」

「野宿か？　最近は公園も締め出しやろ」

「そうなんです。だから、やっぱりさまよってました。疲れたら、飲み屋の近くで道端に座り込んでました。これやったらホームレスやなくて、ただの酔っぱらった兄ちゃんに見えるから」

「ホームレスも酔っぱらいも大差ないやろ」

「ありますよ」

リュウが大きな声で答えた。部屋中に響いて、慌てて声を落とした。

「酔っぱらいはただの阿呆なやつで済みますが、ホームレスは人間と思ってもらえません。的です。獲物、標的。サンドバッグ。ゴミ箱。そんなとこですね。僕は罵られるだけで済みましたが、ひどいことをされる人を見たことがあります。バイクで追いかけ回されたり、全財産の入った紙袋を川に捨てられたり」

リュウはひとつ咳払いをして、大きな溜息をついた。

「……夜になると暗い匂いがするんです」

「暗い匂い？ さっきも言うてたな。盛り場の匂いか？」

「いえ。具体的な匂いじゃありません。怖い匂いなんですよ。どこまでも追いかけてくる匂いです。身体の芯が重くなって、手足が痺れて動けなくなるような、身動きもできないまま、頭からバリバリ怪物に喰われてるみたいな感じがする匂いです。だから、夜が怖かったんです。特に、ただじっとしているしかない雨の夜が辛かった。ひとりで自販機の横でうずくまってる夜を思い出したら、今でも身体が震えて叫び出しそうになります」

夜が怖い。その感覚は紘二郎もよく知っていた。廃病院で一人過ごす夜は地獄の底にいるようだった。風の音、かすかな家鳴りすら恐ろしく、思わず叫び出したくなった。

「自業自得や。しっかりせえ」

「はい」

リュウがまた笑った。叱られて嬉しそうだ。本物の阿呆かもしれん、と紘二郎は思った。

交代でシャワーを浴びた。リュウは浴衣の着方を憶え、死人ではなくなった。見慣れたせいか、金髪、棒きれ手足でも違和感がなかった。

その夜は眠れなかった。紘二郎は起き上がって、窓際の椅子に座った。睦子の手紙を取り出し、小さな灯りでもう一度最初から読んだ。何度読んでも胸が締め付けられた。

──紘ちゃん。迎えに来て。

地獄の底にいたのは俺ではない、睦子だ。紘二郎は顔を覆い、懸命に嗚咽(おえつ)を堪えた。

そして、呟(つぶや)いた。兄貴、待ってろ。必ず殺してやる、と。

第三章　昭和三十一年三月三日　大阪　三宅医院

「征太郎、紘二郎。座りなさい」

夕食後、父が兄と紘二郎を座敷に呼んだ。

父は腕組みしたまま黙っていた。紘二郎は首をすくめてじっとしていた。今日は三月三日、桃の節句だ。桃の花、白酒、菱餅が美しく飾られたこの日、紘二郎は母の大切な雛人形を壊した。随身の刀で遊んでいて、半分に折ってしまったのだ。

三宅家に代々伝わる時代物の人形だ。三宅家には紘二郎と兄だけで娘はいないが、母は季節になるといつも雛人形を飾った。

刀を折ったことを知ると、母は紘二郎を強い口調で叱った。

「春からは五年生になるというのに、この子は。征太郎はそんな阿呆な真似(まね)はせえへんかったのにねえ」

五歳年上の兄と比べられて、紘二郎はすこしむっとした。兄は今、中学三年生で品行方正、成績優秀、三宅家自慢の長男だ。

父はまだ無言だ。もしかしたら相当怒っているのかもしれない。もし、水泳教室をやめさせる、と言われたらどうしよう。

だが、なぜ兄も呼ばれたのだろう。連帯責任だろうか。

「ジャングルでは、もう一週間も雨が続いていた」

ふいに父が口を開いた。一体なんのことだろう、と紘二郎も兄も一瞬呆気にとられた。

「いや。いつから降り続いた雨なのか、だれにもわからなかった。雨だけではない。だれも自分のしていることがわからなくなっていた。なぜ、こんな異国の地にいるのか。なぜジャングルにいるのか。なんのために、だれのために——。私たちは戦ってすらいなかった。ただ歩いていた。補給が途絶えてから久しい。部隊はバラバラになり、指揮官もいない。攻撃するのか撤退するのか、それすらもわからない。私たちはただひたすらに海を目指して、森の中をよろめき歩いているだけだった」

父は決して声を荒らげたりはしなかった。ただ淡々と悲惨と勇気と友情について語った。だが、父の眼は赤く、涙をこらえているのがわかった。

「ようやく海が見えたとき、突然の砲撃にあった。周りで人がばたばたと倒れていった。応戦しようにもこちらには弾薬のひとつもない。私はすこし先の窪地を目指して走り出した。だが、もうすこしというところで、力尽きて倒れた。そのとき、私に肩を貸してくれたものがいた。草野一等兵だった。衛生兵が亡くなって以来、ずっと私を手伝ってくれていた男だ。草野は私を支え銃弾の雨の中を走った。次の瞬間、私たちは吹き飛ばされて転がった。だが、そこは窪地の中だった。私はなんとか生き延びた。だが、横を見て愕然とした。草野が血まみれで転がっている。私をかばって負傷したのだ。右腕はちぎれかけ、一目で切断するしかないと知れた。麻酔などない。押さえつけて切るしかなかった」

紘二郎は息を詰めて父の話に聞き入った。ちらと兄を見ると、拳を強く握りしめている。兄もやはり平静ではいられないのだろう。身体が震えているようだった。

「私は天に祈った。自分は草野のおかげで九死に一生を得た。草野は命の恩人だ。どうか助けてください、と。草野は高熱と感染症に苦しみながらも、奇跡的に命をとりとめた。私は天に感謝した」

戦争が終わって十年。父が戦争体験を語るのははじめてだった。紘二郎には難しい言葉の意味はわからなかったが、それでも父の語ろうとしている崇高さは感じることができた。父は草野一等兵に心から感謝している。それは絶対的に美しいものだった。

父はさらに続きを話しはじめた。

「私たちはみな日本へ帰ることだけを考えていた。国へ帰ったらと、たわいもない想像をした。腹一杯の白飯を食おう。酒を飲もう。風呂に入ろう。花見をしよう。もし生きて帰れたなら、互いの子供を結婚させよう、と。私たちは約束した」

　はっと兄が息を吞んだのがわかった。

「征太郎。将来、おまえは草野睦子さんと結婚するんや」

「結婚ですか?」

　さすがの兄も驚いたようだ。動揺して次の言葉が出ないらしい。だが、父はうろたえる兄を無視し、話を続けた。

「睦子さんは紘二郎と同い年で、おまえの五つ下になる。ちょうど釣り合いがとれるやろう。睦子さんが高校を卒業したら、正式に三宅家に迎え入れようと思う」

「ちょっと待ってください。いきなり会ったことのない人と結婚しろやなんて」兄が慌てて言った。「それに、その人が高校卒業ということは、そのとき僕は二十三歳。医学部行ってたとしたらまだ学生です」

「草野は私の命の恩人や」父がぴしりと言った。「あの男がいなければ、私は今頃骨になっていた。その恩に報いようと思うことは間違っているんか?」

「いえ、でも」兄は混乱していた。

「しかも、私をかばったせいで、草野は腕を失った。まともに働くこともできず、困窮している。放っておくことはできない。できる限りのことはしようと思う」

「お父さん、ちょっと待ってください」

「征太郎。おまえは性質も真面目で、学業も優秀だ。どこに出しても恥じるところがない息子や。堂々と草野の娘に紹介できる」

紘二郎はぼんやりと父と兄のやりとりを聞いていた。自分がここにいる意味があるのだろうか、と思った。まったく不必要な人間ではないか、という気がした。

「いえ、それは」

「征太郎。草野と約束したんや。私に不義理をさせんといてくれ。頼む」

父が兄に頭を下げた。

「お父さん、そんな。頭を上げてください」

「ならば承諾ということでいいのだな」

「ええ、はい」

「おまえが承諾してくれて、よかった。本当によかった」

父はほっとし、大きな溜息をついた。そして、詩を吟じた。

花開萬人集
花盡一人無
但見雙黃鳥
綠陰深處呼

「征太郎。おまえはさっき言った通り、優秀な人間だ。いつも周りに人がいる。ちやほやされることも多い。花の盛りだ。だが、人生には苦しいときがある。人が離れていく時期もあるだろう。だが、たった一人でもそばにいてくれる人がいればいい。おまえは睦子さんと幸せな家庭を築け。緑陰の深いところでひっそりと、だが、仲むつまじく鳴き交わす鳥のようにな」

「……わかりました」

うなずく兄の頬は紅潮していた。

しばらくすると、遠い能登(のと)の町から睦子の写真が届いた。

おかっぱの女の子が写っていた。眼の大きな、きれいな髪をしたかわいらしい女の子だった。写真を見た母は眼を潤ませた。

「この子が征太郎のお嫁さんになって雛道具を受け継いでくれるんやね」

紘二郎と兄は二人兄弟だ。だが、本当は紘二郎の下に妹がいた。生まれて三ヶ月で亡くなってしまったのだ。母の悲嘆はかなりのものだったらしい。だから、睦子が来ることになって、一番喜んだのは母だった。

それからは折に触れて、睦子の写真が届いた。写真の中の睦子はすこしずつ成長していった。ランドセルを背負った女の子は、やがて中学に入りセーラー服を着た。おかっぱの髪は伸びて胸ほどになった。

父は兄の写真も送ろうとしたが、兄は嫌がった。素直な兄にしては珍しいことだった。

「兄さん、なんでそんなに嫌がるねん」

紘二郎が訊ねたのだが、兄は不機嫌そうに眼を逸らしてしまった。

「睦子さんかて兄さんの顔が知りたいやろ」

すると、兄は怒ったような顔で言った。

「僕の顔を知ってがっかりされたらイヤやろ」

紘二郎は思わず噴き出してしまった。兄は秀才で、しかもハンサムだ。近所でも評判だし、他校の女子生徒まで騒いでいると聞いたことがある。

「兄さんは僕と違てそんな心配要らん。兄さんの写真見たら、睦子さんは絶対喜ぶ。映画俳優みたいや、言うて」

「阿呆なこと言うな」

兄は真っ赤になっていた。紘二郎は兄を説得し、写真を送らせた。睦子からはこんな手紙がきた。

――想像よりもずっと素敵な方なので気後れしております。

兄は長文の返事を書いたようだが、もちろん紘二郎にはその内容は見せてくれなかった。

兄の結婚話に大きな動きがあったのは昭和三十六年、紘二郎が高校生になった年だった。

一昨年の皇太子と美智子(みちこ)さんのご成婚以来、日本中で結婚ブームが続いていた。母もすっかりその熱に浮かされてしまい、睦子を早く迎えようと舞い上がっていたのだ。草野の家にも異論はないらしかった。

「うちの娘は田舎者でなにもわかりません。仕込んでやっていただけるとありがたいんですが」

睦子の家はすでに母が亡くなっていた。花嫁修業をさせたくても、教えるものがいないという。それでは、ということで、夏休みの間睦子を三宅家で預かることになった。

父は兄に言った。

「言う必要もないとは思うが、物事には正しい順序というものがある。わかるな」

「はい。わかっています」

兄は神妙な面持ちでうなずいた。次に、父は紘二郎を見て言った。

「睦子さんの嫌がることはしないように」

幼稚園児への注意と変わらなかった。

夏休みに入って、紘二郎は水泳部で地獄の泳ぎ込みをやっていた。明日は睦子が来るという日だった。

「三宅、先、行くで」

そう言って同じ一年生の中島が飛び込んだ。なんだか思い切りが悪いな、と紘二郎は思った。どこが悪いというわけではないが、見ていてすっきりしないのだ。フォームそのものは綺麗なのに中島のタイムが伸びないのは、スタートに問題があるのかもしれない。

次は紘二郎だ。台を蹴って、水に入る。指から腕。腕から背中。そして足。一瞬がスローモーションで過ぎていく。推力の失われる限界まで潜水で進み、最小限の抵抗で浮上した。ストロークを開始しようとして、紘二郎は足をついた。なんだろう。違和感がある。

「三宅。ちょっとスタートおかしいんと違うか？」

コースロープにつかまって休んでいると、中島が寄ってきた。

「やっぱりわかるか。自分でも、勘が狂てる気がする」

手も足もバラバラだ。水に入るというより、単に落ちたという気がした。

「なんかあったんか?」中島が心配そうな顔をした。

中島の家は小さな調剤薬局をやっていて、紘二郎とは子供の頃からのつきあいになる。中島薬局から一番近い医療機関は三宅医院なので、ほとんど三宅医院の門前薬局のようなものだ。

近所のことだし、どうせいずれはばれる。正直に話すことにした。

「実は、明日、兄さんの婚約者が来るんや」

「婚約者」中島がヒュウと下手な口笛を吹いた。「征太郎さん、もう結婚するんか? まだ学生やろ」

「二十一や。結婚はもうちょっと先やけど、とりあえずご対面いうやつや」

「そうか。うちの姉貴、がっかりするな。征太郎さんのファンやったから」

「ファン? 昔は普通に仲良うしてたやろ」

頭はいいが、黒縁眼鏡を掛けていて地味な印象しかない。三宅家では「文学少女」と呼んでいた。

「そんなん小学生の頃だけやろ。三宅医院の跡取りに気安くできるわけない」

「兄貴と同じ高校やのに?」

「いくら同じ高校でも、うちにとっては馴れ馴れしくできる相手と違うからな」

「なんやそれ、阿呆らしい」

　中島の卑屈な言い方が癇に障った。紘二郎は水泳キャップを脱いで、プールの水で洗った。もう一度かぶり直す。

「征太郎さんの婚約者のせいでスタートが狂たんか？　おまえ、兄嫁に横恋慕してるんと違うか？」そういう中島の声はわずかにうわずっていた。

「阿呆。そんなことあるか」

「で、どんな人や？　美人なんか？　兄嫁になる人は」

「どうやろうなあ。まだだれも会うたことないしな」

「なんやそれ」中島は呆れ顔をしながら、眉をひそめた。「姉貴は失恋か……」

　そのとき、プールの端から怒鳴られた。

「こら、そこの一年。なにフジツボしてるんや」

　先輩が鬼の形相でにらんでいる。紘二郎と中島は慌てて練習に戻った。


　翌日、草野父娘がやってきた。

　父の恩人、草野一等兵を見て、紘二郎も兄も言葉を失った。傷痍軍人など珍しくもない。町を歩くといくらも見る。物乞いをしている者もいた。三宅医院にも外地から帰ってきた患者は通ってきたが、その中でも草野はかなり悲惨なほうだった。

草野一等兵の右腕は肩のすぐ下からない。すり切れた背広を着ているのだが、結んだ袖が頼りなく揺れている。顔の右半分には大きな傷と火傷(やけど)の痕があり、右耳もちぎれてなかった。

紘二郎は父の気持ちがようやくわかった。自分をかばって腕を失い、顔にひどい傷を負った男だ。恩義を感じ、戦地での約束にこだわるのは当たり前だろうと思われた。

睦子は緊張した面持ちで、草野の後ろに立っていた。長い髪は編まずに下ろして、白地に水玉のワンピースを着ていた。腰は思い切り絞って、スカートはふんわり膨らんでいる。

「なんやカルピスみたいな子やな」

思わずつぶやくと、睦子にも聞こえたらしい。動揺して、ほんの一瞬、泣き出しそうな表情になった。しまった、と思った瞬間、兄がさりげなく、だが、強い力で紘二郎を押しのけた。

「すみません。失礼な弟で」兄は軽く頭を下げた。

「……いえ」

蚊の鳴くような声で睦子が言う。紘二郎も謝ろうとしたとき、父が喋(しゃべ)り出した。

「さあ、お二人ともどうぞこちらへ」

草野父娘は父にうながされ、座敷へ向かった。兄もその後に続く。紘二郎は謝るきっかけを失い、すぐ横を通り過ぎる睦子を見送った。

写真で何度も見た少女だ。だが、実際に会うとまるで違う。眼の前の睦子は生身の身体を持っていて、生きていた。特に印象的なのは髪だ。たっぷりして艶がある。そして胸が大きい。真っ直ぐな髪が胸のちょうど一番ふくらんだところで揺れているのを見ると、おかしな気持ちになりそうだった。

草野父娘の訪問で三宅家は浮き立った。命の恩人と再会した父は興奮して熱く語り、涙まで流した。母は未来の嫁に、早速納戸を開けて雛道具を見せた。睦子は時代物の人形に眼を輝かせた。母は睦子の反応が嬉しかったようで、ずっと上機嫌だった。

その夜、父は草野父娘を肥後橋（ひごばし）の朝日ビルの「アラスカ」に招待した。

「草野さん。フランス料理を食べるなら、大阪ではここが一番なんですよ」父がしみじみと言った。「ここであなたにご馳走するのが私の夢でした」

「三宅さん、私などにもったいないことです」

上座には草野が座った。固辞していたが父が許さなかった。

片腕の草野には、料理はすべて小さくカットして出され、フォーク一本で食事ができるようにしてあった。だが、睦子には通常通りナイフとフォークが一式用意された。

睦子は母の見立ての白いワンピースに着替えさせられていた。美智子さんばりに白のヘアバンドもあったそうだが、さすがに遠慮したそうだ。

睦子はにこにこと愛想良く笑っていた。なんとか自然に振る舞おうとしていたが、緊張は隠せなかった。紘二郎は睦子が気の毒になり声を掛けてやろうとしたが思いとどまった。それは兄の役目だった。

「睦子さん、ここは我が家のお気に入りの店なんです。いずれしょっちゅう来ることになりますよ」父が声を掛けた。

「すごいですね。私はこんなにたくさんのナイフとフォークで食べるなんて、はじめてだから、味なんかわかりません」

すこし強張ってはいたが、睦子は懸命に笑った。すると、兄が父の後を引き取った。

「睦子さん。大きな決まりはひとつだけ。とにかく音を立てないこと」

「それだけでいいんですか？」

「いいですよ、それだけで。僕も紘二郎もそれしかできへんから」

はあ、と睦子が小さなため息をついた。兄はあはは、と気持ちよく笑った。

「大丈夫。あとは火傷に注意です。ここのオニオングラタンスープは怖いですよ。美味しすぎて、ついガツガツ食べて火傷しそうになる。紘二郎なんかいつもや」

「この前、兄さんかて火傷してたやろ」

「火傷して慌てて水飲もうとして、コップ倒して大騒ぎになったんは誰や？」

言い合いをしていると、いつのまにか睦子が笑っていた。

料理は進んで肉が出てきた。

睦子がナイフとフォークで肉を切ろうとした。だが、うまくいかない。すこし前屈みになってやり直そうとした瞬間、髪が肩から滑り落ちて皿に入った。先っぽにべったりと肉のソースがついてしまった。

睦子はしまったという顔をして周りを見た。瞬間、眼が合った。

睦子は紘二郎に見られたことで、完全に動揺したらしい。肉にナイフを入れたまま、引きつった顔で動けなくなった。今にも泣き出しそうだ。その様子を見ていると、紘二郎まで胸が痛んできた。

さっきは兄が助けた。今度は俺が助けてやりたい、と思った。紘二郎は睦子に眼で合図した。それから、自分の膝のナプキンを持ち上げ口許を拭いた。次に、ソースが跳ねたふりをして、胸元を拭いた。そして、もう一度眼で合図した。

睦子は小さくうなずき、ナプキンを取りあげ、口許を拭くついでに髪を拭いた。それから、紘二郎の顔を見てほっとしたふうに笑った。

やった、と紘二郎は思った。睦子が危機を脱したことで、紘二郎もほっとした。緊張が解けると喉が渇いた。水を飲もうとグラスに手を伸ばしたら、つかみ損ねた。緊張が解けすぎたらしい。派手に倒してしまった。

「紘二郎、またか。おまえは本当に粗忽者やな。大切な日やというのに」

「ごめんなさい」

謝るしかない。恥ずかしかったが、これで睦子の失敗は完全に気付かれずにすむ。そう思うと心は軽かった。

紘二郎の隣で兄は面白そうに笑っている。

「紘二郎は河童やからな。水がないと干涸らびて死んでしまうんや。だから、あちこち水浸しにする」

「え？　河童？」睦子が不思議そうに訊ねた。

「そうですよ。こいつは水泳部で泳いでばかりいるんです。だから、河童」

兄の話に続き、母も笑いながら言った。

「紘二郎は泳ぐばっかりで、どうもがさつで。炭団みたいに真っ黒でしょう？　陸にいるより水の中にいるほうが長いみたい。小さい頃は、河童の紘ちゃん、って言われてて」

「河童ですか。……河童の紘二郎さん」

睦子も笑って、ちらりと紘二郎を見た。切れ長の眼が潤んでいるように見えたのは気のせいだろうか。

みな、笑っていた。笑っていなかったのは草野だけだった。だが、ほっとしたような顔に見えたのは間違いではない。娘の婚約者が河童でなく兄でよかった、というところだ。

そのときになって、紘二郎はどきりとした。

――河童の紘二郎さん。

紘二郎の知る限り、睦子が兄の名を呼んだことはまだ一度もない。紘二郎は兄より先に名を呼ばれたのだ。

そこで、ふいに怖くなった。俺は喜んでいるのか？　たかが名前を呼ばれたくらいで、どうして舞い上がっているのだろうか。

紘二郎は懸命に落ち着こうとした。冷静になって自分の心を分析する。

そもそもなにが嬉しいのだろう。睦子が自分の名を呼んだことか。それとも、最初に呼んだのが、兄ではなく自分だったことか。

どんなに考えても結論は出なかった。とにかく、と紘二郎は自分に言い聞かせた。落ち着け、冷静になれ。先は長い。睦子は兄と結婚する。兄嫁で義姉（あね）で、つまり、一生付き合わなければならない人間だ。

草野は睦子を預け、一旦能登に戻ることになった。

父も兄もどうしても都合がつかず、やむなく紘二郎が草野を大阪駅まで送っていくことになった。発車まですこし時間があるので、睦子も一緒に四天王寺にお参りすることになった。寺までは歩いても十分ほどだが、父はハイヤーを手配した。

兄はせめて見送りだけでも、と玄関先で生真面目な顔をしていた。そこへ、中島が「文学少女」の姉と二人でやって来た。玄関前に黒塗りのハイヤーが駐まっているのを見て、目を丸くしている。

「まさか、あの子が征太郎さんの？　若いな」中島がこっそり言う。

今日の睦子は母が買った薄い水色のワンピースを着ている。流行りのデザインで、いかにも高級そうな洋服だということが紘二郎にもわかるくらいだった。

「同い年やな。高一。十五歳」

「あの子が将来、三宅医院の奥様になるんか。院長夫人か……」中島がため息をついた。

「院長夫人て……」

紘二郎は思わずどきりとした。奥様。院長夫人。考えてみれば当然のことだ。だが、まるで現実感がない。

「すみません、お家賃を」

中島の姉が封筒を差し出し、姉弟そろって兄に頭を下げた。中島薬局は借家で、家主は三宅家だった。父親に頼まれて家賃を持ってきたという。

中島薬局にとって、三宅医院の跡取りの兄は大切なお得意様だ。たぶん、家でも繰り返し言われているのだろう。紘二郎に対しては気安いが、兄に対してはすこし卑屈になる。そして、兄もそれを当たり前のように受け入れていた。

中島がなにかお祝いを言いかけたが兄は気付かず、封筒を受け取ると無造作に下駄箱の上に置いた。無視された形の中島は困惑した表情を浮かべ立ちつくしていた。

「紘二郎、早く。草野さんをお待たせするな」

「わかったよ」

兄は次に睦子のほうを振り向いて、優しく語りかけた。

「睦子さん、頼りない弟やけど我慢してください。もし馬鹿なことをしたら、遠慮せずに叱ってかまいませんから」

兄は中島姉弟のことなど、もう眼中にはない。草野と睦子の世話にかかりきりだ。

兄のファンだという中島の姉は普段着姿だった。分厚い黒縁眼鏡に、色褪せたワンピース、くたびれた突っかけを履いている。睦子のよそ行き姿を見て、恥ずかしそうに眼を伏せたのがわかった。すこしかわいそうになった。

ハイヤーの後部座席には草野父娘が座っていた。紘二郎は助手席に乗り込んだ。運転手が扉を閉めると、途端に緊張した。父と兄に頼まれたのは四天王寺観光のガイドだったが、紘二郎の心にあったのは睦子のことだけだった。

奥様。院長夫人。

睦子は兄の婚約者で、いずれ兄の妻になる。そして、将来、跡継ぎを産むだろう。奥様、院長夫人と呼ばれて、あの家で暮らすのだ。

なぜ、今さらこんな当たり前のことで動揺するのだろう。紘二郎はミラーを見た。後部座席の睦子が映った。すると、また眼が合った。睦子はにこにこ笑っていた。紘二郎は慌てて眼を逸らした。

四天王寺へ着いてからも、居心地の悪さはつのる一方だった。横にいる同い年の少女が、三年後には兄の妻になる。そして、同じ家で暮らす。意識するなというほうが無理だった。

「昨日はありがとうございました」

「いや、僕は別に」

ふいに話しかけられて、紘二郎は慌てて横を向いた。すこし不自然だったろうかと思うが、どうしていいかわからない。

黙りこくって歩いていると、睦子がふいに声を上げた。

「お寺なのに鳥居？　おかしくありませんか？」

紘二郎はどきりとしたが、なんとか落ち着こうと深呼吸をした。

「いえ、そんなことはありません。鳥居というものは、その昔インドから……」

草野父娘を四天王寺に案内するにあたって、紘二郎はきちんと予習をした。草野はすこし驚いたようだった。弟のほうはあまり出来がよくないと聞かされていたはずだ。まさかそんな知識があるとは思ってもいなかったのだろう。

「この石鳥居は昔から有名で、いろいろな作品に登場するんです。たとえば……」

紘二郎は厨子王やら信徳丸の話をすると、父娘は神妙な顔で聞いていた。

「そうですか。なら私も御利益を期待して」

草野は一本の腕を器用に巻き付け、大真面目な顔でしがみついた。紘二郎は思わず眼を逸らした。

ふと横を見ると、睦子もやはり眼を逸らしたのがわかった。紘二郎に見られたことに気付くと、睦子は髪をかき上げ、苦しそうな顔のまま微笑んだ。震える指先は白くて細い。仏壇の蠟燭（ろうそく）のようだ、と思った。

紘二郎はふいに理解した。

親に決められた十五歳の許嫁（いいなずけ）だ。なにもかも呑み込まされた歯がゆさ。なにもかも抱え込まされてしまった苦しさ。そして、そのことを気付かれてはいけない辛さ。睦子の細い身体の中には、圧（お）し固められた雪のように哀しみが詰まっているのだ。

石の鳥居をくぐると朱塗りの西門があって、転宝輪が取り付けられていた。

紘二郎はまがまがしく、怖（おそ）ろしいなにかを感じていた。もうごまかすことなどできなかった。自分に邪心が芽生えたこと。それはなにかとんでもないことを引き起こすかもしれない、ということをだ。

「自浄其意」

大声で言って、慌てて転宝輪を回した。声が震えているのが自分でもわかった。紘二郎は睦子を見た。睦子は強張った顔で紘二郎を見返した。しばらく呆然と紘二郎を見つめていたが、慌てて眼を逸らした。小さな声で「自浄其意」と唱えて転宝輪を回す。

「睦子さん、心は清浄になりましたか?」

「いえ。紘二郎さんは?」

「僕も無理でした」

もう一度見つめ合った。先に眼を逸らしたのは、今度は紘二郎だった。

草野は石鳥居に抱きつきながら、まだなにかぶつぶつと言っていた。

そのあと、紘二郎は草野を大阪駅まで送った。草野は能登へ帰っていった。

その夏、紘二郎はひたすら泳いだ。日に日に黒くなり、塩素焼けで髪は赤くなった。兄は夏休みもひたすら勉強と実習だったが、睦子とはずいぶん親しくなった。似合いのカップルだと母は喜んでいた。父は兄との詩吟の稽古に、睦子を付き合わせた。

睦子は部屋の隅で正座して、二人がうなるのを聞かされていた。

　睦子は三宅家で家事手伝いと行儀見習いを続けた。

「征太郎が跡を継げば医院のこともあるけど、今はとりあえず家の中のことを憶えてね」

　母は本当に嬉しくてたまらないようだった。娘を亡くした母と、母を亡くした睦子はぴったりとはまった。母と睦子は毎日のように一緒に台所に立った。

　休みの日には母と睦子は一緒に百貨店に出かけた。母は睦子を着飾らせた。睦子は戸惑っていたが、母は幸せそうだった。

　夏の盛りに母は雛人形を出して来た。睦子に手伝わせて綺麗に飾り付けた。紘二郎は兄と横で見ていた。手伝おうとしたが、母にきっぱり断られた。壊されたら大変ということらしい。

「睦子さん、これがね、代々伝わるお雛様やの。私は娘がおれへんかったから心配やったけど、あなたが来てくれて一安心。受け継いでくれる人ができて本当に嬉しいわ」

「こんな立派なお雛様をいいんですか？」

「当たり前やよ。その代わり、睦子さんに娘ができたら、ちゃんと渡してあげてね」

「はい。ありがとうございます」睦子が頭を下げた。

「そんな堅苦しくせんでもいいから。代々伝わるて言うても、要するにボロボロのお雛様やから」母が優しく言う。本当に嬉しくてたまらないようだ。

「ええ、でも……」

睦子は雛人形を見てすこしひるんでいるようだった。兄は睦子のそばに座ると、随身を示した。笑いながら言う。

「ほら、刀が壊れてるでしょう？　あいつがやったんですよ」振り向いて顎で紘二郎を示す。「乱暴者の河童なんです。あいつには気を付けんと、また壊されます。僕も見張りを手伝いますから」

「はい」睦子が兄の顔を見てうなずいた。その頰がいつもより赤いような気がした。

「はいはい。どうせ僕は乱暴者の河童や。カッパッパー、ルンパッパー」

大声で歌いながら部屋を出た。腹が立ったがどうしようもない。そのことがわかっているから、もっと腹が立った。

しばらくすると、母は睦子に毎日の買い物を任せ、やりくりを勉強させることにした。

紘二郎は荷物持ちを命じられ、買い物についていかされた。夕食は父の夕診の後になるので比較的遅い。水泳部の練習から戻ると、重い荷物を提げて紘二郎は睦子と並んで歩いた。

　いくら親切にしてもらえるといっても、睦子にとっては他人の家庭だ。買い物は息抜きのようだった。だから、紘二郎はできるだけ時間がかかるように、わざと遠回りする道を選んだ。上町台地の坂を上ったり下ったりするうちに、紘二郎は睦子と打ち解けていった。

　睦子の家は大変な山奥だそうだ。集落に一台呼び出し電話があるだけで、テレビを持っている家など一軒もなかった。

「三宅さんの家は電話もテレビもあると聞いてたから、どんなおやっさまかと思ってたら、家の大きさは普通で」

「おやっさま？」

「地主さんのこと。田んぼや畑を何枚も、山をいくつも持ってるような」

「さすがにこのあたりで山持ってる人はおらんな」

「でも、おやっさまより紘二郎さんちのほうがお金持ちでしょうね」

　山はないが多少の地面はある。三宅家が裕福に暮らしていけるのは賃料が入るからだ。

「なあ、睦子さん。能登の言葉で喋ったらええねん。無理して標準語なんか喋らんでええよ」

「でも、なんか恥ずかしくて」

「僕らかて大阪弁や。人のこと言われへん」

それ以外にもずっと気になっていたことがある。紘二郎は思いきって言うことにした。

「紘二郎さん、なんてなんか堅苦しくて気持ち悪い。紘二郎、て呼び捨てでええ」すこし考えて付け加える。「……どうせ、義弟になるんやし」

「義弟……」ぎくりとした顔で睦子が紘二郎を見た。

睦子の反応に、紘二郎もどきりとした。紘二郎は圧し固められた雪をまた想像した。冷たく逃げ場のない雪の塊だ。

「じゃ、紘ちゃんでどうや？」

どうせ義弟なのだから、とまた言おうとしたが、言い訳がましいような気がして言えなかった。睦子はしばらく黙っていたが、思い切ったようにきっぱりと言った。

「じゃあ、紘ちゃんって呼ぶ代わりに、あたしのこともさん付けはなしにして」

「睦子……さんの代わりに……ちゃんやな。睦っちゃんでええか？」

紘ちゃん、睦っちゃん。

呼び方が変わると、なにもかもが変わった。睦子は紘二郎といるときは能登の言葉を使うようになった。だが、それは二人きりのときだけ、と暗黙の了解ができた。

谷町筋を渡り、寺町の間を抜け石畳の急坂を登る。

真言坂、源聖寺坂、口縄坂、愛染坂、清水坂、天神坂、逢坂。

ひぐらしの声を聞きながら、名のついた坂をめぐった。疲れると、四天王寺で買った釣鐘まんじゅうを食べながら愛染堂か大江神社で休む。愛染堂で、睦子は「愛染かつら」を口ずさんだ。夕立ちがくれば、寺の山門で雨宿りをした。

ある日の雨宿りで、睦子がぽつりぽつりと語り出した。

「あたしの家は山奥で、町まで歩いたら一時間くらいかかるんよ。山の合間に小さな田んぼと畑があるだけで、こんな都会とは全然違うんよ。やから、大きなったら結婚して大阪に行ける、って楽しみにしてたがや」

「……そうなんか」

睦子は兄との結婚を楽しみにしていたのか。紘二郎はすこし胸が苦しくなった。

「三宅さんの家は立派なお医者さんで、お金持ちで」睦子の口がすこし重くなった。

「お母さんの病院代もお葬式代も、あたしの学費も、みんなみんな出してくれたがや」

紘二郎は思わず睦子の顔を見た。睦子はうつむいて、ひどく悲しげな顔で笑っていた。

「小さい頃は大阪から荷物が届くのが嬉しゅうて。綺麗なお洋服や本やお菓子が山ほど入っとった。みんなそこの近鉄百貨店で紘ちゃんのお母さんが買うて送ってくれたものなんよ。届いたお洋服を着て、写真撮って送ったがや」

「でも、そんなん親父やお袋が好きでしたことや。睦っちゃんが気にすることない」

「……お父さんが頼んだものもあるがや」

「えっ？　それ本当なんか？」

「お父さんが商売をはじめるときのお金も、失敗したときの借金も払てくれたんよ。お父さんが厚かましゅう頼んだのに、三宅さんはいやな顔ひとつしんかった、て。だから、みんな言うんよ。あんなに親切でやさしい家はありはせん。征太郎さんは頭がよくて真面目で、将来は立派なお医者様になる。あたしみたいに恵まれてる子はおらん。幸せ者や……」

　睦子が自分から家の事情を話すのははじめてだった。紘二郎はようやく睦子の置かれた状況を把握した。

　もともと草野の家は農家だった。草野は片腕を失っただけでなく、まだ身体のいたるところに砲弾の欠片があるという。すこし身体を動かすだけでも辛いそうだ。ほとんど作業ができず、山間にあるわずかばかりの田畑も荒れるばかりらしい。

　そもそも農業だけではとても食えず、冬には出稼ぎでようやく暮らしを支えてきたそうだ。だが、腕を失った草野には出稼ぎの口もない。代わりに妻が温泉旅館の仲居をしていたという。その妻も身体を悪くし、三年ほど入院と手術を繰り返したあげく、去年死んだ。

　草野には軍人恩給以外のまともな収入がなかった。草野は田んぼを諦め、町に小さな店を借り商売をはじめた。資金はもちろん三宅家が出した。だが、素人商売はうまくいかず借金だけが残った。

　本来なら、睦子だって高校に行かず働かなければならないはずだ。しかし、三宅家の嫁が中卒では、と父が学費を援助することになったそうだ。

「あたし、恵まれてるんよね」

　戦地での美しい友情がそもそものはじまりであるのは間違いない。父は草野に絶対の恩義を感じ、報いようとしている。その結果、草野が三宅家にたかる形になった。そして、そのカタに睦子を差し出そうとしている。

「どこが恵まれてるねん。睦っちゃんが恵まれてるなんて、僕は全然思わへんな」

「えっ？」睦子が驚いた顔をした。

「今は自由の時代や。やのに、親が結婚相手を決めるなんて古いやんか。そんなんちっとも恵まれてないし、幸せ者でもない」

「そうかいね……」睦子は曖昧に返事をぼかした。

　紘二郎は納得できなかった。せっかく勇気を出して言ったのに、睦子は逃げているように思えた。

「親の言いなりになる時代と違うやろ。皇太子かて民間の美智子さんと結婚する時代や。親が決めた許嫁なんて阿呆らしすぎる」

強く言った。だが、睦子は返事をしなかった。

やがて、夏休みが終わり、いよいよ睦子が帰る前日の夜だ。
みなで寿司を食べに行った。生魚が苦手な紘二郎は、玉子とかっぱ巻きばかり食べていた。すると、睦子が噴き出しそうな顔をしていた。

「睦子さん、どうしたんですか？」兄さんが不思議そうな顔をする。

「すみません。ほんとに河童の紘ちゃんなんだな、と思って」

兄がちらりと紘二郎を見た。紘二郎も睦子もしまったと思った。人前で「紘ちゃん」と呼んでしまった。兄はなにか思うだろうか。

すると、兄はあはは、と声を立てて笑った。

「そうそう、こいつは本物の河童なんですよ。人間の振りしてるだけです。その証拠にきゅうりばっかり食べてるでしょう？」

言い終わると、兄は突然歌い出した。

「カッパッパー、ルンパッパー、カッパ黄桜、カッパッパー」

普段、詩吟をやっているだけあって、声だけはやたらよかった。だから、余計におかしかった。みな、笑った。紘二郎はほっとした。

次の日、睦子は能登へ帰っていった。

その後も、紘二郎はずっと睦子のことを考えていた。秋が来ても冬が来ても考えていた。みなの前で堂々と、河童の紘ちゃん、と呼びかけられたことを何度も何度も思い出した。


次の年の夏、再び睦子はやってきた。

三宅家はひと月以上前から大騒ぎだった。母は浮かれて睦子のために浴衣、洋服、帽子、靴など一式を揃えた。兄は平静を装っていたが、やはり浮かれていた。父との詩吟の稽古が上の空だった。

今回は草野の付き添いはなかった。聞くと、草野はまた商売をはじめたようで、能登を離れるわけにはいかないそうだ。

高二になった睦子はすこし痩せて、新しい紺のワンピースを着ていた。今、流行りの縫い目のないシームレス・ストッキングをはいているので、大人っぽく見えた。

兄はスマートに睦子を出迎えた。

「そんなに緊張しなくていいですよ。ここはもう睦子さんの家みたいなものやから」

「ありがとうございます」睦子が頭を下げる。

その様子を見た父が睦子に笑いかけた。

「睦子さん。ほんまのことを言うと、緊張してるのは征太郎のほうなんや。睦子さんが来るひと月も前から、そわそわして落ち着かんようで」

「え、そうなんですか？」睦子が驚いた顔で兄を見た。

兄は睦子の荷物を抱えながら、赤くなった。

「そうですよ。僕は小心者なんです。睦子さんが来ると思たら、どうしていいかわからんようになって……」

兄の言葉を聞くと、睦子は嬉しそうに笑った。二人は並んで廊下を歩いて行った。紘二郎はその後ろでぼんやりしていた。裏切られたような気がした。

大体の生活は去年と同じだった。だが、完全に同じというわけではなかった。母は昨年ほど睦子に家事をさせなかった。それよりも「あとは若い二人に任せる」ことにしたらしい。兄は忙しい勉強の合間を縫って、睦子を連れ出した。映画やら演奏会やらに出かけ、二人で夕食を済ませて帰ってくることが多くなった。

今日は道頓堀(どうとんぼり)の松竹座で「風と共に去りぬ」だそうだ。

松竹座は大正時代に建てられた大きなアーチのある映画館だ。中も広くて豪華な作りになっていて、そのへんの映画館とは違う。睦子は母の手でおめかしされて出かけて行った。宣伝で見た「スカーレット・オハラ」みたいな花柄のふんわりしたワンピースだった。

「睦子さん、なに着せても似合うから楽しいわあ」母は兄と睦子を見送りながら、ほっとため息をついた。「これで可愛い孫を見せてもらえたら、なんの文句もないんやけど」

孫。つまり、それは兄と睦子が――。

急に動悸がしてきた。身体が熱くて息苦しい。母が怪訝な顔をする。

「紘二郎。どうかした？」

「え、いや。兄さんに子供ができたら、僕は叔父さんになるんかと思て」慌てて誤魔化した。

「そうそう、一度ちゃんと言わなあかんと思てたんやけど、睦子さんはあんたのお義姉さんになる人なんやからね。目上に当たるんやから、今からそのつもりでやらなあかんよ」

「そんなん同い年やのに目上て言われても」

「仕方ないでしょ。ケジメはつけんと。言葉遣いも気いつけなあかんよ」

「わかってる」

兄が睦子にいまだに敬語なのだから、紘二郎も当然敬語で話すべきらしい。ただ、そんな堅苦しさにも利点はあった。目下の紘二郎が荷物持ちをするのは当然ということだ。兄とのデートに行かされるせいで回数こそ減ったものの、二人だけの買い物は続いていた。

だが、せっかく二人きりになっても、紘二郎と睦子の会話は減った。去年はあれほど話したのに、今年、睦子の口は重い。紘二郎がなにか言っても、そうかいね……と言葉を濁すことが増えた。

「マリリン・モンロー、自殺したんやってな」

「……そうかいね」

「あんな大スターでも悩んでたんやな」

「そやろね」

話が続かない。やはり、母か兄かが勘ぐっているのだろうか。弟とはあまり話すな、と釘（くぎ）を刺したのだろうか。

「睦っちゃん、最近あんまり喋らへんなあ」我慢できずに訊ねた。

「そうかいね」

「もしかしたら、お袋か兄さんに、なんか言われたんとちゃうか？」

「ううん。別に」

「じゃあ、なんでやねん」きちんとした返事がもらえなくて、むっとした。「それやったら、僕と一緒に買い物行くんがいやなんか？」

「紘ちゃん、なんでそんなこと言うかいね」

睦子が笑ってごまかして、早足で歩きだした。追いかけてもっと問い詰めたかったが、さすがに無理だった。

それからは、買い物はほとんど無言の苦行となった。じりじりと西日に焼かれながら、ひたすら坂を登って下っていく。これほど気まずい時間を過ごすのは生まれてはじめてだった。

お盆を過ぎたが厳しい暑さが残る頃だった。

買い物を終え、二人でうつむいて歩いているときだった。今までうるさいくらいだった蟬の声がぴたりと止んだかと思うと、突然雨が落ちてきた。嵐のような夕立だった。紘二郎と睦子は雨宿りできる場所を探して走った。ようやく寺の門の下に駆け込んだときには、すっかりずぶ濡れになっていた。

凄まじい降り方だった。これまでにも降られたことはあったが、比べものにならない。門の瓦屋根、アスファルトを叩く雨音がごうごうと耳に響く。睦子の髪からも顎からもスカートからも、滴が落ちていた。大きな胸に服が貼り付いて、下着の線がはっきり見えた。

そのとき、ぼんやり思った。横にあるのは兄が抱く身体なのか、と。

「大阪来る前に、お父さんに訊いたがや」ふいに睦子が口を開いた。

久しぶりの会話だった。紘二郎は驚いて睦子を見返した。

「えっ？」

「絶対に征太郎さんと結婚せんといかんか、って」

睦子は濡れた髪を貼りつかせ、震えていた。血の気のない顔は強張って、唇からのぞく歯がやたらと白かった。

「それで？　草野さん、なんて言いはった？」紘二郎は勢い込んで訊ねた。

「すごい剣幕で怒られたがや。なにを考えとるんや、て。今までどれだけ世話になったか。何百万円も援助してもろたのに、て」

「でも、本人が迷ってるんや。無理矢理に結婚なんかさせられへんやろ」

「もし、あたしが結婚を断ったら三宅さんに顔向けができん。死んでお詫びするしかない、て。そんときはおまえも殺す、て」

「そんなメチャクチャや」

頭がおかしいんやないか、と口から出そうになった。だが、仮にも睦子の父親だ。なんとかこらえた。

「あたしもメチャクチャやと思う」

「睦っちゃんは正直言うて、兄さんのことどう思ってるんや？」

「いい人やと思う。親切で礼儀正しいがや」

「好きなんか？　好きやないんか？」

睦子は黙ってうつむいた。また髪から滴が落ちた。

紘二郎は奥歯を噛みしめた。

この先を言えば、取り返しがつかないとわかっていた。だが、どんな気持ちで睦子がこの話をしたかを思うと、逃げるわけにはいかない。スタート台に上がったつもりで、ひとつ深呼吸をした。

「要するに、三宅家と草野家の子供同士が結婚したらいいんやろ？　草野家は女の子一人やけど、三宅家は男の子が二人いてる。どっちかでいいんとちゃうか？」

睦子がはっと顔を上げた。だが、なにも言わない。

「片方と結婚するのが気が進まへんのやったら、もう片方と結婚したら済む話や」

睦子は驚いた顔で紘二郎を見ていた。そして、恥ずかしそうに笑った。

「ほんまにそんなことで、いいんかいね？」

「いいに決まってる。それやったらなんも問題ないやろ？　お父さんも納得しはると思う」

照れくさいから、他人事（ひとごと）のように話した。

「うん」睦子がうなずいた。「ありがとう、紘ちゃん」

だが、そんな簡単な話でないことくらい、二人ともわかっていた。

ふと、四天王寺の転宝輪を思った。あのときから、とっくに二人とも清浄ではなかった。もう、どうしようもないことだ。

兄を裏切るのか。父は、母はどう思うだろう。草野はきっと怒るだろう。睦子が責められることになったらどうしよう。それでも、時間を掛けて説得するしかない。だが、一番大切な睦子の気持ちが確認できたのだ。今はそれだけで満足だった。

やがて、雨が止んだ。蟬が鳴き出し、紘二郎たちは黙って門を出て坂を下った。濡れた石畳は輝いていたが、うっかりすると滑って下まで転げ落ちてしまいそうだった。

第四章　令和元年五月十四日　岡山　高橋硝子店

歳を取ると朝が早くなる。紘二郎は五時過ぎに眼を覚ました。リュウはまだ寝ているので、そっと布団から出て窓に寄った。外はもう明るい。朝の陽射(ひざ)しがきらきらと輝いていた。

今日は睦子たちの命日だ。大阪にいれば、仏壇に花を供えて線香を上げる。だが、旅先では無理だ。せめて、と澄んだ朝の空に向かって静かに手を合わせた。

命日の前日に睦子の手紙が手に入ったのは、まさに奇跡だった。紘二郎はふいにリュウの言っていた「不思議な力」を思い出した。

天気予報は快晴で、九時過ぎにはもう真夏のような暑さになった。

「朝御飯、どうします？　僕、トーストとゆで卵に飽きたんですが」

リュウは相変わらず脳天気だ。厚かましくへらへら笑っている。

「贅沢(ぜいたく)言うな」

「なんかパサパサしてるもの、食べる気がせえへんで」

リュウは軽い咳をして言う。ホテルの部屋が乾燥していたせいか。紘二郎も喉の調子が悪い。

パサパサしていないものを、と朝からうどん屋に入った。最近よく見かけるセルフ式のうどん屋だ。紘二郎はかけうどんを注文して、天ぷらを三つほど追加した。リュウはシンプルなぶっかけだ。

「具はいらんのか？」

「トッピングはいいです」

「うどんにまで横文字か」

「自分かてカレー屋のくせに」

「うちはトッピングなんかない」

天ぷらはエビとかき揚げ、それにナスだ。どれも大きく、二つでよかったかと思う。

リュウは例の矯正箸でうどんを一本ずつ、ちまちまと啜った。

「辛気くさい食べ方やな」

「このほうが箸使いの稽古になるんです」

「見てるほうが苛々する」

「ちょっとずつ食べる癖がついて、どうもうまく啜れないんですよ。肺活量なくて」

リュウがゆっくりとうどんをつまみ上げる。

「なら泳げ」

「えー、勘弁してくださいよ。僕、カナヅチやと言うたでしょ？　ほんまに水は無理なんです」

「ほっといても人間の身体は浮くようにできとる」

リュウはうどんを口に運びかけたままの姿勢で、紘二郎の顔をまじまじと見た。

「……なんや？」

すると、リュウはうどんをつまんだまま、へらへらと笑い出した。

「もしかして、三宅さんが自分からこんなにツッコんでくれはるの、はじめてと違いますか？」

嬉しいなあ、と言いながらリュウはすっかり乾いたうどんを啜る。啜りながらもまだ笑っている。

なにかいたたまれなくなって、顔を背けた。嬉しいのか腹が立ったのか、どちらかわからない。

「三宅さんは倉敷でなんの仕事してはったんですか？　お医者さんですか？」

「まさか。工場やら駅の荷物運びの力仕事したり、いろいろや」

「え？　いいとこのボンボンやのに？」

「医者になれる頭がなかった」

リュウは不思議そうな顔をしていたが、やがてふわっと笑った。

「嬉しいなあ。なんか親近感湧いてきました」

リュウが冗談めかして言う。だが、半分は本気のように聞こえた。

「俺はホームレスに親近感なんてない」

「えー、きっついなあ……。僕かて高校時代はひたすらバイトしてたし、学校出たらすぐに工事現場で働いてたんですよ。清く正しい若者です」

「『イダテン・オート』の前があったんか」

「電気工事見習いやってました。二種取ったところで、会社が潰れたんです。困ってたら、得意先が『イダテン・オート』を紹介してくれたんです。とりあえず、営業は歩合給があるから稼げるときは稼げました。将来のことを考えたら、こっちのほうがいいかな、って」

リュウが小さなため息をついた。紘二郎はふっと羞恥を覚えた。なにが「最近の若者は」だ。紘二郎に批判する資格などない。親の金で当たり前のように贅沢をし、勉強は適当で泳ぐだけの学校生活。頭にあるのは女のことだけ。色気づいた猿だった。

「なら、今度こそ一種を取ればいい」

「なるほど。今度こそ一種か。それ、いいなあ」

リュウはのんきに笑って、それからむせて咳き込んだ。

「大阪に戻ったら、きちんと職探しするんや。いつまでもホームレスではおられへんからな」

「わかってるんですけどね」

咳とへらへら笑いを交互にしながら、リュウは嬉しそうだ。説教も他人事か。むっとしたが、こらえて話を続けた。

「ご両親はどう思ってはるんや？」

「なにも知らないですよ」

「君にも事情はあるやろうが、一度家に帰って相談してみるべきや」

「まあ考えときます」

へらりと言い返すリュウに、今度は完全に腹が立った。

「急ぐ旅やない。このまま大阪に戻って君を家まで送り届けることだってできる」

「そんなん無理ですよ」

「年寄りやと思て馬鹿にするな。君みたいなひょろひょろモヤシには負けん」

「モヤシ？　えらい懐かしい言い方やなあ。小学校の頃、言われたことがあります。ピンクモヤシて」

「なにがピンクや。その頭。君は黄色い豆のついた大豆モヤシや」

「大豆モヤシ」リュウが噴き出した。「顔に似合わん所帯じみたネタ言いはる。三宅さん、吉本行けばよかったのに」

「ふざけるな」

「僕と二人でコンビ組んで漫才やりませんか？　歳の差漫才て結構うけるかもしれません。コンビ名なんにします？」

「ええ加減にせえ。俺は真面目に言うてるんや」

一喝すると、リュウは笑うのをやめた。それから一つため息をつき、さらりと言った。

「一応、親もいて家もあるんやけど、あってないようなもんなんです。いろいろ事情があって、僕は児童養護施設で育ったんで。今さら帰っても仕方ないんです」

紘二郎は己の傲慢を一瞬で後悔した。

「……すまん」

「いや、そんな悲惨な顔せんといてください。そう珍しいもんでもないし」

リュウが笑いながら言った。紘二郎はその笑い声に救われたような、余計に悲しくなったような複雑な気持ちになった。

「三宅さん、心配してくれてありがとうございます。でも、この先の目処はついてるから大丈夫です」

「なら早く言え。気を揉んで損した」

「すみません」えへへ、とリュウが髪を引っ張った。

店内を見回した。紘二郎達以外に客は一組だけだ。カウンターの向こうの大鍋からはもうもうと湯気が立っている。調理人はずっと天ぷらを揚げていた。

この調子で走れば、明日には日田に着く。そして、兄を殺す。明後日には警察に捕まっているかもしれない。揚げたての天ぷらなどもう食べる機会はないだろう。

「三宅さん、急ぐ旅ではないと言いはりましたよね。実は、すこし寄って行きたいところがあるんですが」

「どこや？」

「岡山です」

「別にかまわんが。なにか用事か？」

五十年の清算なのだから、焦る必要はない。どうせ昨日も倉敷で一日潰れた。今日一日遅れたからといって大差ない。それに今日は睦子たちの命日だ。先を急がず、静かに過ごすのもいいかもしれない。

「ええ、ちょっと。きび団子もまだ食べてへんし」リュウが言葉を濁した。「ごちそうさま。ちょっと箸を洗ってきます」

リュウが箸を持ってトイレに向かった。紘二郎は一人になった。

命日。そんなものが意味を持つとは若い頃は考えもしなかった。ただの儀式だ。形だけのものだと思っていた。だが、違った。命日が来るたび、過去に引き戻される。

——紘ちゃん、会いたい。紘ちゃん、会いに来て。

たった二年暮らしただけの女だ。なのに、七十を超えても忘れられない。いや、この歳になったからこそ忘れられない。

だが、そんなものは美談でもなんでもなく、単なる執着にすぎないということもわかっている。五十年前の女を思って泣く自分は、きっと気持ちの悪い老人なのだろう。

紘二郎は皺だらけの手を見つめた。あのとき兄を殺しておけば自分の人生は変わっただろうか。たとえ刑務所に入ったとしても、とっくに出所して安らかな日々を送っていたかもしれない。

リュウが箸箱を持って戻って来た。酷い形相をしているのがわかっていたので、眼を合わせないまま、立ち上がった。リュウも見ないようにしてくれた。黙って食器を片付け店を出た。

倉敷から岡山まで戻るというので東に行くかと思うと、リュウは車を北に向けた。

「岡山いうても吉備(きび)のほうなんです。倉敷から見たら北東です」

五月だというのに真夏の暑さが続いている。

エアコンのないコンテッサは窓を開けても汗が流れた。エンジンも心配なので、すこし走っては休むようにした。

リュウは珍しく黙って運転していたが、突然言った。

「三宅さん、すみません。ちょっとトイレに行きたいので、そこのパチンコ屋に入っていいですか」

駐車場に車を駐めると、リュウは切羽詰まった顔で店の中に入っていった。

広い駐車場は半分近く埋まっていた。紘二郎はうんざりしてあたりを見回した。

「新台入替」「激烈出玉」というノボリがずらりと並んで翻っている。こんな甲斐のないギャンブルに金をつぎ込む人間が山のようにいるのだ。この駐車場に車を駐めている連中は、みな中毒患者、依存症患者、もしくはその予備軍ということだ。

時計を見た。十五分ほど経っている。リュウは帰ってこない。なにかあったのだろうかと心配になってきた。まさか、トイレで倒れているのではないか。

車を降りようとしたとき、リュウが戻ってきた。顔が青いように思えた。

「すみません、お待たせしました」

「どうかしたんか？　顔色が悪いが」

「うどんが中ったんか急に腹が痛くなって。でも、もう大丈夫です」

「あんなもんが中るか」紘二郎は助手席に回った。「行き先知っとるのは君や。君が運転せえ」

リュウは運転席に座ると、普段よりもへらへらした口調で話しはじめた。

「さっき三宅さんは泳げ、て言うてはったけど、泳ぐの好きなんですか？」

「高校の頃、水泳部やった。日焼けして顔は炭団みたいに真っ黒、髪だけ真っ茶色やった」

「タドン？」

「要するに丸い炭や。燃料として昔はよく使たもんや」

「へえ。三宅さんと話してたら、賢くなるなあ」

——河童の紘ちゃんやなくて炭団の紘ちゃんになっとる。

睦子の声が頭の中で響いた。くそ、と紘二郎は毒づいた。あの手紙のせいだ。ところ構わず、過去が噴き出してくる。早く兄に会いたい。ケリをつけたい。楽になりたい。

「おかしいな。さっきから全然スピードが出えへん」

リュウが不思議そうに呟いた。エンジンの音がおかしい。どこか止めるところは、と辺りを探すと百メートルほど先にガソリンスタンドの看板が見えた。

「とりあえずあそこまで行きましょう」

だが、半分も進まないうちに車内が不規則に震えだした。

「……あれ？」

　リュウが焦った声を上げた。急にコンテッサのスピードが落ちた。リュウはなんとか路肩に車を寄せて止めた。それきりコンテッサは動かなくなった。

「故障か？」

「わかりませんが……」

　リアフードを開けたが、オーバーヒートの様子はない。リュウは首をひねっていたが、はっと気付いたように言った。

「これ、もしかしたらガス欠かもしれません」

「でも、ガソリンはまだ残っとるぞ」

　紘二郎は首をかしげた。燃料計の針はまだ残量を示している。

「古い車だから、計器はあまり信用しないほうがいいかも」

「仕方がないとはいえ、トラブル続きやな」

「……行くな、いうことかも」

　リュウはコンテッサの横に佇み、ぼそりと呟いた。

「今さらなにを言うてるんや。誰がなんと言おうと行く」

「ええ、そうですね」リュウがへらっと笑った。

　とりあえず、二人でスタンドまで車を押すことにした。

「年寄りになんちゅうことさせるねん」

紘二郎は汗をだらだら流しながら毒づいた。リュウの返事を待ったが黙ったままだ。車を押すのに必死なのだろう。脳天気な返事でも、ないと寂しいものだった。

ようやくスタンドに着いた。やはりガス欠で、すぐに給油してもらった。燃料計は当てにならないようだ。念のため、ガソリンを携行缶に入れて積んでおくことにした。

「……よかったですね。故障やなくて」

「ああ、ヒヤヒヤした」

再びリュウがハンドルを握ったが、どこか元気がなかった。

そのとき、ふっと気付いた。さっきリュウが言った「行くな、いうことかも」はリュウ自身のことだったのではないか。岡山での用件は楽しいことではないのかもしれない。

四二九号線を北上すると、右に吉備津神社という標識が見えた。だが、リュウはそのまま北上を続けた。山と田畑が広がる風景だが、まだ一応岡山市内らしい。足守川に沿ってコンテッサは走る。道路沿いに「足守ホタルの里」と看板があった。足守川はホタルがいるほどの清流らしかった。

時折、リュウは地図を確かめ首をひねっている。

「たしかこの辺りやと言うてたはずやけど……」

すこし迷った後にリュウが車を停めたのは、道沿いの寂れたガラス屋だった。錆びた看板には「有限会社　高橋硝子店」とある。

「じゃあ、すみませんが、三宅さん。すこしここで待っててくれますか」

リュウはひとつ溜息をついて、紙袋に手を伸ばした。「ビーンズヴァレー」で買った菓子折が入っている。あまり楽しい用件ではなさそうだ。

ふと尿意を覚えたので、ドアを開けた。

「俺も降りる。トイレを貸してもらえるやろうか」

リュウは振り向いて、ほんのすこし困った顔で笑った。

ガラス店とありながら、入口のガラスドアは長い間掃除していないらしい。埃で汚れてすっかり曇っている。大昔、ペンキで書かれたらしい店の名は半分消えかかっていた。

リュウはすこしためらってからドアを開けた。紘二郎はリュウの後について入った。

「いらっしゃいませ」

カウンターの奥から、のそりと若い男が立ち上がった。リュウよりは二つ三つ上だろうか。作業服を着ている。狭い店の中にはソースの匂いが漂っていた。書類を乱雑に積み上げた机の上にはカップ焼きそばがある。どうやら食事中だったらしい。

男の顔を見てはっとした。「イダテン・オート」で担当だった男だ。この男が、リユウに言われてニコイチのコンテッサを売りつけた。たしか、名は高橋と言ったか。納車の日、今日で辞めるのだと言っていた。

「え、まさか……」

高橋の顔から一瞬で営業用の笑みが消えた。それから、リュウの後ろの紘二郎を見る。さらに顔が引きつった。

「久しぶりです、高橋さん」リュウはすこしの間ためらっていたが、意を決したように近づいていった。

「なんで、金髪……」

高橋は怯えたような顔でリュウと紘二郎を見ている。眉と小鼻がひくひく震えていた。紘二郎とリュウの顔を交互に見ながら、かすれた声で言う。

「オレが悪いんじゃねえ。あんたがニコイチ売れって命令したんじゃろ」

「高橋さん、違います。あのコンテッサのことやありません」

リュウがカウンターに近づいた。すると、高橋がわずかに後退（あとずさ）った。

「今頃、なにしに？　あんたもオレも、あの店辞めたんや。もう関係ない。帰ってくれ」

「違うんです。聞いてください。僕はあなたにお詫びをしようと思って来たんです」

「お詫び？」

高橋が不審げに言う。後退るのはやめたが、まだ警戒は解いていない。

「そうです。あのときは本当にひどいことをしました。すみませんでした」リュウが頭を下げた。

高橋は信じられないといった表情でリュウを見ている。リュウがさらに言葉を続けた。

「僕が悪かった。間違ってました。申し訳ありません」

「あんた、まさか、本気で謝ってるんか?」高橋がおそるおそるといったふうに訊ねた。

「本気です。どうもすみませんでした」

リュウは深く頭を下げたまま動かない。高橋はじっとリュウを見下ろしている。頬と唇の端がびくびくと震えていた。だれもなにも言わなかった。

「土下座して謝れ」

高橋が怒鳴ると、リュウは素直に這（は）った。

「本当に申し訳ありません」

すると、突然、高橋が動いた。

「今頃なに言うとるんじゃ」

カップ焼きそばをつかむと、逆さまにしてリュウの頭に叩きつけた。

「なにが、すみませんでした、じゃ。今さら白々しいんじゃ」

そのまま捻るようにして、何度も強く押しつける。発泡スチロールの容器は二つに割れ、中身の麺はリュウの金髪と混ざって絡み合った。

「なんじゃ、その金髪。あんだけ茶髪厳禁とか言うとったくせに」

リュウは身じろぎひとつしなかった。ソース焼きそばをカツラのようにかぶったまま、それでも頭を下げ続けていた。

「ええ加減にせえ」

紘二郎はカウンターに駆け寄り、高橋の腕をつかんで止めた。

「放せ。なに聞かされたかは知らんが、悪いのはそいつじゃ。店長命令で、オレに無理矢理ニコイチを売りつけさせたんじゃ」

リュウが顔を上げた。焼きそばだらけの頭のまま、言う。

「三宅さん、高橋さんの言うとおりです。悪いのは僕です」

「だとしてもやり過ぎや」

「三宅さん」

リュウが強く言った。紘二郎は仕方なく高橋の腕を放した。高橋は腕をさすりながら、紘二郎をにらみつけた。

「同じことしてるだけじゃ。オレはこいつに土下座させられて、バケツの水ぶっかけられたこともあるからな」

「リュウに？　まさか」

　思わず振り返ってリュウを見た。リュウは眼を伏せ、焼きそばまみれのままじっとしていた。

「本当じゃ。でも、こいつにパワハラされたんはオレだけやない。支店のやつら全員じゃ。毎日毎日ネチネチ数字のこと言われて、ぼろくそに怒鳴られた。成績の上がらん奴に始末書書かせて、こう言うんや。結果が出せない人間は生きてる価値がない、てな。こいつはな、オレらのことゴミ扱いしてたんじゃ」

「つまらん嘘を言うな。リュウがそんなことするはずない」

「嘘やない。いつか殺す、いうてみんなで相談してたくらいじゃ。オレにニコイチ売りつけさせて、ノルマ達成で本部にアピール。ヤバイことは他人にやらせて、自分は成績アップ。最低のカスじゃ」

　そのとき、リュウが口を開いた。

「高橋さんには本当に申し訳ないことをしました。お詫びします」

　リュウが頭を下げた。何本か麺が床に落ち、髪に絡まったものはぶらぶらと揺れた。

「今さら謝ってもだれが許すんじゃ。なにが最年少店長じゃ。将来の幹部候補じゃ。クソが」

「申し訳ありません」

「出て行け。二度と顔見せんな」

「……本当にすみませんでした」

リュウはカウンターに「ビーンズヴァレー」で買った菓子折を置くと、再び一礼をした。そして、店を出て行った。紘二郎は慌てて後を追った。

「リュウ、待て」

リュウは振り返りもせず、コンテッサに向かって歩いて行く。

「このままでええんか？　君がパワハラなんて信じられん。なにか理由があるんやろ？」

「違います。あの人の言うとおりです。悪いのは僕です」

その言葉を聞いた瞬間、かっとした。口先だけの反省で逃げようとする気か？

「ええ子ぶるな。ちゃんと説明せえ」

怒鳴ると、リュウが振り返った。紘二郎をまっすぐに見据え、きっぱりと言い切る。

「僕はいい子でいたいんです」

瞬間、紘二郎は息を呑んだ。悲壮な眼だった。覚悟を決めた表情というよりは、なにか恐ろしいものに取り憑かれているように見えた。

店から高橋が出てきた。ドアを開け放したまま仁王立ちになり、紘二郎たちをにらみつけている。

「例のニコイチか」コンテッサを見て鼻で笑った。

「それは俺の車や。好きで乗ってる。そして、リュウも好きで乗せてる」

紘二郎は高橋をにらみ返し、コンテッサのドアを開けた。高橋はすこしためらっていたが、やがて、リュウに向かって叫んだ。

「蓬萊元店長」

高橋の眼には怒り以上にやりきれない困惑があった。ほとんど子供が駄々をこねているように見えた。

「オレはあんたのことが好きじゃった。若いけど尊敬しとった。なのに、あんたは変わった。あんたにゴミ扱いされて、俺がどんなに傷ついたかわかるか？」

死ね、と吐き捨てるように言うと、高橋は店に戻った。汚れたガラスドアが震えた。

リュウが運転席に座った。紘二郎が助手席に乗り込むと、リュウは無言で車を出した。しばらく走ると、来る途中に越えた川が見えてきた。リュウは車を止めた。

「頭が気持ち悪いんで、そこの川でちょっと洗ってきます」

「なにも川で洗わんでも」

「我慢でけへんのです」

足守川は五月の空の下で澄んで輝いていた。堤防に車を止め、狭い河原に降りた。リュウはよろめきながら生い茂る草をかき分け、水辺に向かった。紘二郎も後を追った。

川にたどり着くと、リュウは前屈みになって汚れた頭を洗った。麺が金髪に絡まり、なかなか取れないようだ。

これまで老人の眼では気付かなかったが、よく見るとリュウの金髪はすこし根元が黒くなっていた。この男が黒髪だった頃を想像すると、ひどくいたたまれないような気持ちになった。

紘二郎はリュウから離れると、風下に移った。煙草を抜いて火を点ける。心を落ち着けようと、ゆっくりと煙を回す。

リュウがパワハラなど信じられない。金髪頭で軽薄だが、人を追い詰めたり、暴力を振るったりするような人間ではない。今はホームレスだが、気遣いができて矯正箸を使う努力家だ。

いや、と思った。この男はへらへら笑いながら、いつの間にか懐に潜り込んできた。人懐こい態度で、いともたやすく頑固で狭量で短気な老人を手なずけたのだ。それがすべて演技だとしたら?

背後で、大きな水音がした。驚いて振り返ると、リュウの姿が見えない。

「リュウ」

慌てて川を見ると、流れの真ん中あたりに金色の頭が浮かび上がってくるところだった。両腕で激しく水を叩いている。そういえば、カナヅチだと言っていた。

「落ち着け。力を抜くんや」

だが、パニックを起こしたリュウには聞こえないようだ。川幅もない。たいした流れでもない。だが、カナヅチのリュウには危険すぎる。紘二郎はジャケットと靴を脱ぎ、川に入った。五月の川はまだ冷たい。年寄りの心臓が保つか、と不安になったが、そんなことを言っている場合ではない。そのまま抜き手でリュウに近づいた。

「リュウ、落ち着け。こら、でかいんやから暴れるな」

「三宅、さん」喋った拍子に水を飲んだらしい。ゴボゴボと音がした。

「阿呆。しゃべるな。黙っとけ」

リュウの背後から首に腕を回した。そのまま岸へ引いていく。ぐったりしたリュウの上半身を岸に押し上げ、紘二郎は川から上がった。

リュウは河原に四つん這いになり、激しく咳き込み水を吐いた。そのまま突っ伏して、肩で息をしている。

「大丈夫か？」

「……すみません」

そこで、リュウはまた咳き込んだ。それからのろのろと仰向けになった。途切れ途切れに言う。

「髪、洗てたら、バランス崩して頭から落ちて……三宅さんまで濡れてもうて……すみません」

「そんなことはええ。水、飲んだだけか？　怪我は？」

リュウはぐったりと河原に横たわったまま、しばらく黙っていた。やがて、かすれた声で絞り出すように言った。

「でも、助けてもらう資格なんてないんです。……僕はほんまにひどいことをしたんです」リュウが両手で顔を覆った。「契約が取られへんかったと聞いて、コンクリの床に正座させたこともあります。物を投げつけたこともあります。バケツで水を掛けたのも本当です。高橋さんの言うたことは嘘やない。僕は最低の人間でした」

「もういい」

「売り上げのことしか考えてなかった。自分が上に行くことしか考えてなかった」リュウは顔を覆ったまま痙攣した。「僕は最低やった。最低の最低。罰が当たって当然や」

リュウは顔を覆ったまま、しばらく動かなかった。

低い川音に混じって、リュウの嗚咽が聞こえてきた。人として最低のことをした、とはこのことだったのか。過去に人を傷つけたことを心から悔いている。そして、苦しんでいるように見えた。

ふっと風が吹いて鳥肌が立った。紘二郎は身震いした。濡れた身体が不快だ。早く乾かしたい。

「行くぞ」

リュウを車に乗せ、もと来た道を戻った。道中、いくつかスーパー銭湯の看板を見た。とにかくまずは風呂だ。

幸い、天気のよい日だった。五月だが陽射しは夏で、三十度近くありそうだった。

リュウは助手席で無言だった。死んだような表情で窓の外を見ている。額に貼りついた金髪が、プラスチックのような無機物に見えた。

不意にリュウが口を開いた。

「高橋さんに謝らなあかん、とずっと思てたんです。でも、会いに行く勇気がなくて、そのままにしてました。そうしたら、三宅さんと旅をして近くまで来ることになりました。これは不思議な力が働いてると思いました」

「またそれか」

「なんか神様に言われたような気がしたんです。ちゃんと謝罪してケリをつけろ、って。それで、勇気を振り絞って謝罪に行ったんです」

リュウは当たり前のように神様と言った。それはごく自然にリュウの中に存在する言葉のようだった。そこに、紘二郎はかすかな不快を感じた。

「若いのに、不思議な力とか神様に頼るのはやめとけ。逃げ癖がつくだけや」

「でも、ほんとに不思議な力はあるんですよ。だって、三宅さんとこうやって旅をしてるわけやし」

「ただの偶然や。別に不思議な力に操られてるわけやない」

紘二郎が言い切ると、リュウは黙った。納得していないのは明らかだった。だが、これ以上、言い合っても仕方がない。紘二郎は運転に集中することにした。

途中の看板の矢印に従って車を走らせ、岡山市内にあるスーパー銭湯にたどりついた。車を駐めて降りようとしたが、リュウは動かなかった。

「申し訳ないけど、僕はいいです」

「なに言うてるんや。風邪引くぞ」

「大丈夫です。これくらい。ちょっと濡れただけやから」

「阿呆。君は昨日も咳してたやろ。さっさと車を降りろ。そんな土左衛門(どざえもん)がいつまでも座ってたらシートがダメになる」

「あ、ああ、すみません」

リュウは慌てて車を降りた。だが、そこで立ち尽くして困った顔をしていた。

「どうしたんや？　いくらカナヅチでも風呂では溺れへんやろ」

「ええ……」

リュウはしばらくためらっていたが、やがて思い切ったように口を開いた。

「入れないんです。実は僕、刺青が入ってるんで」

「なに？」

驚きのあまり、リュウの顔をまじまじと見た。すると、リュウは苦しげに眉を寄せ、眼を伏せた。

最近の若者はファッション感覚で刺青を入れるというが、まさか、そこまで愚かとは思わなかった。なるほど、風呂上がり、固く浴衣の襟をかき合わせていたのは、ほんのすこしも身体を見せたくなかったからか。呆れるのと同時に、すこしずつ怒りが湧いてきた。

「刺青とは、またなんでそんな阿呆な真似をしたんや」

「すみません」

「大きめの絆創膏かなんかで隠されへんのか？」

「背中一面に入ってるんです」

「阿呆。一生取り返しのつかんことを……」

まさかヤクザ者だったとは。思わず紘二郎は怒鳴った。リュウは黙ってうなだれていた。その姿を見て余計に腹が立った。

「若いうちは彫り物に憧れるか知らんが、歳を取ったら絶対後悔するんや。それで今は堅気なんか？」

「……ええ」

リュウはうつむいているから顔が見えない。濡れて輝きを失った頭は、今は到底星には見えなかった。

「そうか。それならまだええ。今さら言うても仕方ない。どこか君が湯を浴びられる場所はないんか？」

紘二郎は吐き捨てるように言った。腹が立ってたまらなかった。

「漫画喫茶とかネットカフェのシャワーブースなら」

「じゃあ、そこへ行くしかないな」

紘二郎は車へ戻ろうとした。すると、リュウが止めた。

「三宅さんはここでゆっくり湯を浴びてください。漫画喫茶のシャワーなんて狭苦しいだけやし」

「自分だけゆっくりできるか」

「ゆっくりしてください。……刺青のことなんかで、これ以上三宅さんに迷惑掛けたくないんです」

　リュウが真剣な顔で言った。その眼は痛々しかった。紘二郎はそれ以上なにも言えなくなった。

「……わかった。なら、車は好きに使ていい。その漫画喫茶とやらで湯を浴びてくるんや。終わったら戻ってきてくれ」

「ありがとうございます」

　コンテッサのキーを渡すと、リュウが半分泣きそうな顔で頭を下げた。

　紘二郎は一人で湯につかった。これまでビジネスホテルのユニットバスばかりだったので、久しぶりのまともな風呂だった。広い浴場には同年代が目に付いた。紘二郎は大きく手足を伸ばし眼を閉じて、しばらく湯を楽しんだ。だが、ふっと焼きそばまみれのリュウの泣きそうな顔が浮かんだ。途端に、心地よさは消えてしまった。


　その日はもう旅を進める気にはなれなかった。岡山市内のビジネスホテルに一泊することにした。

　コンビニに寄ってビールを買い、部屋の冷蔵庫に入れた。リュウはきび団子を買った。ホテルには大浴場があった。紘二郎は大浴場へ行き、リュウは部屋の風呂に入った。紘二郎が戻ると、リュウは浴衣姿でベッドに腰掛けていた。ミニテーブルにはきび団子が置いてあった。濡れた金髪は強い雨に打ち倒された枯れ野のようでひどく侘しい。それでも紘二郎を見てへらっと笑った。

リュウの向かいの椅子に腰を下ろす。煙草が吸いたかったが我慢した。

「お風呂、どうでした？」

「まあ、気持ちよかったな」

「三宅さん、泳いだんと違いますか？」

「阿呆か」

「泳げるくらい大きな風呂は気持ちええでしょうね」

「まあな」

「高級旅館やったら、貸し切り風呂とか部屋専用の露天風呂があるって聞いて、そこなら行けるかな、て思てたんですが……。まあ、今はそんな相手もおらんし、そもそも自業自得やから」

紘二郎はこの男の人生を思った。若気の至りで刺青を入れたせいで、これから死ぬまで後悔をするのだ。

怖いのは、と思った。後悔をすることではない。後悔に終わりがないことだ。解決方法などない。だから、自業自得という言葉で自分を責めるふりをして、自分を慰める。

「彼女と行くはずやったんやろ？　振られた原因は、自分が最低のことをしたから、と言うてたな。例のパワハラのことか？」

「……彼女はちゃんとした家のちゃんとした女の子なんです。背中に刺青が入ってるような男は釣り合わないんですよ」

「くだらん。婚姻は両性の合意のみに基づいて、や。家の格なんか関係ない」

「そんな綺麗事言えるんは、三宅さんがボンボンやからです。上からは言えるけど、僕みたいな下からは絶対に言われへんのです」

「俺は好きでボンボンに生まれたわけやない」

「僕かて好きでこんなふうに生まれ育ったわけやないですよ」

「他人のせいにするな。その金髪も刺青もパワハラも、みんな自分でしたことやろ。自分で責任を取れ」

「……きっついなあ……」

　へらっと笑ってから、リュウが黙り込んだ。また、濡れた金髪を引っ張っている。疲れ切った唇の端に笑みが残っているから、余計に哀しく見えた。

　紘二郎は恥ずかしくなった。正論を振りかざして、弱い者、間違えた者を追い詰める。今、俺のやったことは兄と同じだ。

　紘二郎は冷蔵庫を開け、買ってきたビールを二本取り出した。一本をリュウの前に置く。

「孫の話を聞くジジイってやつや。ほら、話せ。身分違いの彼女のこと聞いてやるから」

「……なんでそんなに偉そうやねん」

リュウが苦笑した。きび団子とあえへんけど、と言いながら缶ビールに手を伸ばし、気持ちのいい音を立てて開けた。すこしためらってから、恥ずかしそうに話しはじめた。

＊

僕は彼女が……ジュジュが大好きでした。ジュジュは変なくせに普通でした。ジュジュの家は両親と子供が二人で、郊外ニュータウンの庭付き一戸建てに住んでます。例の爆弾猫を飼ってて名前はソラ。誕生日にはケーキに蠟燭を立てて、歌を歌います。クリスマスにはツリーを飾ってプレゼント交換。一年に二回、家族旅行をして、みんなで弟のサッカーの試合を応援に行って、ときどき親子ゲンカもして、夫婦ゲンカもあって。ジュジュの家はごく自然にこういうことをやってたんですよ。

ジュジュの家に招かれたとき、僕はすこし混乱してしまって、泣き出しそうになりました。なんとか我慢しようとしたら怒ってると勘違いされて、初回は最悪の訪問になりました。ジュジュを泣かせてもうたんです。

　僕はふたたびジュジュの家を訪ねて謝罪しました。せっかくもてなしてくれたのに、失礼な態度をとって申し訳ありませんでした、と。そして正直に言うたんです。――僕は施設育ちです。家庭のなかった僕にはあなたがたの家がうらやましくて腹が立って、でも嬉しくて哀しくてどうしていいかわからなかったんです、て。すると、ジュジュの両親は僕を許してくれて、それから何度も家に招いて、家族同様に接してくれました。

　本当に良識のある人たちでした。施設育ちに偏見があるのは承知してます。それに、あちらの家はみんな真面目で大学に行って当たり前、というところでした。僕は高卒です。きっと、いろいろ思うところはあったやろと思います。でも、僕の前で表立って反対することはありませんでした。そして、善人のふりをすることもありませんでした。

　僕が店長になったとき、ジュジュの父親は正直にこう言うてくれたんです。――すまない、今まで君のことを色眼鏡で見ていた。どれほど娘が君のことを言っても、心の底では信用していなかった。でも、君は本当に真面目で働き者で、良くできた青年だ、ってね。

あとになって、ジュジュの家では僕をめぐって何度も話し合いがもたれたことを聞きました。話し合いがときに親子ゲンカになったこと。そして、最後には、ジュジュが勘当覚悟で僕との交際を続けたこと。でも、そんなこと、ジュジュは一言も言わなかった。僕が傷つくやろうと思って、ずっと内緒にしてたんです。

そのときの僕の嬉しさがわかりますか？　はじめて人に認めてもらえたんです。家庭環境、施設育ち、学歴やらすべてを知った上で、きちんとした人間やと認めてもらえたんです。僕は思いました。やればできる。やれば報われる。一所懸命働けばいい。ハンデなんかない。たとえ背中に刺青があったとしても、幸せになれる、と。

僕は懸命に働きました。学歴がなくても、働いて結果を出せばいいんだ。たくさん稼げば、出世すれば「働き者」として認めてもらえる。そうすればジュジュの家族にも褒めてもらえる。

そして、僕は努力の成果を出すことができました。最年少の店長として地区トップの売り上げを記録したとき、涙が出るほど嬉しかった。僕だってやればできるんだ、と舞い上がったんです。

でも、そのときの喜びが僕を駄目にしました。結果を出さない人間が怠けているように見えてきました。最初は店長として冷静に注意し、叱咤するだけでした。それでもやっぱり成績の上がらない人もいます。そんな人を見ていると、次第に腹が立ってくるようになりました。一緒に働く仲間ではなく、自分の足を引っ張る敵だと思えてきたんです。

気が付くと、僕は人を数字でしか判断できない人間になってました。成績の悪い部下を毎日のように怒鳴りつけました。怒りを抑えられなくなっていることに自分でも気付いていました。でも、心の中で言い聞かせました。努力をしない奴が悪いんだ、と。

僕のパワハラはエスカレートしました。僕よりも年上の従業員を人前で罵倒し、物を投げつけたこともあります。反省させるために正座させ、バケツの水をぶっかけました。本当に酷いことをしました。最低の人間でした。

でも、そんな高圧的な態度を取りながら、心の中では恐怖に震えてたんです。ジュジュに出会って思いました。ジュジュとずっと一緒にいたい。結婚したい。まともな家庭を作りたい。そして、幸せになりたい、って。それは僕が生まれてはじめて抱いた将来への希望でした。

望みを叶えるためには、ジュジュの両親に僕をもっと認めてもらわなければなりませんでした。そのためには、仕事で眼に見える成功を収めなければ、と思いました。仕事で結果を出さなければ、ジュジュの父親に軽蔑されて嫌われてしまう。

もしジュジュの家族に切り捨てられたら、もしジュジュを失ったら僕はまたひとりぼっちです。そして、なんの希望もなく生きていくことになるんです。そう思うと、怖くてたまりませんでした。

あるとき、楽勝だと思われた契約を逃した部下がいました。その月、その男のせいで僕の支店はトップになれませんでした。僕は腹を立てました。男を土下座させ、椅子を蹴倒し、口汚く罵りました。

それを、たまたま顔を出したジュジュに見られました。その後、ジュジュに別れを告げられました。ジュジュは泣いていました。

――あなたがあんなことをする人やったなんて……。

――ジュジュ。あれはちょっと言い過ぎただけや。でも、わかってくれ。仕方ないんや。足を引っ張る部下を管理するのは店長の責任なんや。

すると、ジュジュははっと顔を上げ、僕を見つめました。呆然としていました。それから、きっぱりと言ったんです。

――ごめんなさい。もうあなたとはお付き合いできません。

――ジュジュ。僕は一所懸命頑張ってるだけや。なんでわかってくれへんのや。

――いえ。もう無理です。あなたが信じられなくなった……。

僕は何度もジュジュに考え直してくれ、とすがりました。でも、ジュジュの決意は変わりませんでした。

僕はジュジュを失いました。凄まじい絶望でした。生まれてはじめて抱いた希望が消えたという事実を直視できず、僕は逃げました。そして、こう考えたんです。

そうだ。もっと上に行けばジュジュもわかってくれる。所詮、店長なんて現場の使い捨て要員だ。本部の幹部にならなければ、と。

今ならわかります。本当は、自分が間違ってることに気付いてたんです。でも、気付かないふりをしました。間違っていると認める勇気がなかったんです。

本部に昇格するためには、もっともっと眼に見える数字を出す必要がありました。僕が目指したのはすべてでトップをとることでした。支店成績で一位になり、半期の売り上げの記録更新をする。さらに、僕の管理能力を評価してもらうために、支店の営業マン全員の個人成績も更新する必要があった。そのために、僕は一線を越えた。

一人だけ、どうしても成績更新に届かない部下がいたんです。焼きそばを食べてた高橋さんです。あと一台売れば更新というところやったんです。そんなときに来たのが三宅さんでした。僕はたまたまニコイチコンテッサを持っている業者を知ってました。その業者から買い取って三宅さんに転売するよう、高橋さんに指示したんです。

＊

リュウが大きなため息をついた。

「要するに、僕はコンプレックスで自滅したんです」

「俺も高卒や。大学なんか行っとらん」

「その割には偉そうですね」

「やかましい。でも、君が日田へ行くというのは意味があるかもしれんな。日田は広瀬淡窓の出身地や。咸宜園というのがあって、そこではすべての人に学問の道が開かれていた」

「広瀬淡窓？」

「広瀬旭荘の兄や。旭荘には『夏初遊櫻祠』という詩がある」

「詩？　三宅さんがポエムを読みはるなんて」

リュウが笑ったので、むっとした。

「阿呆。漢詩や」

口で言ってもわからないだろうから、兄の葉書を見せた。すると、リュウは急に真顔になった。

「『ビーンズヴァレー』で見せてはった葉書ですね。これ、筆で書いてはるんですか？　凄(すご)い達筆ですね。全然読まれへん」

　そのままじっと見入っている。

「この詩は旭荘が桜宮(さくらのみや)で花見をして遊んだときに作った詩や」

「桜宮て大阪の？」リュウがはっと顔を上げた。

「そうや。昔から桜で有名やった」

「そんなに歴史があるんですか。桜宮の造幣局の通り抜けってお花見で有名ですね。一度行きたいと思てたんです。結局、機会がなくて。……はは、なんか僕の人生、そんなんばっかりや」

「桜は逃げへん。来年行けばいい」

「そうですね。来年行けたらいいな、と思てます」

　ふいにリュウの言葉が途切れた。眼を細め、夢でも見ているような表情で遠くを眺めていた。ふっと思った。やはり、この男と俺は似たもの同士か。失われた女に未練たらたらの惨めな男だ。

　紘二郎の視線に気付いたリュウが我に返り、恥ずかしそうに詫びた。

「あ、すみません。なんか話の腰折ったみたいで」

「話を戻すぞ」

こちらも気恥ずかしくなり、わざと厳しい声を出した。

花開けば万人集まり　花尽くれば一人なし
ただ見る双黄鳥　緑陰深き処に呼ぶを

「意味は単純や。桜の花が咲いているときはみなが集まる。花が散ってしまえばだれも寄りつかない。ただ、葉桜の枝の、緑の陰の奥深く落ちるところで、つがいの鶯が呼び交わしている、と」

「……緑の陰の奥深く……つがいの鶯が呼び交わしている……」

リュウはそれきり黙って葉書を見つめていた。なにかが心に触れたようだった。

「すみません、もう一回読んでもらえますか?」

もう一度、ゆっくりと読んでやった。リュウはなかば陶然と兄の字に見入っていた。

そして、ほうっと溜息をついた。

「緑陰深き処に呼ぶを、ですか。うまいこと言われへんけど、なんかいい感じですね」

「この詩には別の意味もあって、人の世の無情を掛けてある。栄えているときはいくらでも人が寄ってくる。だが、一旦落ちぶれるとだれも寄ってこない。変わらず来てくれる者こそ真の人である、と」

「そうですね。わかるような気がします」

　リュウはほんの一瞬苦しげな表情をした。葉書を紘二郎に返すと、今度は軽い口調で言った。

「ずっと思ってたんやけど、三宅さんの家は漢詩をすらすら読んで、習字ができて、教養がある。なんかほんまもんの上流階級ですね」

「習字？　せめて書道と言え」紘二郎は鼻息荒く言い返した。

「すみません。僕が小さい頃、家に本なんて一冊もありませんでした。絵本すらなかった」

　リュウは大きな溜息をついて、しばらくの間ずっと髪を引っ張っていた。普段はなんとも思わない仕草だが、さすがに気になった。いい加減やめろ、と言おうとしたとき、リュウが口を開いた。

「疲れたんで、僕はそろそろ寝ます」そう言いながら、リュウが咳をした。「忘れてた、髪の毛乾かさんと風邪ひく」

　慌てて洗面所に飛び込み、ドライヤーで髪を乾かしはじめた。

　紘二郎はもう一度葉書に眼を遣（や）った。書のたしなみがあったのは、父と兄だけだ。紘二郎自身は筆など持てない。自慢げに葉書を送ってくる兄に苛立ちを覚えた。

「おやすみなさい」

髪を乾かしたリュウが布団に潜り込んだ。

「ねえ、三宅さん。広島入ったら、もみじ饅頭買いましょうよ」

「好きにせえ」

直に寝息が聞こえてきた。

――おい、三宅。おまえんちはほんまの上流階級やな。僕とことは違う。

父と兄の詩吟の稽古を漏れ聞いた中島がぼそりとこう言った。紘二郎は慌てて答えた。

――上流はオヤジと兄貴だけや。俺は違うみたいや。

だが、中島は返事をしなかった。

そのときの中島の顔が病床での泣き顔に繋がった。中島はとうに死を覚悟していた。

だから、紘二郎もそのつもりで話をした。

――中島、聞いてくれ。俺には一生のうちで二人だけ、足を向けて寝られん人がいる。ひとりは駆け落ちしたときに世話になった、谷さんいう豆腐屋や。もう一人は中島、おまえや。おまえには感謝してもしきれん。

――三宅……。

中島は焦点の合わない眼を宙にさまよわせていたが、やがて黄疸(おうだん)の出た顔を覆って泣いた。

残酷で傲慢と知りつつ、ガンで死んでゆく旧友をうらやましいと思った。俺を送ってくれる者などひとりもいない。だが、それはなにもかも自業自得だ。兄の言うとおり、人として間違ったからなのだった。

第五章　令和元年五月十五日　岡山　湯郷温泉

翌朝はビジネスホテルの朝食会場で和定食を食べた。

焼鮭(やきざけ)、生卵、海苔(のり)という代わり映えのしないもので、あまり食が進まなかった。ただ機械的に腹に詰め込んだ。相変わらずリュウも小食だった。矯正箸を手に、ちびちびと食べている。

「団子ばっかり食ってても体力が戻らんぞ」

「ええ。わかってるんですけど……」リュウが焼鮭を突(つつ)きながら言った。「今日中には日田に着きますね」

「ああ」

日田に着く。兄と会う。そして殺す。

どうやって殺すのかはまだわからない。兄と会ったときの状況によって変わるだろう。いざというときのために力がいる。そのためには食わなければ。紘二郎は卵を割って小鉢に移した。醤油(しょうゆ)を垂らして混ぜながら、兄を殺す殺すと頭の中で繰り返した。

岡山を出て広島県に入った。福山市の辺りで、リュウが言った。

「すみません、そこでちょっと駐めてもらえませんか。なんかまた腹の具合が」

示したのはパチンコ屋の駐車場だった。車を駐めると、リュウはそそくさと店内に消えた。

紘二郎は昨日のリュウの話を思い出していた。

親に棄てられて施設育ちの刺青入りの男が、堅気の女に惚れて夢を見た。調子に乗って舞い上がり、そして墜ちた。

よくある話だ。身分違いの恋が美しいのは小説と映画の中だけだ。実際はただただ下世話で醜悪な終わりを迎える。

自分は兄に土下座をし、懇願した。だが、兄は許してくれなかった。結果、最悪の結末を迎えたのだった。

紘二郎は時計を見た。リュウが出て行ってもう十五分になるが、一向に戻ってこない。

車を降りようとして、風にはためく真っ赤なノボリが眼に入った。「新台入替」「大感謝祭」の文字が毒々しい。

はっとした。リュウはなぜここに車を停めたのだろう。トイレならコンビニでもガソリンスタンドでも借りられる。この前もそうだった。わざわざパチンコ屋でトイレを借りたのだ。そのときもかなり長い間戻ってこなかった。一度ならまだしも二度もパチンコ屋に立ち寄るのは変だ。

リュウがパチンコ屋のトイレに消えるようになったのは、万が一のときのために五万円を渡してからだ。

まさか、と紘二郎は思った。バカバカしい。くだらない嘘をついてまでパチンコを打つなどありえない。考えすぎだ。そう思おうとしたが、一度浮かんだ疑念は消えない。

いくら好きだとしても、同乗者を駐車場に残してまで打つのはおかしい。たんに好きなのではない。それは依存症だ。

そこではっとした。もし、リュウがギャンブル依存症だと考えれば、いくつもの疑問にも説明がつく。真面目だった「蓬萊店長」が突然胡散臭い取引を命じたこと。ノルマ至上主義の金の亡者になったこと。なのに、今は一文無しだということ。そして、彼女に振られたこと――。

普段真面目な人間ほど、一旦ギャンブルにはまると取り返しのつかないことになるというではないか。河原でのリュウの悲嘆を思い出した。リュウが川に落ちたのは本当にバランスを崩したからだろうか。まさか――。

慌てて車を降りた。入口へ向かおうとすると、ちょうどリュウが出てきた。どことなく放心状態といったふうに見えた。顔色も悪い。思いきってカマを掛けてみることにした。

「リュウ、調子はどうや？」

「え？」リュウがどきりとした顔で紘二郎を見た。

「顔色悪いな。負けたんか？」

「いえ、あの……」リュウはかすかに頭を振った。金色の髪が頼りなげに光った。

「どうなんや？」

するとリュウはためらった末、観念したかのようにへらっと笑った。

「……ばれましたか」

情けない顔で笑うリュウに紘二郎はかっとした。まさかの想像が本当だったのだ。

「金はいくら残ってる？　出してみろ」

「別に、それほどでは」

「いいから見せろ」

「……実はちょっと減ってもうて」

リュウが恐る恐る財布を出した。一昨日五万渡したはずなのに、財布の中は一万と小銭がすこしだけになっていた。

「君はパチンコの依存症か？　ホームレスになったのもそのせいか？」

「依存症なんて大げさな。ちょっとだけです」

　またへらへらと笑って、車に乗り込もうとした。

「待て」紘二郎はリュウの腕をつかんだ。思ったよりもずっと細かった。「ガリガリやないか。飯も食わんとパチンコか。そら、胃も弱るやろ。焼肉食ったら吐くわけや」

　ようやくわかった。リュウが時折見せる居心地の悪い弱さ、それはギャンブル依存症という病を抱えていたせいだ。

「もとから細いだけです」

「逃げるな。仕事も貯金もなくなったのに、まだわからへんのか？」

「三宅さん、パチンコくらい誰かてやってます。その話はもういいですやん」

　うっとうしそうにリュウが顔を背けた。それを見た瞬間、紘二郎は怒りが抑えられなくなった。

「阿呆」

　思わず手が出た。リュウの頬を思い切り平手で打つと、ばちんとすこし重めの音が鳴った。リュウはよろめいてコンテッサにぶつかった。そして、呆然と紘二郎を見た。わけがわからないといったふうだ。その呑気な顔に余計に腹が立った。

　紘二郎は怒りで身体を震わせながら、怒鳴った。

「パチンコなんか金も時間も無駄にして人生を食い潰すだけや。今すぐやめるんや」

「三宅さん、でも……」

リュウが当惑した表情でなにか言おうとしたのを、紘二郎は遮った。

「やかましい。年寄りの説教やとバカにせんと聞くんや。ギャンブルなんかで一生を棒に振ったらもったいない。君はまだ若い。俺とは違う。これからいくらでもやり直しがきく」

怒鳴りすぎて、頭がふらふらしてきた。血圧には気をつけなければ。紘二郎は深呼吸をして、落ち着こうとした。

「すみません」リュウが頭を下げた。

「俺に謝らんでいい。謝るんやったら自分に謝れ」

「自分に謝る?」

「そうや。君の人生や。だれのためでもない。君は自分のために自分を大事にするんや」

リュウがはっと顔を上げた。今にも泣き出しそうな顔でこちらを見ている。そして、ぼそっと呟くように言った。

「三宅さんはいい人ですね」

「ごまかすな」

「ごまかしてません。いい人やと思ったから、そう言うたまでです」

リュウがふわっと笑った。色褪せた宗教画のようだった。不意打ちの笑顔に紘二郎は胸を突かれた。

「いいから、乗れ」

紘二郎はコンテッサのエンジンを掛けた。車を出そうとして、やめた。

「リュウ。パチンコは今日を限りでやめるんや。わかったな」

「はい」

「今度同じことをしたら、平手やない、拳骨で殴って店から引きずり出すからな。一発やない。二発でも三発でも殴る」

すると、リュウがまじまじと紘二郎の顔を見た。

「……ほんまにいい人ですね」

「阿呆」

紘二郎が怒鳴ると、リュウは声を立てて笑った。

「笑うな」

もう一度怒鳴ったが、リュウはむせて咳き込むほど笑い続けた。この若者がこんなにも大声を上げて笑うのははじめてだった。

笑うリュウを見ていると身体中がむずむずした。ぬるい風呂に浸かっているような、もどかしくて苛立たしい、居心地の悪さを感じた。

そうだ、俺はいい人などではない。この男は勘違いをしている。

「俺はこれから兄を殺しに行く。それのどこがいい人なんや」

吐き捨てるように口にして、一瞬で後悔した。すると、リュウは笑うのをやめた。

そして、静かに紘二郎を見た。驚いた様子はない。紘二郎は拍子抜けした。

「殺しに行くと聞いて、驚かんのか？」

「驚いてます。でも、なにかにケリをつけるために行くのはわかってました」

リュウが淡々と答えた。

「君は止めへんのか？」

「止めて欲しいんですか？」

リュウの落ち着き払った態度が癇に障った。紘二郎は思わず顔を背け、吐き捨てるように言った。

「そんなことはせんでええ」

「お兄さん殺して、それからどうするんですか？　逃げるんですか？」

リュウは顔色一つ変えない。口調は柔らかいが、人を追い込む妙な圧迫感があった。

「逃げはせん。自首するやろな」

「自首？　それでいいんですか？」

「逃げ回るよりはええ。刑務所に入って、そこで死ぬか、出てきて死ぬか。そのどっちかやな。ま、どうでもいいことや」

紘二郎は無理矢理に話を打ち切った。「兄を殺しに行く」と口を滑らせたのは失敗だった。だが、その後のリュウの反応はまったく予想外だった。

紘二郎は混乱したまま、エンジンを掛けようとしてキーをひねった。だが、掛からない。

「なんや？」

何度か試したがダメだった。セルは回っているし、ライトも点くし、ホーンも鳴る。バッテリー上がりではなさそうだ。

リュウがリアエンジンを見た。ベルトやら、あちこち調べて困った顔をする。

「わかるか？」

「いえ、見た目ではちょっと」

「どこかこの近くで修理してくれるところはあるか？」

「コンテッサを直してくれるとこなんて、そうそうありませんよ。そもそも部品なんてないし……」リュウが顔をしかめ、ため息をついた。「ニコイチ車やから、普通の整備工場に持ち込んでも断られる可能性が」

「とりあえず日田まで走れたらええんや。その先はどうとでもなる」

「日田まで保つかどうか、いうことです」

「旧車の修理に詳しい知り合いはおらんのか？　そもそもニコイチ車をどこで手に入れた？」

「……高橋さんの知り合いに旧車好きがいて」リュウがこれまでで一番大きなため息をついた。

「あの男か……」

紘二郎は思わず呻いた。リュウがしたことを考えれば、協力してくれるとは思えない。だが、今は高橋にすがるほかなかった。とにかく電話をしてみることにした。

「もしもし。昨日、蓬来リュウと一緒にお邪魔した三宅やが」

返事はない。高橋は電話の向こうで黙り込んでいる。

「厚かましいお願いで悪いんやが、コンテッサのエンジンが掛からんようになった。このあたりで旧車に強い整備工場を知っとったら、教えてもらえんやろうか」

「お断りや。なんでそんなことせなあかんねん」

一方的に電話を切られた。予想していた反応だった。リュウはしばらく空を見て考え込んでいたが、やがて紘二郎に向き直った。

「仕方ありません。僕はもう一度高橋さんに会って謝ってきます。その上で、コンテッサの修理ができそうなところを教えてくれるよう頼んでみます」

リュウは悲壮な表情だった。その顔を見ると、いたたまれなくなった。

「いや、俺が行こう。今度は焼きそばでは済まんかもしれん」

「でも、これは元はといえば僕の不始末です」

リュウがきっぱりと言ったとき、紘二郎の携帯が鳴った。見ると、高橋硝子店からだ。出ると、いきなりぶっきらぼうな声が聞こえてきた。

「蓬萊元店長に代わってもらえるか？」

紘二郎はリュウに携帯を渡した。リュウは緊張した面持ちで受け取った。

「……はい。蓬萊です」

リュウはしばらく黙って携帯を耳に当てていた。沈痛な表情だ。

「はい。はい。本当にすみません。ありがとうございます」

何度も頭を下げながら電話を切って、携帯を紘二郎に渡した。

「高橋さんが地元の知り合いの工場を手配してくれるそうです。また連絡するから動くな、と」

「本当か？　それは助かったが……意外やったな」

二時間ほどすると、レッカー車が来た。後ろに白い軽自動車が続いている。レッカー車を運転しているのは茶髪で色黒、作業服姿の大柄な男だった。コンテッサを見ると、途端に目を輝かせた。そして、なにも言わずリアエンジンやらなにやら調べはじめた。

軽自動車の運転席から高橋が降りてきた。不機嫌そうな顔だ。紘二郎とリュウを見ると、露骨に顔をしかめた。むっとしたが、今はこの男に頼るしかない。紘二郎は頭を下げた。

「急に勝手な頼み事をして申し訳ない。本当にすまなかった」

紘二郎が礼を言うと、続いてリュウが深々と頭を下げた。

「高橋さん、わざわざすみません」

高橋は黙ってしばらくリュウを見ていたが、なにも言わなかった。それから、苛立ったような声で、大柄な男の紹介をした。

「こいつはリプロ品いろいろ作っとる。ええ奴じゃ」

「リプロ品？」

「元パーツから型取りして、複製したパーツじゃ。旧車は純正なんか手に入らんからな」

なるほど。紘二郎は大柄な男に頭を下げた。

「遠いところ申し訳ない。よろしくお願いします」

男からの返事はなかった。車を調べるのに夢中のようだ。

そのとき、高橋がふいにリュウに声を掛けた。

「蓬萊元店長。俺は焼きそばぶっかけたことは謝るつもりはない。あんたはもっと酷いことをしたんやから。何度も言うが、あんたは最低のカス、人間のクズやった」

「……はい、すみません」

「でも、昨日、わざわざ謝りに来たあんたは、元の蓬萊店長やった。成績成績言うてパワハラした蓬萊店長やなかった」

　高橋は居心地の悪そうな表情で、すこし貧乏揺すりをしていた。そして、リュウを見ながらこう言った。

「ほんまにあんたは元の蓬萊店長に戻ったんか？　あのときはどうかしてただけなんか？」

　リュウは髪を引っ張りながらしばらく考えていたが、思い切ったように口を開いた。

「……どうかしてた、っていうのは無責任な言い方です。僕のしたことは最低で、それは誰かに強制されたものではなくて、僕の意思でやったことです」

「じゃあ、やっぱりあれはあんたの本性やったということか？　いい人ぶってたんは全部演技か？」高橋が食ってかかった。

　リュウは苦しげに顔を歪め、低い声で言った。

「演技です」

「なに？」高橋が声を荒らげた。

「演技です。いい人に見えたとしたらそれは演技です。でも、これだけは信じてください。僕は二度とあんな酷いことはしません。死ぬまでいい人の演技をするつもりです。そして、もう一つ、高橋さんにお詫びする気持ちは演技やありません。心の底から後悔して、申し訳ないと思ってます。本当にすみませんでした」

リュウが深々と頭を下げた。高橋は当惑し、言葉が出ないようだった。紘二郎もなにを言っていいのかわからなかった。「いい人」は演技だと言い切るリュウは、言えば言うほど痛々しいほどの「いい人」にしか見えなくなっていくからだ。

高橋は途方に暮れたようにリュウを見ていたが、やがて小さな舌打ちをした。紘二郎に向き直って言う。

「……とにかく、コンテッサは持って帰る。また連絡する。とりあえず代車、置いとくからな」

「すまんがよろしく頼む」

高橋と大柄な男はコンテッサを牽引して行ってしまった。レッカー車が見えなくなると、リュウが振り向いた。なにか言おうとしたようだが、結局黙ってしまった。

「……しばらく足止めですね。観光でもしますか？　福山はバラの町で、ちょうど今、見頃だそうですよ」

見れば、あちこちに「福山ばら公園　福山ばら祭」の案内がある。リュウの提案はもっともだったが、紘二郎はそんな気持ちにはなれなかった。コンテッサが気に掛かって、修理の一部始終を見守りたい気さえした。

「やっぱり岡山に戻ってもええか？　コンテッサから離れたない」

「わかりました」

　高橋が置いていった代車の軽自動車に乗って、岡山まで戻った。ふと思いついて、紘二郎はまっすぐ駅の観光案内所に向かった。

「今日の泊まりで、大人二名。貸し切り風呂か部屋付きの露天風呂がある旅館を探してるんやが」

　紘二郎の後ろでリュウがすこし慌てている。

「三宅さん、僕は別に、そんな……」

「君は黙っとれ。たまには俺かて贅沢したい」

　担当者は紘二郎の無理な注文にいろいろ調べてくれた。そして、湯郷温泉に今からでもいいという宿が見つかった。露天風呂付きの部屋で、貸し切り風呂も利用できるという。すこし遠いがそこに泊まることにした。

　リュウは困った顔をしていたが、無視してさっさと旅館に向かった。岡山からは一時間半ほど掛かったが、いかにも古くからの温泉旅館という懐かしい雰囲気の宿だった。

通されたのは離れの客室で、専用庭にはヒノキの露天風呂があった。旅館の仲居があれこれ説明をしてくれた。

「お客様の浴衣はMサイズで、お孫さんのほうの浴衣はLサイズになります。襟の所に印がございますので。それから、貸し切り風呂はどうされますか？」

「夕食の後でお願いしたいんやが」

八時から一時間、風呂を借りた。仲居が部屋を出て行くと、リュウは早速庭の露天風呂を確かめに行った。木製の樋を伝って湯が桶に流れ込んでいる。

「これ、お湯がずっと出てるんですか？」

「掛け流しやからそうやろな」

「二十四時間？」

「そらそうや」

「……すごいなあ」

リュウは感嘆しながら風呂を見下ろしていた。あまり顔色の良くない男だが、今は上気しているように見えた。

座敷机の上には茶菓子として饅頭が置いてあった。リュウは早速手に取って眺めている。

「『あがた川』か。美味しそうやな。なんか、僕、饅頭に目覚めたような気がします」

急須に湯を注ぎ、いそいそと茶を淹れた。紘二郎も勧められたが、饅頭は断って茶だけ飲んだ。

リュウは饅頭を頬張りながら幸せそうだ。

「白餡が美味しいなあ。この『あがた川』ってこの辺りの名物なんですか？」

「知らん。俺が暮らしてたんはずっと南のほうや」

嬉しそうに饅頭を食べるリュウを見ていると、ふっと眼の前がぼやけるような気がした。

あの頃、谷さんがときどき貰い物の饅頭を分けてくれた。

――美味しいねえ、紘ちゃん。これ、皮に甘酒が入っとるそうや。

――こし餡があっさりしてて食べやすいな。

あのとき、二人で食べた饅頭は二種類あった。こし餡が「大手まんぢゅう」で粒餡が「むらすずめ」と言ったか。

――ねえ、紘ちゃんは粒餡とこし餡と、どっちが好き？

――どっちかと言うとこし餡やな。

――紘ちゃんはやっぱり上品やねえ。あたしは粒餡や。田舎臭いんやろか。

――あんこに上品もクソもない。美味しかったらええんや。

――そうかいね。

ほっとしたように睦子が笑ったのを憶えている。あの頃はたった一個の饅頭が食後にあるだけで、ひどく贅沢な気持ちになれたものだ。

食事は部屋食でテーブル一杯に料理が並んだ。紘二郎ですら残したし、リュウは半分も食べられなかった。

「……悔しいなあ。こんだけの量があったら、ホームレスのときやったら三日は食いつなげた。それを食べられへんで残すなんて……」

「食事前に饅頭なんか食うからや。それより、風呂、行ってこい。俺は部屋にいるから、気にせずゆっくりしてこい」

「ありがとうございます」

リュウはいそいそと貸し切り風呂に向かった。一時間ほどして戻ってきたリュウは真っ赤になっていて、ぐったりと広縁の椅子に倒れ込んだ。

「おい、大丈夫か？」

「あんな広い風呂はじめてで、嬉しすぎて、ずっと入ってたらのぼせてもうて……」

「阿呆」

「ねえ、三宅さん。広い風呂って気持ちいいですね。堂々と手足を伸ばせて嬉しかったです」はあ、とリュウが息を吐いた。「あんなに風呂が幸せやなんて知らんかった……」

喉渇いた、とリュウは冷蔵庫のサイダーを取り出し、気持ちよさそうに飲みはじめた。

濡れて輝く金髪を見ていると、紘二郎の腹の底で一つ泡がはじけた。熱い泡だ。これはなんだったろう、と紘二郎は戸惑った。

ぶつぶつと泡が上がってくる。熱い。冷めない熱だ。そうだ、これは銅鍋で煮えるおからだ。睦子が作るおからの温かさだ。

「幸せやなあ」

リュウが呟いて、サイダーの残りを一気飲みした。紘二郎は戸惑っていた。今感じているのは、もう長い間経験したことのない心地よさだった。

第六章　令和元年五月十六日　岡山　吉備津神社

　翌朝、豪勢な朝食を見てリュウは目を輝かせた。

「……すごいな、朝から小鍋で湯豆腐ですか？」

　矯正箸でちびちびと豆腐を食べている。高橋からの連絡はまだない。紘二郎はコンテッサのことが気になって、一向に箸が進まなかった。

「三宅さん。諦めて、観光でもしましょうよ」

「そんな気になれん。いつ連絡がくるかもしれんし」

　外は小雨が降っている。余計に動く気がしなかった。

「じっとしてると気が塞ぎますよ。昼から晴れるそうです。思い切って出かけませんか」

　リュウは部屋に備え付けの観光案内を見ていた。

「整備工場の近くに吉備津神社というのがあります。有名な神社だそうです。そこやったら連絡が来ても大丈夫でしょ？　行ってみましょうよ」

たしかに、このまま部屋に閉じこもっていても仕方がない。代車で旅館を出た。コンテッサと違ってふらついたりしないが、運転していてもすこしも面白くない。

「リュウ、君が運転してくれ。この車はつまらん」

「もう、三宅さん、我が儘やなあ」

小雨の中を一時間ほど走って吉備津神社に着いた。想像よりもずっと大きな神社だったが、平日ということもあって広い駐車場は空いていた。車を駐め、早速お参りすることにした。

空はまだ曇っていたが、雨は止んでいた。

神社の入口はいきなり長い石段になっていた。はるか上に朱塗りの門が見える。

「……うわ。上れるやろか」リュウが小さな悲鳴を上げた。

「阿呆。若いのに」

「そんな阿呆阿呆言わんといてくださいよ」リュウは息を切らせながら石段を上った。

「神社なんかジュジュの家族と初詣に行ったくらいで」

本殿は想像よりもずっと立派で大きかった。切妻屋根を二つ並べた造りで、ここにしかない形だという。本殿の前に拝殿があり、二つ併せて国宝だそうだ。普段は信心のない紘二郎だが、今日は真面目に祈った。

――どうかコンテッサで日田にたどり着けますように。

横でリュウも真剣に手を合わせている。四天王寺の石の鳥居にしがみついたときと同じく、なにか切羽詰まった痛々しい表情だ。なにを祈っているのかは知らんが、と紘二郎は思った。この先一生、背中に刺青を背負って生きなければならないと思えば、神頼みだってしたくなるだろう。

お参りを終え、奥の廻廊(かいろう)に向かった。

「うわ、すごく長い渡り廊下ですね」リュウは遠足に来た小学生のようにはしゃいでいる。

廻廊は三六〇メートルもあるという。緩やかに下りながら真っ直ぐ伸びていた。途中には御竈殿(おかまでん)がある。鳴釜(なるかま)神事が執り行われるところだ。

「釜てなんですか？」

リュウは御竈殿をのぞきこみ不思議そうな顔をした。

「吉備津の釜を知らんのか？」

「なんですか、それ？」

説明するのも面倒だ。黙っていると、リュウはそばの説明板を読みはじめた。

「ここの釜でお湯を沸かして、その音で吉凶を占うんですね。へえ、面白いなあ」しばらく考えて、リュウは言った。「三宅さん、占ってもらうとしたらなんにしますか？」

占いか、と紘二郎は思った。上本町発の近鉄電車の中でくじを作った。あのときはなにもかもが上手くいくと信じていた。吉備津の釜で占えば、俺たちの未来は見えたのだろうか。

「別にない」

「そうですか？　僕は自分がこれからどうなるのか、を教えて欲しいです」

「そんなん自分で決めることや」

「身も蓋もない……」リュウが大きなため息をついた。

廻廊を引き返し、駐車場に戻った。リュウはトイレに行っている。紘二郎は久しぶりに煙草に火を点けた。

まだ高橋からの連絡はない。紘二郎は焦れてきた。コンテッサが動かなくなったらどうすればいいのだろう。

「……くそっ」

思わず舌打ちする。そこへリュウが戻ってきた。なんだか顔色が悪い。

「どうしたんや？」

「ここ、凄いパワースポットらしいですね。ちょっと当てられたような気がします」

一瞬、パワースポットという言葉に戸惑った。だが、すぐにむかむかしてきた。この男はいつもそうだ。「不思議な力」などと言い出したり、超自然的なものに責任を転嫁する癖がある。それは卑怯な生き方だ。

「阿呆か」

「ほんまですて。僕、繊細なんです。悪いけど、帰りは三宅さんが運転してもらえませんか？」

「ホームレスなんかやっとったから、体力が落ちとるだけや。病は気から、言うやろ。しっかりせえ」

　とは言ったものの、実際、リュウの顔には生気がないように見えた。焼きそば事件以来、ずっと元気がないのも事実だ。

「年寄りに運転させる気か？　ほんまに」

　文句を言いながらも紘二郎は運転席に座った。たしかにリュウにばかり運転させるのは酷だ。

「すみません」

　リュウは助手席に座ると、すぐに窓を開けて風を入れた。金髪がきらきら輝いて、はっとした。なにか非現実的な光景だった。「不思議な力」か、と紘二郎は心の中で呟いた。俺にリュウを卑怯と非難する資格があるのか？　くじで倉敷行きを決め、それをまるで運命のように思っていた俺に？

「金髪頭に刺青やから、神様かて呆れたんやろう。とりあえず宿に戻るぞ」

「……ほんまに」

リュウがすこしだけ笑って眼を閉じた。あまり具合がよくないのは事実のようだった。紘二郎は軽口を後悔した。

車の中でリュウはすっかり寝ていた。よほど疲れていたらしい。旅館に着いて眼を覚ました頃には、ずいぶん元気になっていた。

「すみません、三宅さん。全部運転させて」

「これでは君を雇うた意味がない」

「これから頑張って埋め合わせしますから」

リュウはへらへら笑った。厚かましいと思ったが、ほっとした。

部屋に戻ると、昨日とは違う菓子が置いてあった。「湯もや」とある。リュウは早速食べて満足そうだ。

「お餅みたいなのを煎餅で挟んで、中にこし餡が入ってます。美味しい」

やることがないので、とりあえず風呂に入ることにした。紘二郎は大浴場に行き、リュウは部屋の露天風呂に入ることになった。

「この時間やったら誰もおれへんやろう。君も入ったらどうや?」

すこし迷って、リュウは首を横に振った。

「やっぱり止めときます。もしトラブルになったら大変やから」

何度か誘ったが、リュウは頑として拒んだ。仕方がないので、紘二郎は一人で大浴場に行った。入ってみると、やはり一人きりだった。

「……リュウの阿呆」

思わず呟いた。刺青は自業自得とはいえ、気の毒だという気持ちと若気の至りを憎む気持ちとで、また心がかき乱された。そしてまた、リュウの言った「不思議な力」という言葉を思い出した。あの男にこそ「不思議な力」があるのではないか。出会って以来、ずっと落ち着かない。

のぼせる寸前まで湯につかってから部屋に戻ると、リュウは浴衣姿で広縁の椅子に座り、すっかり寛いでいた。

「専用露天風呂なんて、こんな贅沢、生まれてはじめてです」

上気して血色がよくなっていた。本当に幸せそうだ。へらへら笑うリュウを見ていると、すこしほっとした。

相変わらず高橋からの連絡はない。催促しようとすると、リュウに止められた。

「昨日の今日ですよ。簡単な車やないんやから」

「くそ」

毒づく紘二郎の横で、リュウは紘二郎のぶんの「湯もや」を食べている。

「夕飯前に食うな」

「でも、美味しいんですよ。最近、食べ物の好みが変わったみたいで甘い物が欲しくて欲しくて」

「糖尿になるぞ」

その日の夕食も豪勢で、やはり食べきることはできなかった。夕食後、リュウは貸し切り風呂に出かけた。紘二郎は部屋の露天風呂に入った。星を眺めながらの風呂は気持ちがよかった。

風呂から戻ってきたリュウはしばらくテレビを眺めていた。紘二郎が一人でビールを飲んでいると、不意に話しかけてきた。

「三宅さん、あの漢詩の葉書、もう一度見せてください。さっき、ちょっと気になることを思い出したんです」

葉書を取り出し、リュウに渡す。リュウはまじまじと表を見て、それから言った。

「葉書が変色してますね。相当、古いものと違いますか?」リュウはもう一度葉書をじっくり見た。「でも、墨の色はきれいです。全然あせてない。字は最近書いたんかもしれません」

「墨は退色しにくい。化学合成のインクなど太刀打ちできん。何百年も前の書が今でも美しいのは墨の特質や。だから、書いた時期は見た目ではわからん」

「へえ、なるほど。またひとつ賢くなりました」

　葉書を裏返してリュウが声を上げた。

「雛人形の写真の下に小さくＪＡＰＡＮ　１９７０ってあります。これ、外国人観光客向けのお土産やないでしょうか」

　リュウの示すところを見た。たしかにＪＡＰＡＮとある。今までは兄の書いた「夏初遊櫻祠」にばかり注意がいって気付かなかった。

「……万博か」紘二郎は嘆息した。

「万博？　太陽の塔のやつですか？」

「一九七〇年は大阪万博や。外国人向けの土産物など山ほど売ってた」

　リュウは葉書から眼を上げて言った。

「三宅さん、この葉書、僕にくれませんか？　なんかすごくこの漢詩が気に入りました。字も綺麗でかっこいいし」

「別にかまわんが」

　それを書いたんは人殺しやぞ、と言いかけて呑み込んだ。

「ありがとうございます」

　リュウがふわっと笑った。じっと紘二郎を見つめると、さらりと言った。

「ねえ、三宅さん。僕が殺してあげましょか？」

「なに？」

一瞬なにを言っているのかわからなかった。紘二郎はリュウの顔をまじまじと見た。リュウは穏やかな笑みを浮かべていた。

「お兄さんを殺したいんでしょ？　助けてもろた御礼です。僕が殺してあげましょか」

啞然としてリュウを見た。リュウはやっぱり微笑んでいた。

「阿呆。冗談ぬかすな」

「冗談やないですよ。僕なら殺せます」

リュウがまた笑った。紘二郎はぞくりとした。

「君は一体何者や？」かすれた声が出た。

「なにって、ただの住所不定無職二十五歳です」

「ふざけるな」

「ふざけてるのは三宅さんですよ。なんでそんなこと言うんですか」

「なに？」

「だって、お兄さんを殺しに行くとか言うてるくせに、僕が殺してやると言うても信じない。要するに本気やないんでしょ？」

「本気や。ただ、この手で殺さんと意味がない」

リュウに向かって拳を突き出した。自信はある。このヒョロヒョロの若者よりずっと強い。伊達に毎日立ち仕事はしていない。リュウは眼の前の拳をじっと見て、それから小さく首を横に振った。

「三宅さん、もうやめませんか？　もう済んだことなんです。過去にこだわるのはやめたほうがいいです。これからのことを考えるべきです」

「君になにがわかる？　俺は君のように若くない。老い先短い年寄りや」

リュウがなにか言おうとしたが、紘二郎は遮って話を続けた。

「君のような若者には過去など阿呆らしいんやろ。過去を向いて生きる人間は愚かに見えるんやろ」

そこで息を継いで、紘二郎は思いきりリュウをにらみつけた。

「ひとつ教えてやる。未来のない人間の時間は、過去に向かって流れていくんや」

リュウはなにも言わなかった。紘二郎は話を打ち切り、布団に潜り込んだ。

興奮したせいか、なかなか寝付けなかった。リュウも同じようで、咳をしながら何度も寝返りを打っていた。深夜になって、ようやくリュウは眠ったようだった。紘二郎はサイドボードの灯りで再び手紙を読んだ。

全部で十通。最初は普通の近況報告だった手紙が、次第に嘆きと悲しみを押し殺したものに変わっていく。最後の日付のものは、睦子の切々とした訴えの中に潜む絶望が感じられた。

睦子と桃子はとうに死んだというのに、兄と俺は生きている。恥知らずにも生きている。

なぜ俺は生きているのだろう。こんな浅ましい人生になんの意味があるのだろうか。

そのとき、ふっと気付いた。

リュウは一度も兄を殺す理由を訊かない。なぜ、あの男は疑問に思わないのだろうか。

第七章　昭和四十七年五月十四日　大阪　三宅医院

睦子は三宅家で二度目の夏を過ごすと、能登に帰っていった。

その直後、三宅家を不幸が襲った。父が倒れたのだ。若い頃にやった結核が再発した。ストレプトマイシンという特効薬があったが、悪いことにあまり父には効かなかった。秋の終わりに体調を崩したと思ったら、あっという間に悪化した。

死期を悟った父が最後に望んだのは、兄と睦子の結納を整えることだった。紘二郎は何度も父に話をしようと思った。だが、痩せこけ青黒い顔をした父を見ると、なにも言えなくなった。やがて、能登に正式な結納品と結構な額の金品が送られた。

その年の暮れ、臨終の床で父は兄の手を握って言った。

「征太郎、草野を頼む。睦子さんを頼む」

「ええ、わかりました」

兄はすこし戸惑っていたが、なんとか答えた。

「頼む、征太郎。草野を、睦子さんを」

「はい」

「必ず幸せにしてやってくれ」

父は息を切らせながら、何度も何度も繰り返した。紘二郎のほうは見もしなかった。

「頼むぞ、征太郎」

「はい。お父さん」

兄は父の手を握りかえしうなずいた。父はそれきり眠りに落ち、夜が明ける前には静かになった。


父の葬儀には能登から草野父娘も参列した。

睦子は母の用意した喪服を着た。母は睦子を兄の隣に座らせて、弔問客に兄の婚約者だと紹介した。睦子は緊張した面持ちで皆に頭を下げた。紘二郎は叫び出したい気持ちでいっぱいだった。

――違う。睦っちゃんは兄さんとは結婚せえへん。睦っちゃんが本当に好きなんは僕なんや。

だが、葬儀の席でそんなことが言えるわけもない。紘二郎は不安と焦燥を押し殺しながら、ひたすら堪えていた。

出棺の際、兄が位牌(いはい)を、そして母が遺影を持った。紘二郎は棺(ひつぎ)を担ぐ手伝いをすることになった。玄関で睦子とすれ違ったとき、眼が合った。睦子の眼には恐怖と困惑があった。

——紘ちゃん。うちら、どうしたらええがや。

ほんの一瞬だったが、はっきりと睦子の心の声が聞こえたような気がした。途端に、紘二郎の心は決まった。父の四十九日が終わって落ち着いてから話すつもりでいたが、このままではいけない。一刻も早く打ち明けないと、かえって事が大きくなる。

その夜、客がすべて帰り、三宅医院は家族と草野父娘だけになった。紘二郎は話があると言って全員を座敷に集めた。睦子にも覚悟が伝わったようで、紘二郎が黙っていても隣に座った。兄が不思議そうな顔でなにか言おうとしたが、それを遮るように紘二郎から切り出した。

「睦子さんと結婚させて欲しい」

皆、紘二郎の言っている意味がわからなかったようだ。戸惑ったような曖昧な表情で紘二郎を見た。紘二郎はもう一度繰り返した。

「僕と睦子さんを結婚させてください」

そう言って兄を見た。呆気にとられた顔をしていた。兄がこれほどまでに無防備な様子を晒(さら)すのははじめてだった。言葉も出ないようで、ぽかんと口を開けたままだ。

「……お願いします」睦子が隣で頭を下げた。

やはり誰もなにも言わなかった。すこしして一番最初に反応したのは母だった。

「なに言うてるの」母はとりあえず笑った。「紘二郎も睦子さんも、しょうもない冗談はやめて」

「いや、僕らは本気や。兄さんやなくて僕が睦子さんと結婚したい。睦子さんも同じ気持ちや」

「紘二郎、いい加減にしなさい」

母の笑い顔がすこしひきつった。その横で兄はまだ呆然としていた。紘二郎はきっぱりと言った。

「二人でよく話し合って決めたことや。いずれちゃんと話すつもりやったけど、お父さんがこんなことになって……今、言うしかないと思たんや」

母の顔から笑みが消えた。そして、愕然とした表情で睦子を見た。

「……睦子さん、あなた、ほんまに？」

「申し訳ありません。紘二郎さんと一緒になりたいと思っています」

睦子の声はわずかに震えていたが、それでも迷いはなかった。紘二郎は一つ小さな深呼吸をして、宣言した。

「お父さんは三宅家と草野家の子供が結婚することを望んでた。僕がお父さんの言いつけを守ろうと思う。僕が睦子さんと結婚する」

そう言った瞬間、兄がひゅうっと息を吸い込んだのがわかった。大きく眼を見開き、紘二郎を見た。その眼には激しい驚愕があった。今さらながら、紘二郎は血の気が引いた。兄は裏切られることなど想像もしなかった。完全に紘二郎と睦子を信頼していたのだ。

父の祭壇から線香の煙がゆっくりと漂ってくる。白檀の香りが部屋に満ちて息苦しい。すこしの間、皆は動けずにいた。

最初に気を取り直したのは草野だった。

「睦子。なんという恩知らずな真似を」いきなり、草野は残った腕で睦子の頬を叩いた。

「今まで、三宅さんにどれだけ世話になったと思う」

紘二郎は慌てて睦子をかばおうとしたが、兄が動いた。兄は紘二郎の腕をつかみ、早口で言った。

「紘二郎、本気か？」兄はぎらぎらと眼を輝かせていた。獣じみていた。

「兄さん、ずっと隠しててすまんと思てる」

「いつからや？」

「はじめて会ったときからずっとや」

兄が喉の奥から言葉にならない声を上げた。怒りとも悲鳴ともつかない呻り声だった。

「紘二郎、おまえ、親父の最期の言葉、憶えてないんか？」

「憶えてる。でも、あのとき親父は睦子さんを幸せにしてくれ、言うた。僕は約束する。絶対に睦子さんを幸せにする。だから、認めてほしい」

「そんな都合のいい言い訳が通るか」兄が吐き捨てるように言った。

そのとき、草野がまた睦子に飛びかかった。

「こいつは、こいつは」草野は喚きながら睦子を叩いた。「恩知らずの親不孝者が」

草野の顔は怒りで赤黒かった。一本の腕を振り上げるたび、もう一本の結んだ袖もひらひら宙に舞い上がった。睦子は畳に突っ伏したまま、しゃくりあげた。

「やめてください、草野さん」兄は乱暴に睦子から草野を引き剝がした。「睦子さん。僕からも訊きます。本当なんですか？」

兄の顔はほとんど白かった。血走った眼だけが赤く光っていた。

「申し訳ありません」

兄は黙って睦子を見下ろしていた。魂の抜けたような顔だった。それから、ゆっくりと紘二郎を見た。怒りはなかった。ただ、ぞっとするような侮蔑の眼だった。兄は静かに口を開いた。

「見苦しい真似はやめましょう。遺された者が争っていては、父も浮かばれない」

　これほど正しい言葉はないだろう。母も草野も感嘆の眼で兄を見守った。

「とにかく落ち着いて話をしましょう。でも、とりあえず今日は休みませんか？　草野さんも睦子さんも遠くから来られているんです。みなさんお疲れでしょう。話はまた明日に」

「ええ、そう、そうしましょう。征太郎の言うとおりです」母がほっとしたようにうなずいた。

「そうですな。征太郎さんの言うとおりにしましょう」草野も大きな声で母に続いた。

　そこで一旦話は打ち切られた。

　翌日、母と兄と草野の三人で話し合いがもたれた。その会合は一瞬で終わった。紘二郎と睦子の関係は、単に「なかったこと」にされた。式は睦子の高校卒業次第と決まった。三人の話し合いとは、式を急ぐ打ち合わせだった。翌日、草野は睦子を引きずるように連れ帰った。

　その日以来、睦子のことはタブーになった。母も何事もなかったかのように振る舞った。実際、それどころではなかったのだ。父が亡くなったので、代わりに来てくれる医師を頼む必要があった。兄が医学部を卒業して三宅医院を継ぐまでは、なんとか代理の医師でやっていかなければならなかった。

　やがて、年が明けて昭和三十八年になった。春が来て父の百か日法要を行ったが、父親の草野だけが参列して睦子は来なかった。草野は紘二郎に露骨な敵意の眼を向けてきた。

四月になって、紘二郎と睦子は高校三年生になった。

睦子は能登から出ることを許されなかった。結婚が決まったというのに、夏休みの行儀見習いも中止になった。次に睦子が大阪に来るのは、卒業して結婚式を挙げるときということだった。

睦子と兄の結婚はもう止めることができないのか。もう一度、母と兄、睦子の父に土下座して頼んでみようか。だが、どれだけ頼んでも許してもらえるとは思えなかった。どうすればいいのだろう。紘二郎は毎日ひとり、煩悶し続けた。

睦子の気持ちを確かめたい。なんとかして連絡を取りたい。だが、手紙は先に父親が受け取ったら終わりだ。電話は集落の取り次ぎだ。これも他の人が取ったらばれる。手立てが見つからないまま、春が終わろうとした頃だった。ある夕、電話が掛かってきた。予感がした。慌てて受話器を取った。

「紘ちゃん？　今、町から掛けてる」

やはり睦子だった。紘二郎はあたりを見回した。幸いひとりだった。

「睦っちゃん、駆け落ちしよう」

一番に出た言葉がそれだった。自分でも驚いたが、口にするともうこれしかないような気がした。

「うん。わかった」

睦子が即答した。そこからはあっという間だった。

「決行は結婚式の日や。それまでは完全に諦めたふりをするんや」

今後の連絡には、中島の家を使わせてもらうことにした。理由を話すと中島は驚いていたが、快く協力してくれた。

「征太郎さん。弟に婚約者盗られたんか。気の毒になあ」多少は面白がっている様子だった。

「ばれへんようにしてくれよ。お姉さんにも内緒や」

「わかってる。でも、姉貴は喜ぶやろな。なにせ征太郎さんのファンやから」

本当は今すぐにでも逃げたいが、将来のことを考えると高校だけは出ておくべきだ、と睦子は主張した。いずれ互いの親も許してくれる。そうすれば紘ちゃんは大学へ行けばいい、と。

母と兄を安心させるため、紘二郎はひたすら勉強とクラブに打ち込んだ。そのおかげで、水泳部の部長になり、成績も驚くほどに上がった。

「やっぱり医者になろうと思うんや。でも、現役では全然無理なんわかってるから、今年は受験せえへん。一年みっちり勉強して、来年受けようと思うんや」

「紘二郎。あんたも医者になってくれるんか。お父さんが生きてはったら、どれだけ喜んだか」

母は涙を浮かべて言った。すっかり紘二郎を信用したようだった。親を騙したことに、紘二郎は罪悪感を覚えた。自分は最低の親不孝者だと思いながらも、駆け落ちの決意が揺らぐことはなかった。

母を安心させると、残った問題は資金面だった。住むところと仕事が見つかるまで、最低でも二、三ヶ月暮らせるくらいの金が必要だ。子供の頃から貯めた金がすこしはあったが、到底足らない。

早朝トレーニングと称し、紘二郎は新聞配達をはじめた。そのほかにも、土建屋をやっているクラスメイトに頼んで土方仕事を回してもらった。合宿に行くと嘘をついて、一週間飯場生活をしたときにはあまりのきつさに死にそうになったが、相当な金がもらえた。幸い、中島が口裏を合わせてくれたので、怪しまれることはなかった。

勉強、アルバイト、クラブ。この三つを両立させるには並大抵の努力ではすまなかった。これまで、自分がいかに怠けていたかを思い知らされた。

忙しい日々はあっという間に過ぎていった。兄はまだ完全には警戒を解いていないらしい。雑談に見せかけて、さりげなく探りを入れてくる。睦子と連絡を取っていないか気にしているようだ。

あるときなど、近くを通りかかったと言ってプールをのぞきに来た。

休憩時間、水から上がってひとりで考え事をしていたとき、兄に声を掛けられた。大学の帰りらしかった。

「心配事か？」

睦子のことを考えていると思われたのだろうか。いやな勘ぐりに腹が立ったが、顔には出さないようにした。

「今度のリレーの選手やけどな。二年に速いのがいて、中島を外さなあかんねん。辛いんや」

「仕方ないやろう。速い選手を出す。それだけのことや」

「でもな、三年は最後の大会や」

中島はフォームは綺麗だがスタートが苦手なせいで、なかなかタイムが伸びない。だが、いつも紘二郎の練習にもつきあってくれる。なんとかして出してやりたい。

すると、兄が真面目な口調で言った。

「親父の話を憶えてるやろ？　ジャングルや。歩けなくなった者は見捨てるしかない」

「タイムの出えへん者は見捨てろいうんか？」

「歩けない一人のために部隊を全滅させる指揮官は有能か？　紘二郎、おまえかて本当はわかってるんやろ？」

なんの容赦もない冷徹な口ぶりだった。以前の兄ならこんなことは絶対に言わなかった。だが、紘二郎にはわかった。兄を傷つけたのは自分だ。決して自分を許すことはないだろう。表面上は礼儀正しく接しても、もう俺と兄との間には埋められない溝ができてしまったのだ。

結局、中島は最後までタイムを縮めることができず、選手には選ばれなかった。紘二郎は個人もリレーも入賞することができた。中島が付き合ってくれたおかげだった。

「今になって思うんやけど」中島は引退式でぼそりと言った。「僕は選手より、マネージャーとかコーチのほうが向いてるかもしれん」

「名選手が名監督になるとは限らんやろ？　中島は名監督になる素質があるんちゃうか」

「そやったらええけどなあ」

中島は寂しそうに笑った。

年が明け、紘二郎と睦子は高校を卒業した。

結婚式は三月二十日と決まっていた。生國魂(いくくにたま)神社で式を挙げ、大阪都ホテルで披露宴を行うという段取りだった。

睦子の嫁入り支度はすべて三宅家で整えることになった。母は上等の婚礼家具一式を揃え、睦子の着物を何枚も作った。そして、若夫婦のための部屋を飾り付け、満足そうな顔をした。

立春が来て、母はいつものように雛人形を飾った。

「これからは睦子さんが継いでくれるんや」

歳のせいか涙もろくなった母は、そう言って目を潤ませた。

睦子は卒業式が終わると、大阪に出てきた。一年数ヶ月ぶりに見る睦子は、みなが驚くほどに大人びていた。それは単なる外見の変化ではなく、以前の少々垢抜けない頼りなさが抜け、しっかりと意思が感じられる性格になったからのように思えた。

紘二郎は睦子の変化に少々戸惑いながらも、喜びと武者震いのようなものを感じていた。睦子は完全に覚悟を決めている。俺もしっかりしなければ、と。

「睦子さん、落ち着いてはるね。ふらふらしたこともあったけど、これでもう安心やわ」

母は満足そうだった。ふらふら、とは紘二郎に気を移したことを指しているのだろう。母がそれを平気で口にするということは、もう完全に紘二郎との関係は消滅したと思っているということだ。

父の草野は商売があるため、ぎりぎりまで能登を離れるわけにはいかなかった。兄も大学が忙しく、ほとんど式の準備に時間を割けなかった。その代わりに、母が一人で奔走した。神社、ホテルとの打ち合わせ、親族への対応などなどだ。あまり大変そうなので、紘二郎は手伝いを申し出た。

「なんでも言うてや。俺も手伝うから」

「ええよ。おまえは浪人生なんや。大事なのは勉強やろ?」

兄の対応は素っ気なかった。紘二郎が睦子と関わることを恐れているようだった。怪しまれては困るので、紘二郎は素直に引き下がることにした。そして、睦子とはほとんど口をきかず、素知らぬふりをして過ごした。

お互いの連絡は靴の中にメモを入れることにした。用件を書いて小さく折りたたみ、相手の靴の先に押し込む。靴を履いて外に出て、一人きりになったら確認するのだ。

「紘ちゃん」「睦っちゃん」ではじまるメモは、用件しか書かれていなくともたしかに恋文だった。

　駆け落ちの準備は順調に進んでいた。持ち出す物は互いにバッグ一つだけと決めた。紘二郎と睦子は身の回りの物をこっそりボストンバッグに詰め、中島に預かってもらうことにした。

「結婚式の朝、こいつを上本町駅のコインロッカーに預けて、その鍵を神社まで渡しに来てくれ」

紘二郎はバッグを中島に渡した。中島はやっぱり面白そうな顔をした。

「わかった。なんかこっちまでドキドキしてきたな」

「本当にすまん。恩に着る」

「それより、うちの姉貴が本気でショック受けてるんや。ほんまのことを教えてやりたいけど、そうはいかんからな」

文学少女が本も読めなくなるくらいに落ち込んでいるらしい。すこし気の毒な気がした。

「でも、すぐに元気になるやろ。なにせ兄貴は結婚せえへんのやから」

「確かに」

中島が快く引き受けてくれたので紘二郎はほっとした。

睦子とはほとんど口をきかないまま、とうとう結婚式の日が来た。

貯金はすべて下ろした。全部で十万円あった。一年掛けて貯めた金だ。紘二郎は厳重に腹に巻き付けた。

神前式は十一時からの予定だった。本殿までの参進の儀、つまり花嫁行列がある。睦子は朝の九時に白無垢（しろむく）へと着付けてもらうことになっていた。

着物に着替えてしまっては逃げられない。だから、着付けの前に「トイレを済ませておく」と言い、逃げ出す手はずになっていた。

三宅家は八時過ぎには神社へ到着した。兄はもう紋付を着て、親戚に挨拶をしていた。母は睦子につききりで、まるで実の母親のように世話をした。睦子の父の草野は見知らぬ人々に囲まれて、居心地が悪そうだった。

紘二郎は控室を抜け出した。鳥居の下で中島が待っていた。

「ほら、これが鍵。それから餞別(せんべつ)も」

中島が鍵と封筒を差し出した。紘二郎は思わず親友の顔を見た。涙が出そうになった。

「ありがとう。中島、この恩は一生忘れへん」

「おおげさやな。でも、元気でやれよ。たまには連絡くれ」

「ああ。おまえも元気でな」

涙がにじんだ。持つべきものは親友だ。紘二郎は中島と固く握手をした。中島の眼にも涙が浮かんでいた。

中島と別れると、その足で何食わぬ顔で着付け部屋をノックした。廊下に出てきたのは母で、さっと後ろ手でドアを閉めてしまった。これでは睦子の様子がわからない。

「なに？　紘二郎」

「さっき、中島が来てお祝いをくれたよ」

部屋の中の睦子に聞こえるように大きな声で言う。これで鍵を受け取ったことがわかるはずだ。つまり、いつでも逃げ出せるということだ。

「あら、中島さんとこはもう貰ってるけど？」

「中島個人のお祝いや」

「律儀な子やねえ。ちゃんと後でお返しせな。それより、あんたも早く着替えな」

「うん。わかった。じゃあ」

紘二郎はそれだけ言って、母に背を向けた。控室に戻るふりをして、外に出た。そして、待ち合わせ場所の北の鳥居に向かった。

腹には全財産十万円が巻いてある。ポケットには小銭入れと中島からの餞別、それにコインロッカーの鍵が入っていた。準備は完璧だった。

だが、なかなか睦子が来ない。紘二郎は鳥居の下で苛々と足踏みをした。

紘二郎は不安で居ても立ってもいられず、思わず鳥居を見上げた。そうだ、と思った。はじまりは四天王寺の石の鳥居だった。そして、転宝輪（てんぽうりん）を回した。あのときから運命は転がっている。俺たちは離れることなんてできない。大丈夫だ、きっとうまくいく。そう自分に言い聞かせた。

まだ睦子は来ない。いくらなんでも遅すぎる。紘二郎は鳥居の下を行きつ戻りつした。ここにも転宝輪があればいいのに、と思う。もしあったら、何度でも回してやる。凄い勢いで回して俺たちの運命に加速をつけてやる。

それでも睦子は来ない。とうとう紘二郎は我慢できなくなった。引き返してもう一度様子を見に行こうとしたとき、睦子が駆けてきた。ブラウスとスカートという格好だが、顔はもうきちんと白く化粧がされていた。

「紘ちゃん。ごめん。遅うなって」

真っ赤な紅を引いた唇が輝いていた。息を呑むほどの鮮やかさだった。

「さ、行くぞ」

「うん」

紘二郎は睦子の手を取った。その手も白く塗られていた。そして、二人で鳥居を抜けて真言坂を駆け下った。走り降りるとどんどんスピードがついた。転びそうなほどだった。

坂を下りると千日前通りだ。最寄り駅は谷町九丁目だが、そのまま千日前通りを走って上本町駅を目指した。大阪駅はすぐに張り込まれる可能性がある。だから、上本町駅から近鉄電車に乗って奈良へ行き、そこから京都へ向かうことにした。

駅に着くと、コインロッカーを開けてボストンバッグを取り出した。奈良行きの電車に乗り込む。念のため最後尾の車両に乗った。ここなら階段から一番遠い。

紘二郎はホームに目を配っていた。追ってくる者の姿は見えない。だが、発車ベルが鳴るまで気が気ではなかった。

「今頃、きっと大騒ぎやろね」睦子の声は震えていた。

「ああ」

兄の怒りを想像すると紘二郎も心臓が縮み上がるような気がした。だが、もう賽は投げられたのだ。二人で行けるところまで行くしかない。

「睦子、くじ、作ってくれ」わざと力強い声を作った。

「くじ？」

「ああ、行き先を決める。ここまでうまくいった。天が味方してくれてるからや。だから、これからも運を天に任せて行こうや」

睦子はしばらく黙って紘二郎を見ていたが、やがてうなずいた。

「うん。紘ちゃんの言うとおりやね」

睦子はバッグからノートを取り出した。そして、適当に駅名を書いて、あみだくじを作った。

行き先は決まった。倉敷だった。

生駒トンネルに入ると、向かいの窓に二人が映った。普段着を着ながら白粉と紅を差した睦子は、暗闇に浮かぶ幽霊のようだった。

「うわ、恥ずかしいがや」

睦子はハンカチを取り出し、慌てて口紅を拭った。紘二郎はすこし残念だった。だが、紅い唇もいいが、なにも塗らない唇も色っぽいと思った。睦子は驚いて、それから笑い出した。紘二郎は座ったまま、さっと睦子の唇を吸った。周りの乗客が眉をひそめていた。だが、紘二郎はすこしも気にならなかった。これからはなにもかも二人ではじめるのだ、と思った。

*

当時、倉敷は繊維の町だった。大小の紡績工場があって、活気があった。身元確認やら個人情報やらもなく、地方から出てくる人間も山ほどいた。胡散臭い人間でもなんとかなった。人手の足りない染工場があって、すぐに夫婦で働くと言ったら、アパートを紹介してくれた。アパートはトンネルを抜けた先にあった。六畳一間、風呂はなく炊事場とトイレは共同で、照明の傘はあったが電球はなかった。紘二郎と睦子は早速買物に出かけ、電球と布団を買った。

その夜、灯りを消すと、紘二郎と睦子は一組しかない布団に二人で入った。

「睦っちゃん、ええか？」

睦子が黙ってうなずいた。

ずっとこのときを待ち望んでいた。駆け落ちしなければ、兄のものになるはずだった身体だ。睦子を眼の前にすると、じんと胸が熱くなってきた。

カーテンなどないので、外の電柱に取り付けられた灯りが入ってくる。真っ暗というわけではない。ぼんやりと浮かぶ睦子の身体はまるで白く美しい魚のようだった。

「すごく綺麗や」

睦子が慌てて顔を覆った。剝き出しの胸と腹が柔らかく波を打つように震えた。

本当は灯りを点けて堂々と見たい。睦子を隅から隅まで見たい。だが、きっと恥ずかしがるだろう。はじめてなのだから優しくしてやらねば、と思う。自分だってはじめてなのだが、リードするのは男の務めだという気がした。

紘二郎の下で睦子の胸が揺れている。服の上から見てもその大きさがわかる胸だったが、裸になると想像を遥かに超える量感があった。紘二郎はたっぷりとした重みのある胸を撫で、つかみ、こね回した。どれだけ触れても飽きることがなかった。

壁が薄いので、そこかしこから雑多な音が聞こえてくる。咳払いの音、テレビの音、畳を踏むミシミシという生活音が響いてきた。つまり、こちらの音も聞こえているということだ。

睦子は手を強く口に当て、声が漏れないようにしている。紘二郎はその手を外した。睦子は驚いて再び口を覆おうとする。紘二郎はその手を押さえつけた。

「あかん。睦っちゃんの声が聴きたいんや」

暗闇に眼が慣れて、もう睦子の顔がはっきり見える。泣き出しそうな、恥ずかしそうな、でも、それどころではないという顔だった。

紘二郎は改めて高揚と満足を感じた。間違っていなかった。たとえ兄を裏切ろうと、互いの親を哀しませようと、二人が結ばれるのは正しいことなのだ。

どこかで犬が鳴いた。前の道路をバタバタという音を立ててバイクが走っていった。こらえきれずに上げた睦子の声がかき消されてしまい、紘二郎はすこし悔しかった。


働きはじめた紘二郎はすぐに思い知らされた。自分は怠け者だっただけではなく、甘えたガキだった。

新生活はすべてに金がかかった。最初の給料がもらえるまではきつかった。計算してみると、二人の日給を合わせても、「アラスカ」での食事代に足りなかった。朝から晩まで働いても、一度のレストラン代に足りないというのは衝撃だった。

だが、睦子は小さい頃から苦労していただけあって、しっかりしていた。食費をやりくりし、毎朝弁当をつくった。乏しい給料からすこしずつ家財道具を買いそろえ、わずかなりとも貯金をした。

だから、絶対に愚痴は言わないと決めた。そして、早朝の仕事を掛け持ちした。駅での荷さばきで、それなりに金になった。

睦子に失望されたくなかった。世間知らずのボンボンだとバカにされたくなかった。だから、がむしゃらに働いた。工場ではすすんで汚い仕事をやった。

染料で手は荒れる。爪の間は黒いままで洗っても落ちない。荷さばきで腰は痛める。仕事はきつかったが、一年過ぎたらなんとか暮らせるようになった。

谷さんに世話になったのはその頃だ。工場帰りに毎日豆腐とおからを買っていたら、馴染みになった。昔、水泳部だったと言ったら、知り合いのスイミングスクールを紹介してくれて、夜はコーチとして働けることになった。

泳げるというのは素晴らしいことだった。コーチの初給料で、紘二郎と睦子は銅鍋を買った。以前、銅鍋なら一生使える、と扇寿司で教えてもらったからだ。「一生二人で使える」というものが買えて、二人とも満足だった。睦子は銅鍋でおからを作った。いつもよりずっと美味しいような気がした。

おから続きの毎日に、それでも睦子はすまなそうな顔をした。

「ごめんね、紘ちゃん。毎日おからで」

「なに言うてるんや。上等の銅鍋で作った上等のおからや。ご馳走やないか。僕は大好きや。……そうや、お返しに今度は僕が作ろか。なにがええやろ……」

自分にも作れそうなのはカレーしか思いつかなかった。次の日曜、午後から紘二郎は独りでカレーを作った。銅鍋一杯にできあがったのはジャガイモがゴロゴロしているシャバシャバのカレーだったが、睦子は喜んでくれた。

以来、日曜日はカレーの日になった。紘二郎は自分なりに工夫をするようにした。高い肉は手が出ないので、すじ肉を使った。時間を掛けて煮込めば柔らかくなる。手間は掛かったが、美味しい、と睦子が喜んでくれるのが嬉しかった。

倉敷に来て二年目、睦子はすこし給料のいい紡績工場を見つけて移った。土曜の夕は、仕事終わりに睦子を工場まで迎えに行くのが常だった。

ううう、ううう、とサイレンが鳴り出す。終業時間だ。若い女の子が門からぞろぞろと出てきた。

「紘ちゃん、お待たせ」

睦子が駆け寄ってきた。そして、紘二郎を見て、笑い出す。

「紘ちゃん、髪の毛、びしょ濡れや。ちゃんと拭いてないやろ」

「遅れそうやったんで、慌てて出てきた。こんなんすぐに乾く」

「乾いたら大変やよ。なにせ、河童の紘ちゃんやから」

睦子がけらけらと笑う。紘二郎もつられて笑った。なんだか二人で笑っただけで、一日の疲れが消えて行くような気がした。工場の前の道路には、いつものようにずらりと車が並んでいた。ダットサン、クラウン、ブルーバード、セドリック。スバル360にパブリカ。もちろん軽トラもオート三輪もいたが、少々肩身が狭そうだった。

睦子は車の列に一度だけちらりと眼をやった。ほんのすこし、うらやましそうな顔をしたように見えた。

「他の男はみんな金持ちやな」

紘二郎は免許すらない。言わなくてもいいのに、つい言ってしまった。

「どっかの町工場のボンボンやろ。親の金で乗っとるだけ」睦子がすたすたと歩き出す。

「そやろな」

後を追いながら、ふっと思った。睦子だって兄と結婚していれば、車など簡単に手に入っただろう。もしかしたら、外国製の車を買って兄の横に座っていたかもしれない。まさか、後悔しているのでは。そう思うと、濡れた髪のまま歩いている自分が情けなくなった。

「なあ、ちょっと寄り道してええか？」

「ええよ。どこ？」

「ちょっと」

紘二郎は睦子の手を引いて歩き出した。着いたのは国道沿いの自動車販売店だ。

「ほら、あれ。かっこええやろ。前から気になってたんや」

ガラスのショールームを指さした。その先にはワインレッドのコンテッサがぴかぴか輝いている。

「あの赤い車？　綺麗やね」

「コンテッサって言うんや。イタリア語で伯爵夫人って意味らしい」

「伯爵夫人？　すごく高いんと違う？」

「まあまあ高いな」

本当はかなり高い。公務員の初任給が約二万円だというが、コンテッサは八十五万円ほどする。紘二郎と睦子の経済状況を考えれば、どんな車でも高い。飲まず食わずで働いたって、手が届くとは思えない。新居の家財道具だって揃っていないのだから。

「へえ。いつかあんな車に乗れたらええね」

「なあ、睦子。俺は決めた。いつかあの車を絶対に手に入れる。そしたら、二人でドライブや」

紘二郎はコンテッサを見つめた。赤い流れ星のように、火矢のように、どこまでも真っ直ぐに飛んでいく。俺と睦子を乗せて、どこまでも飛んでいく。

「素敵やね。張り切ってお弁当作るから」

「ああ。約束や。俺と睦子、二人でワインレッドのコンテッサに乗るんや」

遠くからサイレンが聞こえてきた。今度は別の工場だ。

「サイレンの音ってどきっとするわ」

睦子が夕焼け空を見上げながら言う。たしかに、サイレンの音は物騒だ。工場の門の前で睦子を待っているとき、サイレンが鳴ると心が騒ぐ。睦子に会えるという嬉しさと、なにかよくないことが起こるという不安の両方だ。

紘二郎も空を見上げた。真っ赤だ。燃えている。サイレンが鳴り止まない。いつまで鳴っているのだろう。

「この車が手に入ったら、きっといいことがある」

「うん。あたしもそう思う」

「絶対にこの車を買って睦子を迎えに行くから」

「うん、絶対に約束。コンテッサで迎えに来て」

＊

昭和四十一年、倉敷に来て二度目の正月を迎えた。

睦子は早生まれで誕生日は一月二十日だ。先に五月に二十歳になった紘二郎は、睦子の誕生日が来るのを心待ちにしていた。去年の大晦日（おおみそか）、柱に新年のカレンダーを掛けたときに一番に書き込んだのが、今日この日だ。

二十歳になれば、両親の同意なしに結婚できる。法的に届けを出してしまえば、どちらの親も諦めるしかないだろう。紘二郎と睦子は婚姻届を貰ってきて、早速記入した。

居場所がバレたら困るので住民票は移していない。だが、住所地以外で婚姻届を出すには戸籍謄本、もしくは抄本が必要だ。紘二郎と睦子はそれぞれ大阪と能登の役所から郵送で取り寄せる手続きをした。

婚姻届の証人は谷さん夫婦にお願いした。二人は快く記入してくれた。その夜、谷さん夫婦を扇寿司に誘った。今までの御礼にご馳走させてくれ、と言うとはじめは遠慮していた。だが、紘二郎と睦子が何度も頼んでようやく受けてくれた。

「あとは睦子の二十歳の誕生日が来たら、役所に提出するだけです。ありがとうございました」

「いや、とにかくよかった」

酒の回った谷さんは頭のてっぺんまで赤くして、嬉しそうだった。

「わいも駆け落ちみたいなものじゃ」ぬる燗（かん）の銚子（ちょうし）を並べてしみじみと言った。「二十歳で飛び出したきりで、親の死に目には会えんと覚悟しとる」

「俺もです」

「悪いことは言わん。子供ができたら一度帰るんじゃ。子供見せたら大抵のことは許してもらえる」

突然子供の話になり、睦子が赤くなって顔を伏せた。もちろん子供は欲しいと思っていた。家族みんなでコンテッサでドライブできたらどんなに素敵だろう、と睦子と語り合ったこともある。

「きちんと籍を入れられたら、子供作ってもええかな、て思てます。生活は大変になるやろけど……」

「できたらできたでなんとかなるもんじゃ。あんたが頑張って稼げばいい。それだけじゃ」谷さんが力強く言い、睦子のほうに向き直った。「睦子さん、心配はいらん。あんたの亭主は根が真面目じゃ」

「はい」

二人揃ってうなずいた。谷さんの励ましは心強かった。好きで親を哀しませているわけではない。いつか和解できたら、とは口には出さないがずっと思っている。無論、睦子もだ。

子供を見せたら母と草野は許してくれるかもしれない。二人で大阪へ帰れるかもしれない。兄だって、子供までいるのならもう無理は言わないだろう。諦めてくれるはずだ。紘二郎は胸にかすかな希望が灯るのを感じた。

豆腐屋は朝が早いからと、谷さんは早々に切り上げて帰った。こちらの財布を気遣ってくれたらしかった。

その数日後のことだ。銭湯からアパートに帰ると、ドアの鍵が開いていた。

「あれ？　開いてる」睦子が不審そうな顔をした。

空巣かもしれない。紘二郎は無言で睦子を押しとどめ、離れていろ、と手で合図した。音を立てぬよう静かにドアノブを回して、ドアを細く開ける。半畳ほどの踏み込みには、手入れのよい革靴がきちんと揃えられ上品に輝いていた。

「お帰り、紘二郎、睦子さん」

聞き慣れた声がした。

その瞬間、紘二郎は玄関から飛び出し、思い切りドアを閉めた。驚いた顔の睦子に小声で言った。

「逃げろ、睦子。兄さんが来てる」

「征太郎さんが？」睦子の顔から血の気が引いた。

「とにかくおまえは逃げるんや」

「どこへ？」睦子も小声で返した。

「とりあえず、谷さんとこに行っとけ。兄さんと話をつけたら迎えに行く。それまで絶対に外へ出るな」

睦子は強く唇を引き結び、真っ直ぐに紘二郎を見つめて話を聞いている。

「わかった」睦子はうなずいた。「待っとる」

そのとき、ドアが開きかけた。咄嗟に紘二郎は背中で防いだ。ドアを開けられないよう、渾身の力で押さえつける。

「紘二郎、いい加減にしろ」兄が叫んだ。「睦子さんに話がある。草野さんのことや」

はっと睦子が足を止めた。部屋の中から兄の声がした。

「睦子さん、聞こえますか？　草野さんが……あなたのお父さんが倒れたんです」

紘二郎たちは途方に暮れて顔を見合わせた。

卓袱台を前に兄弟は二年ぶりに向き合った。

兄は最後に見たときから、かなり痩せていた。相変わらずのハンサムだったが、はっきりと陰ができていた。

「おまえたちのことはずっと探してた。でも、どれだけ手を尽くしても見つからへんかった。私はおまえたちが二十歳になればすぐに婚姻届を出すと読んでいた。だから、区役所の戸籍係に、おまえが戸籍を請求することがあったら教えてくれ、と頼んでいた」

「そんな勝手に教えるなんて許されへんやろ」

「私が無理を言って頼んだんや。係の者は悪くない。……ただ、その人は以前父に世話になったことがあってな。これも父の人徳のおかげや」

兄が上着の胸ポケットから封筒を取り出した。中の書類を紘二郎に示した。

それは兄の戸籍謄本だった。配偶者の欄には睦子の名が記載されていた。そして、その届け出日は一昨年の三月二十日、つまり結婚式の日だった。

「まさか……」

紘二郎も睦子も愕然とし、それ以上声が出なかった。

「睦子さん。あなたは私の妻なんです。あなたの横にいるのは私の弟であり、あなたの義弟(おとうと)です」

兄の落ち着き払った口ぶりにぞっとした。兄は僕ではなく私と言った。そして、睦子と紘二郎は私の「妻」であり「弟」である、と。それはまるで、自分の正しい持ち物である、と主張しているように聞こえた。

睦子が横で泣き出した。紘二郎は懸命に落ち着こうとした。自分まで動揺していてはいけない。

「睦子。大丈夫や。こんなこと認められるわけがない。婚姻は両性の合意のみに基づいて、やから」

そう言いながらも、自分の心を圧倒する不快をこらえるのに精一杯だった。無論、兄に対する怒り、憎しみ、悔しさは計り知れない。だが、それ以上に、自分でも説明のつかない底無しの不快感にかき乱されていた。

たかだか戸籍、紙の台帳の問題だとわかっている。それなのに、この不快感はなんだろう。まるで、睦子が兄に汚されてしまったかのように感じる。

二人で新しい家庭を築く。だれにも干渉されず、自分の力で人生を切り開く。そんな夢に墨がぶちまけられた。いや、気付かない間にぶちまけられていたのか。

「兄さんの出した書類なんか無効や。兄さんと草野さんが勝手に出しただけやないか。睦子本人はまったく望んでない」

「草野さんはこう言うた。——娘はこの結婚に間違いなく同意しました。本人も強く望んだ結婚です。なのに、紘二郎さんに脅され、無理矢理連れて行かれたんです、と」

「阿呆らしい。睦子は兄さんと結婚するつもりなんか最初からなかった」

瞬間、兄の顔が強張った。だが、すぐにいつもの冷静さを取り戻した。

「睦子さん、勝手なことをしてすみません。でも、わかってください。これは約束です。約束は守らなければいけないんです」

「親が勝手にした約束や。睦子は関係ない」

かっとなって言い返すと、兄も声を荒らげた。

「おまえたちが駆け落ちしてからどうなったか、なにも知らないのやな」

「どうなったんや？」

「お袋は死んだ」

「え？」紘二郎はぽかんと口を開けた。わけがわからなかった。

「式が中止になったあと、お袋はすっかりショックを受けた。ノイローゼになって食事もしない日が続いた。夜も眠れなくなり、睡眠薬を飲むようになった。そして、ある日……首を吊った」

「まさか……」

紘二郎と睦子は絶句した。母が自殺した。あんなに優しかった母が。睦子が呻き声を上げ、顔を覆った。

「草野さんは死んでお詫びする、と言うてたが、なんとか思いとどまらせた。睦子を見つけて連れ帰る、て身体が悪いのにあちこち捜し回ってはったが、この前無理がたたって卒中で倒れた。今は寝たきりや。起き上がることもできん」

紘二郎は呆然と兄の言葉を聞いていた。悔恨と混乱とで頭がおかしくなりそうだった。

「すまん、兄さん」紘二郎は頭を下げた。

「おまえの詫びなどいらん。私は睦子さんを連れにきただけや」

「それだけは勘弁してくれ。兄さん、お願いや。睦子と一緒にさせてくれ。僕は兄さんみたいに頭がよくない。立派な医者なんかなられへん。世間から見たら、比べもんにならんほど出来の悪い弟かもしれん。死んだ親父も満足せえへんやろう。でも、はじめて会ったときから、睦子以外に考えられへんのや。財産もなんもいらん。兄さん、お願いや。睦子を諦めてくれ」

紘二郎は土下座した。そして、兄に懇願した。

「兄さん、頼む。僕と睦子を一緒にさせてくれ」

兄は長い間なにも言わなかった。紘二郎は畳に頭を擦り付け、じっとしていた。すると、兄の声がした。

「紘二郎、顔を上げろ」

その声は穏やかだった。とうとう許してもらえるのか？　紘二郎は期待を込めて顔を上げた。そして、息を吞んだ。兄の顔は静かなのに眼だけがぎらぎら輝いていた。

「……睦子さん、正直に言います。父との約束なんかほんまはどうでもいいんです。私も睦子さん以外考えられへんのです。まだ中学生の頃からずっと好きやった。毎晩写真を眺めて、能登にいる女の子のことを考えてたんです。私は睦子さん以外に考えられへん。そんな人間になってしまったんです。今さら他の女の人なんかと結婚できんのです」

言葉だけ聞けば、プライドを捨てた内心の吐露だった。これほど真摯な愛の告白はない。だが、兄の顔は凍り付いたままだった。眼だけが息を呑むほど、血走って燃えていた。その齟齬に背筋が凍るような気がした。

「征太郎さん……」睦子が呻くように言い、口を手で覆った。

「睦子さん、あなたは私が絶対に幸せにします。だから大阪に帰って来てください」

睦子はもう声が出ないようだった。口を覆ったまま、動かなかった。兄は紘二郎を見下ろし、ゆっくりと語りかけた。

「頼む、紘二郎。睦子さんを諦めてくれ」

兄の声には抑揚がなかった。紘二郎は返事ができなかった。

兄に連れられ、一度大阪へ帰ることになった。

久しぶりの三宅医院は心なしか荒れたような気がした。仏壇には父と母の位牌が並んでいた。睦子は泣きながら頭を下げた。

「ごめんなさい、ごめんなさい。申し訳ありません」

紘二郎はなにも言えず、ただうつむいていた。母を殺したのは紘二郎だった。

草野は離れにいた。すっかりやつれた顔で、紘二郎たちを見た。

「紘二郎さん、お願いです。私の頼みはこいつだけなんです。睦子を連れて行かんでくださいもつれた舌で懸命に訴える。「私はもう動けんのです。こいつに見捨てられたら死ぬしかない」

そして、草野は口から涎の糸を引きながら、睦子をにらみ据えた。

「父親を見捨てる気か？　この親不孝者が。育ててやった恩も忘れて……」

「お父さん……。でも、あたし……」

「三宅さんも草葉の陰で泣いておられる。……こんな娘を持って、恥ずかしくてたまらんがや」

睦子はなにも言い返せないようだった。草野は怒りと憎しみを圧し固めたような声で言い放った。

「おまえは外道や。恩を仇で返す。お前はどれだけ三宅さんによくしてもろたと思う？　綺麗な服も、学費も、みんな三宅さんから出してもろたんや。それを知っとるくせに、どうしようもない人非人や」

草野が自分の娘に向ける、あまりに凄まじい憎悪に兄も紘二郎も呆然とした。誰もなにも言わない。なにもかもが腐り果てた地獄の底にいるかのような気がした。

睦子は死んだような眼で草野を見下ろしている。身じろぎ一つしない。その眼は暗かった。絶望が見えた。草野のようにはっきりした憎悪がないぶん、かえって恐ろしかった。

長い間じっとしていたが、やがて顔を上げて紘二郎を見た。まるで血の気がなかった。

「申し訳ありません。あたしはここに残ります」

抑揚のない、曇りガラスのように平らな声だった。

「なに言うてるねん。行こ。倉敷へ帰るんや」

「申し訳ありません。紘二郎さん。父を置いてはいけません。三宅さんに掛けてもらった恩を忘れるわけにはいきません」

「睦子……」

「申し訳ありません。紘二郎さん」

睦子は無表情で落ち着き払っていた。睦子が覚悟を決めたことがわかった。すると横にいた兄が深く頭を下げた。

「紘二郎、睦子さんは私が絶対に幸せにする。約束する。絶対や」

もう紘二郎には言い返す気力が残されていなかった。やっとの思いで絞り出すように言った。

「兄さん、約束や。絶対に、絶対に、睦子を幸せにしてやってくれ」

紘二郎は兄の顔を見た。兄はにこりともしなかった。子供の頃から見慣れた、真剣そのものの眼だった。

「約束する」

兄がもう一度頭を下げた。父以外に、兄がこれほど深く頭を下げたことはなかった。紘二郎はうなずいて家を出た。

もうどうでもよかった。東京に出て仕事を探した。余程、人相が荒んでいたのだろう。面接で何度も落とされた。前科持ちかと思った、とはっきり言われたこともある。以来、昼の仕事が嫌になった。できれば誰にも顔の見えない夜がいい。

夜の仕事は性に合った。誰もが訳ありだから、他人の「訳」など気にする余裕がない。なにを考えているのかわからないと言われたが、それでも受け入れてくれた。場末のキャバレーのボーイをするうち、見様見真似でバーテンダーをやらされるようになった。やがて、たまたま作った賄いのカレーがオーナーに気に入られ、カレーの店を任されることになった。カウンターだけの小さな店を神田に出し、朝から晩まで一人で働いた。毎日へとへとになったが、働くのは苦ではなかった。余計なことを考えずに済むからだ。それなりに客は付き、昼飯時にはいつも満席だった。

東京へ出て七年目のことだった。

一九七二年五月十三日の夜、千日前のデパートで大規模火災が発生し、百名を超す犠牲者が出た。当時、新聞もテレビも火事のニュースで埋め尽くされた。だから、紘二郎は火災の翌日に起きた無理心中事件の記事には気付かなかった。

三宅医院で起こったことはまさに惨劇だった。

通報で駆けつけた警官はあまりの悲惨さに立ち尽くしたという。雛人形が飾られた座敷は血の海だった。そして、雛人形の前には、真っ赤な晴れ着を掛けられた小さな女の子が横たえられていた。その首には赤い縮緬帯が巻き付いていた。

血痕は座敷を出て廊下、縁側、そして庭の桃の木の下まで続いていた。桃の下に倒れていたのは全身滅多刺しにされた女だった。

離れでは老人が死んでいた。やはり滅多刺しだった。布団は血でぐっしょりと濡れ、畳まで染みていた。

通報した男はまだ包丁を握りしめていた。全身、返り血を浴びて凄まじい有様だった。

——私がやりました。皆を殺して死ぬつもりだったんです。でも、死にきれませんでした。

男は落ち着き払って、そう告げたという。

警察から連絡があったのは、事件からしばらく経ってからだった。紘二郎の居場所を突き止めるのに時間がかかったからだ。警察は中島から紘二郎の現住所を訊きだし、連絡してきたという。

ちょうど翌日の仕込みをしているところだった。紘二郎は大量のタマネギを炒めていた。焦がさないよう弱火でじっくりと飴色になるまで炒めるのだ。汗を掻きながら大きな木杓子でかき混ぜていると、男が二人入ってきた。もう閉店だ、と言おうとしたが、その男たちの放つなにか血腥い雰囲気に一瞬声が出なかった。

二人は警察手帳を示し、にこりともせずに言った。

――三宅紘二郎さんですね。三宅征太郎さんのことでちょっと。

兄はまだ俺を捜しているのか？　なぜ、今さら？　わけがわからず黙っていると、男たちが事務的に言った。

――お兄さんの三宅征太郎さんが無理心中を図りました。奥さんの睦子さん、娘さんの桃子さん、そして義理のお父さんの草野さんを殺害したんです。

――無理心中？

思わずタマネギをかき混ぜる手が止まった。木杓子を握ったまま、紘二郎は鸚鵡返しに訊ねた。

――ええ。睦子さんと桃子さん、それに草野さんは亡くなりましたが、征太郎さんは死にきれずに通報して逮捕されました。

タマネギを混ぜなければ、と思いながら、睦子が死んだということについて考えていた。それは全く理解できない言語で語られたかのようだった。

——大丈夫ですか？

男二人のどちらかが言った。タマネギが焦げていくのがわかる。なのに、睦子が死んだという言葉が理解できない。無理心中？　兄に殺害された？　桃子とは誰だ？　娘？　誰の娘だ？

——三宅さん、三宅さん、大丈夫ですか？

店中に焦げた臭いが充満した。火を止めることすらできず、紘二郎は木杓子を握りしめたまま立ち尽くしていた。

紘二郎はその後の記憶がまったくない。驚いたのか、悲しんだのか、怒ったのか。感情の軌跡を思い出すことができない。どんなふうに大阪に戻ったかすら憶えていないのだ。

一度途切れた記憶が繋がるのは、家に戻ってきたときからだ。気付くと、紘二郎は顧問弁護士と共に三宅医院の大谷石の門柱の前に立っていた。

——一人で行かせてもらえますか？

——え？　でも、大丈夫ですか？

不安げな顔の弁護士を残し、紘二郎は警察が張ったロープを越えた。玄関を開けて一歩入ると、むっとした腥い臭いが鼻を突いた。閉めきった家の中は暗く、蒸し暑い。なのに、背筋がぞくぞくと震えた。

この家でなにが起こったのか確かめなければならない。力を振り絞って家に上がった。廊下を進み座敷に入る。覚悟を決めて灯りを点けた。すると、正面に飾られた雛人形の緋毛氈の赤が目に飛び込んできた。だが、それだけではない。部屋中が赤かった。畳も障子も襖も、いたるところに赤黒い染みがある。紘二郎は声も立てられず、立ち尽くした。そして、雛人形の前の畳に付けられた印に気付いた。

五歳の娘は雛人形の前に寝かされていたと聞いた。首には縮緬帯が巻き付き、真っ赤な晴れ着が掛けられていたのだ、と。二人の間に娘がいたことはこの事件が起こるまで知らなかった。紘二郎は桃子の誕生日を知り、愕然とした。

紘二郎はひざまずき、娘が寝かされていた場所にそっと指を伸ばした。温もりなど残っているわけはないのに、触れずにはいられなかった。そして、歯を食いしばって雛人形を見た。造花の桃、プラスチックの菱餅が飾られている。随身の刀は壊れたまだ。三人官女のうちの一人の装束は赤黒く汚れていた。

のろのろと首を巡らし、染みの痕を追った。座敷を出て廊下、縁側から庭へと続いている。紘二郎はなんとか立ち上がると、庭へ降りた。沓脱ぎ石も汚れている。庭の隅の桃の木の周りにロープが張ってあった。

ここに睦子が倒れていた。兄に全身を滅多刺しにされて死んでいた。

もう立っていることができなかった。足の力が抜け、土の上にへたり込んでしまった。ちょうど眼の高さの枝が折れていた。きっと兄に追い詰められた睦子がしがみついたのだろう。

ふっと遠い日が蘇った。睦子と草野と三人で四天王寺へ行った。御利益を願って石の鳥居にしがみつく草野を見て、睦子は苦しそうな顔で微笑んだのだった。まさか、その睦子が桃にしがみついて殺されようとは。

涙は出なかった。哀しいとか辛いとか苦しいとか、そういった感情はなにひとつ湧かなかった。ただ、なにもかもが終わって、消えてなくなってしまったことがわかった。この世にはもうなにもない。すべて喪(うしな)われてしまったのだ。

心配した弁護士が様子を見に来るまで、紘二郎は桃の木の前に座り込んだまま動けなかった。

その後、弁護士に言われるまま三人の葬式を出した。弔問客はすべて断り、身内だけのひっそりとした葬儀だった。紘二郎はただ黙って座っていた。ずいぶん後になって弁護士に言われた。——生きている人間には見えませんでした、と。

事件の審理は進んでいった。弁護士は奔走し、減刑嘆願書を集めていた。だが、紘二郎にとってはおよそ他人事だった。

弁護士は家の管理を兄から一任されていた。紘二郎にこの家の始末について訊ねた。

——ここを動くつもりはない。

本当は「動くつもりはない」ではない。「動けない」だ。桃の木の前でへたりこんだときから、完全に時間が止まったままだ。動けない。どこへも行けない。なにもかも終わった。なにもかも遅すぎたのだ。

中島調剤薬局は移転した。紘二郎の周りには誰もいなくなった。廃病院には幽霊が出るとの噂が立って、肝試しに訪れる者もいた。

もうなにも考えたくなかった。新しいことをはじめる意欲などなかった。だから、東京でやっていたのと同じことをすることにした。紘二郎はカレーの店を出した。それが「河童亭」だ。

それからはただひたすら働いた。日銭を稼ぐ商売は毎日が同じことの繰り返しだ。だが、なにも考えずに済むので楽だった。そうやって、店が軌道に乗るまで五年掛かった。

あるとき、厨房でタマネギを炒めているると、ふっと睦子の笑顔を思い出した。

――うん、絶対に約束。コンテッサで迎えに来て。

今になって紘二郎は免許を取った。だが、コンテッサの製造元である日野自動車はとうに乗用車の製造を止めていた。その事実は最後通牒(つうちょう)のようなものだった。死んだ者は生き返らない。すべて取り返しがつかない。なにもかも終わったことなのだ。過去にこだわる俺は愚かな亡霊だ。なるほど、幽霊屋敷の主(あるじ)とは俺のことだ。

それでも、紘二郎は運転免許の更新を続けた。身分証代わりになるから、と言い訳をしながら。

そうやって一人で廃病院で暮らしながら、いつの間にか七十歳を超えた。

第八章　令和元年五月十七日　日田　兄の家

　高橋から修理完了の連絡があったのは、翌朝のことだった。

　原因は点火装置の不具合だったそうだ。他にもエンジンのタイミングカバーからのオイル漏れ、ダクトホースなど、何カ所も直したという。これからも乗り続けるなら、一度、徹底的にレストアしたほうがいいと言われた。

　紘二郎もリュウもほっとした。早速代車に乗って整備工場まで行くと、茶髪の大柄な男は半分怒ったような顔で言った。

「とりあえず直したけど、先の保証はできんけんな。こがあな詐欺みてえな車、うちが関わったと知れたら面倒じゃ。絶対に事故は起こさんでくれや」

　強い口調だった。昔なら腹を立てたかもしれない。だが、紘二郎は素直に頭を下げた。

「わかった。気をつける。本当にありがとう」

「ありがとうございました」リュウもぺこりと頭を下げた。

「旧車でも丁寧に直したらちゃんと乗れる。じゃけど、こがあなええ車をええ加減なことしてからに。気がわりい」

リュウは顔を赤らめ、また頭を下げた。高橋はその横で苛々と貧乏揺すりをしていた。

「念のため、これ、積んどけや」男がトランクルームを開けて、中を見せた。「牽引ロープ、予備のバッテリー、オイル、あと水も入れといた」

「何から何まで申し訳ない。ありがとう」

紘二郎とリュウがコンテッサに乗り込もうとすると、高橋が近づいてきた。

「蓬萊店長。あんたのこと、許したいけど、まだ許されへん。それでもええか？」

「ええ、もちろんです。そもそも、今回の件、高橋さんに言えた義理じゃなかったんです。なのに、頼みを聞いてくれて、本当にありがとうございました」

リュウがまたまた頭を下げると、高橋は黙って踵を返した。

空は綺麗に晴れていた。午前中からどんどん気温が上がった。ラジオの天気予報では、夏日になるという。

岡山を出て、再び国道二号線を延々と走る。広島に入って、バラを見ないまま福山を通り過ぎた。尾道も通り過ぎ、宮島まで走った。さすがに疲れたので休憩することにした。

宮島口にはフェリー乗り場があり、土産物屋が並んでいた。

「もみじ饅頭買いましょうよ。ほら、約束したでしょ?」

約束した覚えはないが、リュウが元気になったようなので買うことにした。抹茶やらチョコやらカスタードやら、様々な種類がある。紘二郎は普通の小豆餡を買い、リュウは小豆とチーズを買った。

また、コンビニで茶を買って、二人でもみじ饅頭を食べた。リュウは小豆を一つ食べ終わると満足げな顔をした。

「三宅さん、厳島(いつくしま)神社に寄ってきましょうよ」

「やめとけ。パワースポットとか言うて、また当てられても知らんぞ」

「そらそうやけど」

リュウは残念そうだったが、今度はチーズ味を食べはじめた。

「美味しいですよ、これ。本当に。三宅さんもこれにしたらよかったのに」

リュウの声は弾んでいた。紘二郎は返事をしなかった。

饅頭を食べ終わると、再び出発した。

「日田にはどんな饅頭があるんでしょうね?」

案内表示には、下関(しものせき)、関門トンネルとある。もう九州は眼の前だ。

日田が近づいてくる。兄を殺すときが近づいているということだ。

「そう言えば、九州のお土産で有名な饅頭がありますよね。昔、ジュジュの家で食べたことがあります。九州旅行に行ったジュジュのお母さんが買うてきはったんです。あれ、美味しかったなあ。なんて言うか、饅頭やけど白餡がミルク風味って言うかバター風味って言うか……練乳？　ようわからへんけど、あれ、また食べたいなあ」

いつにも増して饒舌だ。少々浮かれすぎているような気がした。この男も不安なのだろう。

関門トンネルをくぐる。九州に上陸すると、思わず二人揃って大きな息をついた。門司から小倉を経由し、国道三二二号で南下した。その間、紘二郎はずっと黙ったきりだった。「日田」という案内表示が目立つようになると、リュウも無口になった。日田に着くまで、リュウが喋ったのは一度きりだった。

「……そうや、思い出した。あの饅頭の名前は『博多通りもん』やった」

それは紘二郎に向けて言ったのではなく、完全に独り言のようだった。

＊

日田は周囲を山に囲まれた盆地の町だ。また、大山川、三隈川、花月川など何本もの川が流れる水の町でもある。かつて、これらの川は水運に利用され、特産品の材木などが遠く久留米まで運ばれていった。

江戸時代は天領として西国筋郡代が置かれ、掛屋を中心とした商人文化が栄えた。広瀬淡窓、旭荘は豆田町にある裕福な掛屋の出身だ。淡窓の開いた咸宜園は全国に名をとどろかす私塾だった。

淡窓は詩人としても教育者としても知られていた。彼の展開する敬天思想は多くの人をひきつけた。一方、旭荘は精力的な詩人だった。清の詩人からは「東国詩人の冠」、つまり日本一だと評されたほどだ。

日田に着いたのは昼過ぎだった。観光客用の無料駐車場を見つけ、コンテッサを駐めた。

じりじりと焦げるような陽射しに、思わずため息が出た。内陸にあるせいか、日田の暑さは大阪よりも厳しいように感じた。

いよいよか。胸が締め付けられ、心臓が苦しいような気がした。武者震いか、と思おうとしたが無理だった。認めたくはないが、やはり怯えに近いものだった。

暑さにやられたのか、リュウも疲れた様子だ。青い顔で汗をだらだら流している。それでも、へらへらと笑った。

「よう知らんかったけど、日田って観光地なんですね」

小京都と呼ばれる、整備された町並みが続いていた。土産物屋、食べ歩きの店、それに公開されている古民家、さらには資料館もある。

リュウがポスターを見ながら言った。

「天領日田おひなまつりに、日田祇園祭に天領まつり。お祭りが盛んな町みたいですね」

紘二郎は黙っていた。返事をする余裕などない。

リュウは汗を拭いながら、きょろきょろとあたりを見回していた。落ち着きがないのは、浮かれているせいか、それとも緊張しているのか。たぶん、両方ではないかと思われた。

観光客の多い通りを一本外れると、とたんに静かな住宅地になる。遠くに土蔵やら酒蔵らしい白壁が見えるだけで、ごく当たり前の町が広がっていた。

兄の葉書には日田市港町とあった。咸宜園からすこし離れた住宅地の中だ。

「こんな内陸でなんで港町？」リュウが呟くように言った。

歩いて行くと水路が多い。いたるところで水の音がする。細い川を越えて歩いて行くと、葉書に記された住所にたどり着いた。

こぢんまりとした二階建ての一軒家だ。門のすぐ横手が藤棚になっている。その奥には狭いが庭もあると見えた。老人一人が住むには十分すぎるほどの家だった。

門柱はあるが門扉はない。表札は杉板に三宅とある。間違いなく兄の字だった。

紘二郎はインターホンを前にためらった。

兄を殺す。そう決意して大阪を出たのが五日前だ。その五日前がはるかに遠く感じられる。

兄から葉書を受け取ってすぐにケリをつけようと思った。コンテッサを手に入れ、店も閉め、もうなにも思い残すことはない。兄を殺すことに迷いなどあるはずなかった。だが、リュウと知り合って少々調子が狂った。

紘二郎は自分に言い聞かせた。覚悟を決めろ。ためらうな。互いに残された時間は短い。今、ここでケリをつけなければ機会を逸することになる。

紘二郎はインターホンを押した。すこしして、玄関が開いた。出て来たのは痩せ型の初老の女だ。紘二郎を見て、ぱっと嬉しそうな表情をした。

「ああ、紘二郎さん。来てくれはったんですね」

紘二郎は驚き、立ちすくんだ。見知らぬ女だ。なぜ、俺を知っているのだろう。

女は白のセーターとカーディガンに、キャメルのスカートという格好だ。綺麗に化粧をしている。上品で知的な印象を受けた。

「ほんまによう来てくれはりました。遠いところをお疲れでしょう？　とりあえず上がってください」リュウにも声を掛ける。「後ろの方もどうぞ。お茶を淹れますから」

言葉には柔らかな関西訛りがある。九州の人間ではない。

名も知らぬ花が一輪飾られた玄関を上がり、訳のわからぬまま紘二郎とリュウは居間へ通った。

八畳間に卓袱台とテレビ、小箪笥があるだけの片付いた部屋だった。半分襖が開いているので隣が見えた。本棚があるので書斎のようだった。

「どうぞお楽に。そこの座布団を使ってくださいね」

女に促され、紘二郎とリュウは卓袱台を挟んで腰を下ろした。卓袱台の上には新聞と黒縁眼鏡が置いてある。兄はいつも銀縁だったが、と思う。

障子の向こうは縁側で、小さな庭に面している。紘二郎は眼を見張った。沈丁花、椿に交じって、桃の木があった。

そこへ女が戻ってきた。二人の前に茶を置くと、置いてあった眼鏡を掛けた。瞬間、はっと気付いた。

「もしかしたら、あなたは中島のお姉さんの……？」

紘二郎は驚いて眼の前の女を見つめた。中島は幼なじみで、高校でも同じ水泳部だった。その姉は優秀で兄と同じ高校にいた。三宅家では「文学少女」と呼ばれていて、たしか兄のファンだと聞いていた。

女は静かに頭を下げた。

「ご無沙汰しております。三宅佳代（かよ）です。遠いところをありがとうございました」

「三宅？　じゃあ、あなたは兄と夫婦に？」

「ええ。一年ほど前に」

予想外のことに声も出ない。佳代は微笑みながら、奥を示した。

「兄は出かけてるんか？」

「いいえ、征太郎さんは亡くなられました」

「え？　まさか、いつ？」紘二郎は思わず腰を浮かせた。

「半年ほど前です。病気が見つかって、すぐに治療をはじめましたが、あまりよくはありませんでした。半年ほど闘病して亡くなりました」

「兄から葉書が来たのは二ヶ月前や。おかしいやないか」身を乗り出し、早口で訊ねた。

「その葉書を出したのは私です」

嘘を言っている様子はない。紘二郎は崩れるように腰を下ろした。ふいに身体中の力が抜けた。明るい初夏の午後なのに、部屋の中が薄暗い。眼は開いているのに、霞（かすみ）が掛かってよく見えないような気がした。

佳代は立ち上がって襖を全部開けた。

六畳ほどの和室には本棚と文机があった。紘二郎は文机の上を見て息を呑んだ。白布に包まれた物に花、線香が供えられていた。

「まさか……」

文机の横には小抽斗(こひきだし)があり、その上には年代物の立派な親王飾りが置かれている。骨と雛人形を前にして、紘二郎は声を失った。

遅すぎた。間に合わなかった。紘二郎は心の中で叫んだ。何もかも遅すぎたのだ。兄は死んだ。骨になった。そのことはわかった。だが、自分が今、なにを感じているのかわからない。喜んでいるのか悲しんでいるのかすらわからない。

だが、頭がはっきりしてくると同時に、激しい怒りが突き上げてきた。兄は妻と娘を殺した。二度と結婚する資格のない男だ。なのに、再び妻を娶(めと)った。

「三宅さん……三宅さん」

遠くでリュウの声がしている。何度目かにようやく我に返った。リュウが心配そうな顔で紘二郎をのぞき込んでいた。

「ああ、大丈夫や」

気を取り直して、茶を飲んだ。落ち着け、と心の中で繰り返す。

「簡単なことしかできへんで申し訳ありません」佳代は軽く頭を下げた。

「いや……」

熱い茶を飲んでいると、すこしずつ平静を取り戻してきた。紘二郎は佳代に訊ねた。

「事情を説明してくれるやろうか。どうしてあなたがここに？」

「お気付きだったかもしれませんが、私は子供の頃からずっと征太郎さんのことが好きでした」

　黒縁眼鏡のおとなしそうな、地味な女の子だった。睦子がはじめて三宅家に来たとき、たまたま家賃を届けに来た。あのとき、睦子と比べると、みすぼらしい格好をしていた。恥ずかしそうに眼を伏せたのを思い出した。

「結婚は一年前と言うてたがなんで今頃？」

「征太郎さんが刑務所にいるときに文通をしておりました。出てから、一緒に」佳代は淡々と答えた。高慢でも卑屈でもない。奇妙な潔さが感じられた。

「じゃあ、失礼を承知で訊くが、君と兄は昔から深い関係やったんではないのか？」

「違います」

「でも、睦子はずっと苦しんでた。兄が酷い扱いをしたんやろう。例えば、外に女を作るとか……」

　前に「ビーンズヴァレー」で受け取った手紙には、睦子の悲痛な声が記されていた。会いたい、一日でいいから会いたい、と。そこから想像できるのは、睦子の悲惨な日々だ。動かない父と幼い娘の世話をし、愛のない夫と暮らす。氷漬けの時間、闇しか見えない明日。三宅医院は睦子にとって地獄だったに違いない。

「征太郎さんは暴力や虐待なんてしてません。家族を大切にしてはりました」

佳代がきっぱりと言った。嘘を言っている様子はなかった。だが、紘二郎は信じられなかった。

「だが、睦子は手紙で何度も俺に訴えていた。あの家を出たい、と」

「……それは……どうしようもないことです」

「どういう意味や？」

「睦子さんはあなたでなければダメやったんです。どれだけ征太郎さんに大事にされても、紘二郎さんのことが諦められへんかったんです。それは誰にもどうしようもないことやったんですよ」

「勝手なことを言うな」

思わず怒鳴ってしまった。身体がぶるぶると震えた。立ち上がって佳代をにらみつけた。佳代は黙って紘二郎を見上げた。その眼には静かな憐(あわ)れみが広がっていた。馬鹿にされた気はしなかった。だが、どうにもやりきれなくなった。

「……失礼。あなたに言うことやない。じゃあ、なぜこんな葉書を俺に送ったのか、その理由を教えてほしい」

「わかりました。ですが」佳代はちらとリュウを見た。「かなり内輪の話になりますが、よろしいんですか？」

「この男ならなにを聞かれてもかまわん」紘二郎はきっぱりと言い切り、それから慌てて付け足した。「いや……リュウ、君が迷惑でなければの話やが」

「迷惑なんてちっとも。僕のことは気にせんと、なんでも話してください」リュウの顔がほころぶ。だが、すぐに真面目な顔を作ってうなずいた。

「では、遠慮なく」

佳代もうなずいた。そして、新しいお茶を淹れると、話しはじめた。

「四十七年前の事件の後、三宅医院は閉院になりました。門前薬局だった中島薬局も店を閉めざるを得ませんでした。弟は新しい仕事を見つけると言って出て行き、それからは年賀状だけの付き合いになりました。私は薬剤師として働きながら、征太郎さんの出所を待ちました。征太郎さんが出てくると、身の回りの世話をさせてくれ、と押しかけたんです」

佳代が恥ずかしそうに笑った。紘二郎は困惑した。家族を三人殺した男の世話をしたいという女の気持ちがすこしもわからなかったからだ。

「私たちは日本中を転々としました。最後に落ち着いたのが、この日田です。あるとき、突然、弟の妻から連絡が来ました。長らく糖尿を患い眼を悪くしていた弟が血を吐いて緊急入院した、と。検査の結果、ガンが見つかり手術をすることになりました。私は早速見舞いに行きました。弟は私が征太郎さんと暮らしていることを知ると、ひどく驚いていました」

佳代は淡々と話した。まるで他人事のように思えるほどだった。

「弟の手術は成功し、私は日田に戻りました。ですが、それから一ヶ月ほどして、突然弟がここに訪ねてきたんです。征太郎さんに話がある、と。酷い形相でした。混乱して切羽詰まったふうでした。弟はカバンの中から古いお菓子の缶を取り出し、征太郎さんの前に置いたんです」

「お菓子の缶？　まさか」

思わずリュウと顔を見合わせた。それから勢い込んで訊ねた。

「その中には手紙が入ってなかったか？」

「はい、そうです。古い手紙が何通も入っていました。征太郎さんはその手紙を読んで顔色を変えました。そして、私に席を外すように言ったんです。弟と征太郎さんは長い間、話をしていました。やがて、弟は取り乱した表情のまま、帰って行きました。私は眼の悪い弟が心配で大阪まで送って行くことにしました。そして、新幹線の中で弟の告白を聞いたんです」

佳代の説明を聞き、紘二郎は当惑した。中島が兄に渡したという「お菓子の缶」がビーンズヴァレーにあったものだとしたら、谷豆腐店に現れて紘二郎の名を騙り、缶を持ち帰った眼の悪い男というのは中島だったということか。

　だが、容易には信じられない。中島がそんなことをする理由に心当たりがない。

「中島は……なにを告白したんや？」

　紘二郎は思わず拳を握りしめた。ガンの手術後で、しかも眼の不自由な中島が一人で倉敷、日田まで出かけていった。余程の事情があったに違いない。

「話は五十年ほど前に遡ります。弟は睦子さんに手紙を託されました。紘二郎さんに会うことがあったら渡してくれ、と。その手紙は全部で十通ほどありました」

「中島から睦子の手紙のことなんて聞いていない」

「申し訳ありません。弟はその手紙を紘二郎さんに届けず、すべて焼き捨てました。睦子さんは弟に何度もあなたの行方を尋ねたそうです。だが、弟は教えなかった。そのうちにあの事件が起こったんです」

「焼き捨てた？　まさか」紘二郎は愕然とした。「なぜそんなことを？　信じられん。高校生の頃は俺と睦子の連絡係になってくれたんや」

「大人になったからですよ。医院と門前薬局、大家と店子の力関係です。弟は征太郎さんの機嫌を損ねたくなかったんです」

「そんなことでか？」

　まさか親友に裏切られていたとは。紘二郎は怒りと絶望に呻いた。

「そんなこと？　三宅家にとってはそんなことかもしれませんが、立場の弱い中島家にとっては大問題だったんです」

紘二郎は遠い夏の日を思い出した。すこし卑屈な中島の表情がありありと浮かんだ。当惑して佳代の顔を見る。佳代は続きを話しはじめた。

「あの凄惨な事件の後、弟はずいぶんショックを受けました。そして、ずっと悔やんでいたんです。もし、あの手紙を紘二郎さんの元に届けてたら、あんな事件は起こらへんかったのではないか。睦子さんも桃子ちゃんも殺されへんかったのではないか、と。でも、それを告白する勇気もなく、ずっと自分を責めていたんです」

なにもかも自分が蒔いた種か。

すまん、中島。紘二郎は心の中で詫びた。あのとき、どれだけ中島に世話になっただろう。自分のことばかりで、中島の心労など気にもしなかった。

睦子と別れてから、唯一、連絡を取っていたのが中島だ。だが、紘二郎は決して三宅家のことには触れなかった。睦子の様子を知りたくなかったわけではない。本当は知りたくてたまらなかった。だが、そんな自分を認めるわけにはいかなかった。もう睦子とは別れた。合意の上で別れた。なんの未練もない。あるわけがない、そう言い聞かせた。中島もその気持ちを察して、三宅家の話題は一切口にしなかった。

「弟は五十年前に手紙を握りつぶしたことを、だれにも知られたくなかったんです。人に知られて、あの事件の責任の一端は自分にある、と言われることを本当に怖れていました」

「中島を責めるつもりはまったくない。怨むことなどあるものか」

「弟はそうは考えなかったんです」佳代は曖昧に語尾を濁し、眼を伏せた。

そのとき、今まで黙って話を聞いていたリュウが口を開いた。

「じゃあ『ビーンズヴァレー』で三宅紘二郎の名を騙ったのは弟さんなんですか？」

「そうだと思います」

「あの頃、中島は入院していたはずや。俺は見舞いに行った」

リュウが腕組みして顔をしかめた。

「弟さんは見舞いに来た紘二郎さんと会って、過去のことを思い出した。そして、ある可能性に思い当たったんやないですか？」

「ある可能性？」

軽くうなずいて、リュウが話しはじめた。

「五十年前、睦子さんが手紙を託せる相手は二人だけでした。一人目が弟さん。二人目が『谷豆腐店』です。弟さんはこう考えたんと違いますか？　――もしかしたら、『谷豆腐店』にも睦子さんの手紙が残っているかもしれない、と。そして、最後の証拠を消すために紘二郎さんの名を騙って手紙を受け取ったんです。たしか店に現れた人は眼が悪かった、と」

「ええ。弟は以前から糖尿を患ってたんですが、ガンで体力が落ちて以来急に悪化しました。かなり視力が落ちてたんです」

「そうやって受け取った缶を、中島は日田に来て兄に渡したんやな」

「でも、なぜか征太郎さんは受け取った缶を一ヶ月ほどで送り返してしまいました」

これで、睦子の手紙のたどった経過がわかった。だが、まだ疑問が残っている。先に口を開いたのはリュウだった。

「弟さんは、最初に預かった手紙は処分したんですね」

「ええ。焼き捨てた、と」

「でも、『ビーンズヴァレー』でだまし取った手紙は征太郎さんに渡した。なぜ、そっちも処分せえへんかったんでしょう？」

紘二郎もはっとした。リュウの言うとおりだ。

「そうや。なぜ処分せえへんかった？　そして、なぜ兄に渡したんや？」

「私も同じことを疑問に思いました。だから、征太郎さんに訊ねました。すると、征太郎さんはこう言いました。――死期を悟ったので、最後の詫びにきたようや、と。征太郎さんによりますと、弟は手紙をだまし取って証拠隠滅しようとしたものの、秘密を抱えていることが怖くなった。かといって、今さら紘二郎さんに告白する勇気もない。だが、ひとりで罪を抱えるのも苦しい。思いあまって征太郎さんに手紙を渡した、と」

「よくわからん説明やな」

紘二郎は首をひねった。中島の行動には一貫性がない。なにか不自然だ。リュウも納得がいかないらしい。先程から考え込んでいる。

「結局、お兄さんは睦子さんの手紙を送り返したわけでしょう？　なんでそんなことを？」

「正しい宛先の紘二郎さんに渡すためでしょう」

「なら、俺のところへ送ればいい。中島と会ったのなら、俺があの家に住み続けていることはわかっていたはずや。なぜそんな回りくどいことをした？」

「それは、紘二郎さんのお気持ちがわからなかったからです。もし、睦子さんのことを忘れたいと思っているのなら、手紙を送っては迷惑になるでしょう。でも、もし、今でも睦子さんのことが忘れられないのなら、きっと手紙を探して『ビーンズヴァレー』にたどり着くはずだ、と」

「俺に気を遣ったわけか？　白々しい」

吐き捨てるように言うと、佳代がなにか言いたげに紘二郎を見たが、口は開かなかった。

リュウが顔を上げた。冷めた茶を飲み、すこしむせ、それから佳代に訊ねた。

「気になることがあります。睦子さんはなんとしても手紙を届けたかった。なら、あらゆる方法を試すんと違います？　僕やったら弟さんにも谷豆腐店にも、両方にことづけ続けます。なのに、あるときを境に、弟さんをやめて谷豆腐店だけにした。ということは、弟さんを諦める理由があったということでしょ？」

リュウの説明を聞き、ようやく紘二郎も得心した。

「つまり、中島ルートが兄にばれたということか？」

「ばれたんやありません」佳代は苦しげに顔を背けた。「弟がばらしたんです。睦子さんの手紙を預かった弟は、偶然を装って征太郎さんの眼に触れるようにした。征太郎さんはショックを受け、睦子さんを問い詰めました。夫婦の間に決定的な溝ができたんです」

「なぜ中島はばらした？　手紙を焼くだけでよかったやろう」

「それは……意趣返しです」

「意趣返し？　兄への？」

「三宅家の兄弟へ、です。弟は三宅家に対して複雑な感情を抱いていました。子供の頃からずっとです。紘二郎さんは水泳部の部長でしたね。弟も同じく水泳部でしたが、あまり速くはなかった」

「熱心に練習してたが、なかなかタイムは伸びへんかった。スタートが苦手で損をしてた」

「最後の大会で弟は選手に選ばれませんでした。紘二郎さんが反対したんですよね」

「中島のことを思うと辛い決断やった。だが、中島より圧倒的に速い二年がいた。部長として顧問に言った。リレーで勝つためには仕方ない、と」

「あのとき、弟は紘二郎さんと征太郎さんとの会話を偶然聞いてしまったんです」

紘二郎は夏の日を思い出した。兄がプールをのぞきに来た日だ。

――親父の話を憶えてるやろ？　ジャングルや。歩けなくなった者は見捨てるしかない。

――タイムの出えへん者は見捨てろいうんか？

歩けない一人のために部隊を全滅させる指揮官は有能か？　紘二郎、おまえかて本当はわかってるんやろ？

「その会話を聞き、弟はひどく傷つき、怒りました。そのときの怨みはたぶん生涯消えることはなかったんだと思います」

「そんなことでか？」

「弟は最後の大会メンバーに選んでくれなかった紘二郎さんを怨み、外野から正論を振りかざした征太郎さんを怨みました」

「俺にはまだ理解できん。本当にそんなつまらないことで、中島は俺たちを怨んでいたのか？」

「それだけではありません。積もり積もったものです。中島薬局の土地は三宅家からの借地でした」

「そうやが、別に無茶な地代を取ったりしたことはない」

「弟は見下されていると感じたんです。征太郎さんに無視された、と」

「兄が無視？　そんなことはないと思う。兄は礼儀にはうるさい人間だった」

「はじめて睦子さんが来たとき、弟は私に言いました。征太郎さんの許嫁が来る、顔を見に行こう、て。私は当時から征太郎さんに憧れていました。だから、恐る恐る弟についていったんです。私たちは賃料を持参したと言い、征太郎さんに挨拶をしました。でも、征太郎さんは睦子さんに夢中で私たちを無視した。弟は屈辱に震えたんです」

四天王寺に行った日だ。

草野を待たせるな、と兄が紘二郎を呼んだ。横にいた中島がなにか祝いの言葉を言おうとした。

「そうだ。あのとき、兄は礼を返さなかった……」

普段の兄ならきちんと挨拶したろう。決して非礼な振る舞いをする人間ではない。兄が二人を無視したのは、婚約者を前にして平常心を失っていたからだ。

「他のときならいざ知らず、弟は賃料を払いに行ったんです。そのときに無視され、弟は傷つき、征太郎さんを憎みました」

「信じられん。俺が苦しいときに支えてくれたのはあの男や」

「駆け落ちに協力したのもそのせいです。征太郎さんへのちょっとした意趣返しだったんです」

佳代は眼を伏せ湯呑みを握りしめた。とっくにお茶はなくなっていた。すると、リュウが立ち上がって、当たり前のように新しいお茶を淹れた。

「すみません」

佳代が礼を言うと、リュウは黙って笑った。

ふいに転宝輪が見えた。くるくると回っている。運命が狂ったのは紘二郎たちだけではない。中島たちもだ。あの日、すべての運命が転がった。そして、すべての心が清浄ではなくなった。

「俺たち兄弟が中島に無神経な態度をとり、それが事件の遠因になったとしても……それでも睦子と桃子を殺したんはあの男や。俺は絶対に兄を許すつもりはない。この歳でようやくわかった。結局、罪に釣り合うのは罪だけや」

佳代は返事をしない。眼鏡の下で眉を寄せ、辛そうな表情をしている。リュウは兄の書いた葉書をじっと眺めていたが、やがて顔を上げた。

「征太郎さんが亡くなったとき、普通に知らせようとは思わなかったんですか？」

「普通のやり方やったら、紘二郎さんはきっと無視しはる。日田まで来はれへんやろうと思いました。ですから、ちょっとした仕掛けをしようかと」

「三宅さん。完全に読まれてますやん」リュウが噴き出した。

「やかましい」紘二郎はリュウを軽くにらんで佳代に向き直った。「じゃあ、あの絵葉書は俺をおびき寄せる餌か？」

「言い方は悪いですが、そのとおりです。でも、勝手に餌にしたのは私です。征太郎さんはそんなつもりで書いたのではありません」

「じゃあ、どういうつもりや」

「死を覚悟した征太郎さんはあなたに会って詫びたいと思ったんです。だから、わざわざ古い絵葉書を使って書きました。でも、思い直したんです。今さら詫びても、それはただの自己満足や、と」

「ものは言いようやな。結局、兄は俺に頭を下げるつもりがなかったということや」吐き捨てるように言うと、佳代はすこし眉を寄せ眼を伏せた。

「血の繋がった肉親兄弟というのは難しいものですね。許すこともできないのに憎みきることもできない」

「俺は兄を憎みきってるが」

　佳代はなにも言わず急須に湯を注ぎ、リュウの湯呑みに茶を足した。

「……とにかく、一枚目を出した後もなかなか来はれへんので、さっきもう一枚出してきたところなんです」

「兄は俺に何枚も書いたんか？」

「征太郎さんが書いたのは一枚だけです。だから、絵葉書を買うてきて私が偽物をつくりました。下手くそな字ですが」佳代は抽斗（ひきだし）から葉書を取り出して示した。「実は、さらにもう一枚」

　今度は雛人形ではなくて梅林の写真だった。この葉書はまだ新しく写真の色も鮮やかだった。宛名も通信欄の「夏初遊櫻祠」も明らかに兄の字ではなかった。

「ああ……」リュウは葉書を見て軽く声を上げた。「こっちの写真のほうが漢詩に合（お）うてますやん。桜やなくて梅やけど」

　リュウはすっかり憶えたらしい。葉書を見ながらすらすらと読んだ。

花開けば万人集まり　花尽くれば一人なし
ただ見る双黄鳥　緑陰深き処に呼ぶを

「日田市の山のほうですが、おおやま梅まつり、いうのがあるんですよ。毎年見事ですよ。今年は終わりましたが、もしよければ来年にでも」

「そうですね。見られたらいいですね」リュウは眼を細めて梅林の写真を見ていた。

「是非どうぞ。私でよかったら案内しますから。近くに温泉もあるんですよ」

「温泉か。入れたらええなあ」

不思議な光景だった。卓袱台を挟んで、リュウと佳代が向かい合って絵葉書をのぞき込んでいる。二人とも穏やかに微笑んでいた。幸せそうだ。はじめて会ったばかりの二人が、仲のよい祖母と孫に見えた。

「そもそもなんで日田なんです？　あの漢詩のせいですか？　緑陰、深き処に呼ぶを――ていう」

「咸宜園がある日田は征太郎さんには憧れの地でした。でも、それだけではなくて、お雛様です」

「お雛様？」

「日田豆田町では昭和の頃から、古い雛人形を公開する『おひなまつり』が開かれているんです。征太郎さんは咸宜園とお雛様、その二つに惹かれて日田に住むことにしたんです」

小抽斗の上の親王飾りを見た。人形は古びて褪せてはいたが、かなりの職人の手によるものだと一目でわかる出来だった。菱餅やら桃やらといった飾り道具も欠けたり塗りが剝げたりしていたが、どれも丁寧な細工だった。

兄は雛飾りの前で妻と娘を殺したのだ。罪を思い出させる町に移り住み、雛人形を飾り、新しい妻を娶るなど、尋常な神経ではない。今さらながらに兄の異常さにぞっとした。

だが、兄は死んだ。紘二郎は心の中で繰り返した。俺は遅すぎた。そして、もうこの地に用はない。茶を飲み干し、佳代に向かって姿勢を正した。

「兄が睦子を殺したのは事実や。兄が死んだことを確認した。これ以上、日田にいる意味はない」紘二郎は立ち上がった。そして、リュウに眼をやった。「リュウ、君はどうするんや？」

リュウは返事をしなかった。うつむいて考え込んでいる。

「リュウ？」

するとリュウが顔を上げた。

「死んでも許してもらわれへんのですか？」

「そうや」

「でも、お兄さんは罪を償いはったんです」

湯呑みを握り締めたまま、食い入るような眼で紘二郎を見ている。

「それがどうした？　罪を償った、ずっと後悔してる、か。仮にそれが本当やったとしよう。それになんの意味がある？　殺された三人、睦子も桃子も草野さんも生き返るわけやない。あの男がいくら反省しても、そんなもの自己満足に過ぎん」

リュウは真っ青な顔で紘二郎を見上げていた。その眼には、はっきりと非難の色があった。紘二郎はリュウをにらみつけながら、低い声で言った。

「千日前のデパート火災を知ってるか？」

「千日前ですか？　千日前にデパートなんかありましたっけ？」

「昔はあったんや。千日前筋に面してな。一九七二年五月十三日。そこで火事があって、百人以上が死んだ」

「百人？　そんなに？」リュウが顔色を変えた。

「ああ。取り残された人が煙に巻かれて死んだ。他にも、火や煙から逃げようとして、七階だか八階だかの窓から飛び降りて死んだ人も大勢いた。千日前のアーケードにぶつかって、屋根の上が血の海になった」

「アーケードって、あの？　その下、何回も通ってます……」

当時はその映像がそのままテレビで流れていた。紘二郎も見た。

「みな、後から弁護士に聞いた話や。その夜、ミナミで会合に出た兄は火事を知った。

すぐに現場に駆けつけて、救護活動を手伝った。その夜は家に戻らなかった。そのころ睦子は家にいて、二人の病人の介護をしていた」

「二人？」

「桃子という五歳の娘がいたが、二年前から人事不省で寝たきりやった。触れても、話しかけても、ほとんど反応がなかったらしい。インフルエンザにかかって脳炎を起こしたそうや。一方、草野も寝たきりのまま痴呆（ちほう）が進み、どんなに世話をしても感謝どころか暴言を吐くようになってた」

「じゃあ、睦子さんは二人分の介護を？」

「そうや。今では介護は大きな社会問題や。ある程度の行政の支援もある。民間の施設もある。だが、当時はほとんど理解がなかった。だれにも頼れず相談できず、ひとりで抱え込むしかなかった」

「お気の毒に」

睦子はどれだけの孤独を生きていたのだろう。悪臭の漂う離れ。怒鳴り散らす父親の介護は先が見えない。反応のない娘。愛せない夫。光の射さない底無しの日々だ。

「火事の夜、桃子の具合はあまりよくなかった。だから、早く帰るように、と睦子は兄に頼んでいた。だが、兄は火事の救護活動で戻らなかった。翌朝、疲れ切って戻った兄を睦子はなじった。激しい言い争いになったという。兄はかっとして、睦子と桃子と草野を殺した」

リュウが息を呑んだ。そして、眼を見開き、紘二郎に身を乗り出した。

「ほんまに殺したんですか？　そんな理由で殺したんですか？」

「介護で疲れ切っていたのは睦子だけやない。無論、兄もや。医師としての仕事は忙しい。その上、娘の回復は見込めない。義父も痴呆で暴言を吐く。妻は介護疲れから自分を責める。思いあまって、無理心中を図った、と。それが火事の翌朝のことや」

「そんな」リュウが顔を歪めた。

閑静な住宅街で医師が起こした凄惨な事件ということで、地元ではみなの記憶に残った。それが、今でも幽霊病院としての評判につながっている。

事件を知った瞬間から数年ほど、正常な記憶が飛んでいる。何日もまともに食事をとらないのが当たり前だったし、酒なしでは眠ることができなかった。家の後片付けも、兄の弁護士との対応も、なにひとつ憶えていない。兄はいつの間にか収監され公判がはじまり終わっていた。

「睦子と桃子を殺したのは兄や。でも、その原因を作ったのは俺や。半分俺が殺したようなものや。三宅家の兄弟で力を合わせて殺したんや」

「三宅さん、そんな言い方はやめましょう」

「やかましい。睦子と桃子がどんなふうに殺されたのかも知らんくせに……」

リュウを怒鳴りつけ、拳を握りしめた。リュウは黙って紘二郎を見ていた。静かな眼だ。ふいに紘二郎は言葉が出なくなった。なぜこの男はなにも言わない？　理不尽な怒りをぶつけられているというのに、なぜ怒らない？　なぜそんなに落ち着いている？

リュウは紘二郎をじっと見ていたが、やがて、低い声で言った。

「三宅さん、教えてください。睦子さんと桃子さんはどんなふうに殺されたんですか？　三宅さんのお兄さんは、どんなふうに自分の妻と子を殺したんですか？」

紘二郎は黙ってリュウを見返した。この男が好奇心で訊ねたのではないことくらいわかっていた。だが、その問いに答えることはあまりにも辛かった。何一つ忘れたことなどない。どんなことだって説明できる。五十年近くあの家で暮らし、あの夜の地獄を想像しながら生きてきたからだ。

紘二郎はからからに渇いた口をこじ開けた。舌が引きつれ鋭く痛んだ。

「……座敷には緋毛氈が敷かれ、雛人形と桃の花と菱餅、白酒が飾られてた。桃子は雛人形の前に横たえられてた。細い首に紅縮緬の帯が巻き付いてた。髪には桃の簪が挿してあり、真っ赤な着物が掛けられていたそうや」

リュウの顔が強張った。その横で佳代が息を呑んだが、声は立てなかった。紘二郎は言葉を続けた。

「睦子は庭の桃の木の下で、血まみれで死んでた。身体中に切り傷、刺し傷があった。血の痕は座敷からずっと続いてた。緋毛氈のせいで目立たなかったが、座敷は血まみれやった。離れでは義父が死んでた。やはり滅多刺しでな」

リュウは無言だ。眼を見開き、紘二郎を見つめている。呼吸をするたび、肩が動いているのがわかる。息苦しいのだろう。

「兄は座敷の雛人形の前で、桃子の首を縮緬帯で絞めた。その後、睦子に襲いかかって何度も刺した。必死で逃げようとする睦子を追いかけ、桃の木の下でとどめを刺した。最後に、離れで寝たきりの義父を殺した。その後、自殺しようとしたが死にきれず、自分で一一〇番したんや」

「……ちょっと待ってください。さっき千日前の火事は五月十三日と言いませんでしたか？　なんで雛祭りなんですか？」

「元気な頃、桃子は雛祭りが大好きだったらしい。綺麗な着物を着て、雛人形を飾って、な。桃子が寝たきりになったとき、睦子は雛人形を飾った。すこしでも桃子を喜ばせようと、元気になったときに一番に見えるように、と。造花の桃、プラスチックの菱餅も用意した。真っ赤な着物も、桃の簪も枕元に置いた。三宅医院は一年中雛祭りだったそうや」

「そんなん、あんまりや……」リュウが顔を歪めた。

「逮捕された兄は罪を認めたが、それ以上のことはなにも語らなかった。弁護士は心神耗弱を主張した。義父に加え、長女までもが寝たきりになったことで、精神的に追い詰められていたのだ、と」

兄を悪く言う者はだれもいなかった。それどころか、顧問弁護士の働きで減刑を求める嘆願書まで集まった。寝たきりで痴呆の進行した草野は、昼夜を問わず怒鳴り散らした。その声は近所に響き渡っていた。加えて桃子の件もあり、「お気の毒な若先生」とみなは同情した。また、犯行前夜の千日前での救護活動に関する証言もあった。当時、兄への同情のほうが大きかったのだ。

「でも、三人も殺したんですよ。当然、死刑判決では？」

「無理心中なんてただの殺人やのにな。判決は懲役二十年。兄は控訴はせずそのまま服役した。俺は裁判の傍聴も刑務所の面会も一度も行かんかった。出所後も知らん。以来、音信不通やった」

ずっと後悔している。背き通せなかったことで、最愛の人間を失った。責任は自分にある。睦子を見捨てたのは自分だ。なぜ、睦子を奪いに行かなかった。兄を殺してでも、草野を殺してでも、睦子と桃子を救い出せばよかった。

「……桃子は俺の子供やったかもしれん」

「え？　お兄さんの子供やなくて？」

「ああ。当然、兄かて気付いていたはずや。だから、あんな酷い真似ができたんや」

「……そんな」

リュウが絶句した。紘二郎は拳を握りしめた。血管の浮いた手の甲が震えた。

「あの家にはいたるところに睦子と桃子の気配があった。出しっぱなしの雛人形を見ていると、気が変になりそうやった。箪笥の中にも、食器棚の中にも、ありとあらゆるところに睦子と桃子の物があった。それらが眼に入るだけで、激しい痛みを感じた。家の中は地獄やった。このまますべてを焼き払ってしまいたい、と思た。でも、できへんかった。そんなことをしたら、完全に睦子と桃子が消えてしまう。睦子と桃子が生きていたことを、せめて俺だけでも憶えていなければ、と思た」

「だから、あの家で暮らし続けてはったんですね」

「そうや。惨劇のあった家に平気で住み続ける、非情で無神経な人間と軽蔑されて……」

紘二郎は思わず顔を覆った。そうだ、子供用のお椀、布人形、セルロイドの玩具、ボロボロになった絵本。何一つ捨てられず、紘二郎はそれをひたすら眺め続けてきた。

「……苦しかったが、睦子と桃子を見捨てた自分への罰やと思た……」

涙が指の間からこぼれた。嗚咽に全身が震えた。

開け放した縁側から、五月の陽射しが入ってくる。拭きこまれた床に反射して眼が痛いほどだ。紘二郎は歯を食いしばって、庭の桃に眼をやった。兄は一体どんな気持ちであの桃を眺めていたのだろうか。

「俺は兄を許すことができん。死んだとしてもや」

紘二郎が絞り出すように言った。リュウは青い顔で黙っている。暖かな初夏の陽射しとは裏腹に、部屋の中は凍り付いていた。

どこかで鳥が鳴いた。まるでそれが合図のように、佳代が口を開いた。

「なぜ、征太郎さんが私と結婚したかわかりますか？」

問いには聞こえなかった。どちらかというと独り言に聞こえた。

「病気になって、介護してくれる人が欲しかったんやろう」

「それもあります。でも、一番の問題は死んだ後のことです。独り身のまま亡くなると、紘二郎さんに連絡が行くでしょう。弟に迷惑を掛けるわけにはいかない、と。だから、私を妻にしてくれたんです。私はそれを受け入れました」

「迷惑？　あの男がそんなことを考えるわけない。兄は俺の世話になりたくなかっただけ、あなたを利用しただけや」

「そんなふうに考えるのはやめてあげてください。あの人は本当に紘二郎さんのことを気遣ってたんですから。だから、出所してからも、一切連絡を取らなかったんです」

「ものは言いようやな」

吐き捨てるように言うと、リュウがため息をついて、横から口を挟んだ。

「三宅さん、そこまで憎まれ口叩かんでも」

「君は黙ってろ」リュウを一喝すると、紘二郎は佳代に向き直った。「佳代さん。正直に言うと、俺は兄を殺すつもりでここへ来た」

佳代がはっと息を吞んだ。かまわず、紘二郎は言葉を続けた。

「俺は今、悔しくてたまらん。睦子と桃子の仇を討つことができず、はらわたが煮えくり返ってる。なにもかも遅すぎたんや。なにもかも自分のせいや。もっと早くに殺しにくればよかったんや」

握りしめた拳がぶるぶると震えた。佳代はなにも言わない。眉を寄せ、眼を伏せている。濁ったプールの底にいるような気がした。

そのとき、金色の光が揺れ、部屋の中が突然明るくなった。

「……そんなん嘘ですやん」

リュウがふわっと笑った。紘二郎は驚いてリュウの顔を見た。リュウは悪びれたふうもなく、言葉を続けた。

「殺すつもりなんかなかったくせに」

「なに？」

「口では殺すなんて言うてるけど、ほんまは殺したくなかったんやないですか？　見ず知らずの僕を連れにするなんて、ほんまは僕に止めて欲しかったんやないですか？」

「違う。俺はケリをつけるために来た。もし、兄が生きていたなら殺すことになんのためらいもなかった」

「じゃあ、なぜこんなに回りくどいことしはったんです？　新幹線使たら日帰りで殺せるのに」

「やかましい。関係ない赤の他人が口を出すな」

なにもかも遅すぎた。もう、ここにいる意味はない。

「いえ、僕には関係があります。僕は三宅さんを助けなあかんのです」

「助ける？　なめた口きくな。ホームレスのくせに。君は自分の心配でもしとけ」

佳代はもどかしげな顔でこちらを見ているが、なにも言わなかった。紘二郎はその横を乱暴にすり抜け、廊下に出た。

「三宅さん、待って……」

そこでリュウが咳き込んで、声が途切れた。紘二郎はそのまま玄関に向かった。すると、後ろで佳代の悲鳴が聞こえた。思わず振り返ると、佳代の呼ぶ声がした。

「紘二郎さん、早く」

なにがあった？　慌てて居間に戻ると、リュウが畳の上に突っ伏している。畳の上に赤いものが飛び散っていた。

「リュウ」

血だ。まさか血を吐いたのか？　紘二郎は駆け寄った。父の姿が脳裏に浮かんだ。

——結核。そう言えば、リュウはずっと咳をしていた。

「君、胸が悪いんか？」

「ええ、まあ。ちょっと」リュウは言葉を詰まらせながら身を起こした。「こんなんたいしたことないです」

「なに阿呆なこと言うてるんや。結核をなめるな。今だって命に関わる病気なんや。これまで診てもろたことはあるんか？」

最近、結核患者が増えていると何かで見た。大事にならなければいいが、と心配になった。だが、リュウは紘二郎の顔を見てにっこり笑った。

「三宅さんはほんまにいい人ですね。僕なんかのことを本気で心配してくれる」

「笑い事やない。とにかく病院や。早いほうがええ。さあ」

「ありがとうございます。でも、病院はいいです」

「ええ加減にせえ。結核は人に伝染する病気なんや。他の人に迷惑をかける」

リュウはかすかな笑みを浮かべたまま、紘二郎を見ていた。そして、言った。

「大丈夫です。ほかの人にはうつりません。結核やないんです。肺ガンなんです」

紘二郎は思わずリュウの顔を見た。リュウはすこし照れくさそうな、恥ずかしそうな顔になった。

「だから、安心してください。三宅さんにうつるなんてことはありません」

「安心なんかできるか。それならそうと……」

紘二郎はそこで言葉に詰まった。これまで幾人かの知人をガンで喪ってきた。若い人間ほど進行が早いこと、肺ガンはガンの中でもかなりタチの悪いものであると聞いたことがある。

「本当に肺ガンなのか？」

「間違いありません。咳が続いて胸が痛むけど、仕事が忙しくて我慢してたんです。そのうちに痛みがひどくなって、病院に行ったときはステージ4で、もうリンパ節にも骨にも山ほど転移があるそうです。たぶん、ふた月は保たへんと」

濡れタオルと洗面器を運んで来た佳代が、敷居のところでへたりと座り込んだ。

「それはいつの話なんや？」

「ひと月ほど前です。だから、もうそろそろやと思います。前に人殺しになってもいい、て言うたんはこのせいです。もし、捕まっても裁判まで保たへんから」

紘二郎は言葉を失い、ただリュウを見つめていた。リュウはもう穏やかな顔をしていた。

「すみません。こんな話聞かされても困りますよね。今まで本当にありがとうございました。明日、朝イチで出て行きます」リュウは深々と礼をした。

「出て行く、てどこへ行くんや」

「まだ決めてません」

「またホームレスに戻るつもりか？」

「なんとかなりますよ。寒い季節でもないし」

「阿呆。そんなことさせられるか。とにかく、今から病院に行くんや」

「一文無しなんです」

「金なら俺が払う」

「人生最後の一ヶ月なんですよ。病院で死ぬのをじっと待つなんて御免です」

「だとしても……そうや、痛みは？　薬はあるんか？」

紘二郎は混乱していた。どうするべきなのか咄嗟には判断ができなかった。だが、ただひとつ確実なのは、この男をこのまま行かせてはいけないということだった。

「大丈夫です。この前、三宅さんにもろたお金で、痛み止め大量に買い込んだから」

瞬間、紘二郎はパチンコ屋でのことを思い出した。

「パチンコ屋でトイレを借りたときか？　あのとき薬を飲んでたんやな」

「そうです。三宅さんにギャンブル中毒と間違われて、えらい怒られました」

戻って来たときのリュウの青い顔を思い出した。放心状態に見えるほど、ふらついていた。

「じゃあ、あのときは痛みがひどかったんか？」

なにも気付かなかったことを紘二郎は悔やんだ。

「まあ、ちょっと。運転してたら急に痛みが来て、慌てて薬飲んだんです。まあ、ほとんど効かへんのやけど。で、すこしマシになるまで個室の便座に座ってたんですよ」

「なぜパチンコ屋なんや？」

「薬屋やったら三宅さん心配するし、コンビニなんかやとトイレは一つだけやから他の人が来たら困るし。個室が並んでいて広いトイレのある、大型店舗ならなんでもよかったんです」リュウは肩で息をしながら笑った。「駐車場でいきなり説教されてびっくりしました。この人、なに言うてはるんやろ、て。おまけに叩かれるし。でも、だんだん嬉しなってきて。あそこまで本気で叱ってくれはるなんて。ほんまに嬉しかった」

「だから、へらへらしてたんか。阿呆」

「あんときほんまに思たんですよ。僕らコンビ組んだらマジでいけるんちゃうかな、て。三宅さんのボケかツッコミかわからへん全力漫才、新鮮やから」

「吉備津神社の帰りもそうか？　パワースポットに当てられたとかなんとか言うてたが」

「結構上手にごまかせたと思いませんか？」

「阿呆。罰当たりな真似してからに」

あまりリュウが面白そうに笑うから、紘二郎も思わず笑ってしまった。これが冗談ならどんなにいいだろう。リュウと二人、歳の差漫才コンビだったならよかった。このままずっと笑っていたいと思った。だが、笑い続けることはできなかった。

リュウの顔を見た。きちんと確かめなければと思ったが、怖くてできなかった。覚悟が決まるまで、すこし時間がかかった。長い沈黙の後、ようやく口を開いた。

「リュウ、君はほんまに死ぬんやな」

「ええ」リュウはまだ微笑んでいた。

「もっと早くに言ってくれてたら、俺にもできたことがあったかもしれん。すくなくとも、煙草なんか吸わんかった」

「ありがとうございます。その気持ちだけで嬉しいです」

佳代が濡れタオルでリュウの血で汚れた手やらを拭いてやった。リュウはおとなしくされるままになっていた。

「とにかく、もう一度医者に行くんや。診立て違いということもある。金なら心配するな」

「ありがとうございます。でも、二軒回りました。だから間違いはないんです」

「なら三軒目や」

「病院は好きやないんです。裸、見られたないし」

「刺青か？　そんな子供みたいなこと言うてる場合やない」

リュウは静かに首を横に振った。羽織っていたパーカーを脱いで薄いシャツをめくり、背中を向けた。

瞬間、紘二郎は息を呑んだ。佳代も小さな声を上げた。そこにあったのは想像していたような龍やら獅子といった彫物ではなかった。リュウの背中は一面、桃色のまだらに染まっていた。

「……一応、翼のつもりらしいです」

照れたような口調でリュウが言う。

よく見れば、肩胛骨から生えた桃色の翼だ。二枚の翼は不格好に歪みながら、腰骨のあたりまで達している。まだ整わない、生まれたての雛の翼のようだ。

「昔はもっときれいやったんですよ。鮮やかな濃いピンクの翼やったんです。でも、身体が大きなったら、どんどんみっともなくなってしもて……」

リュウの背中に生えているのは、偽物の翼。ひどく稚拙な刺青だ。きちんとした彫師によるものではないことくらい、素人眼にもわかる。

「昔って、いつ入れたんや？」

「五歳の頃、母が入れたんです。母は絵を描くのが好きやったんです。……下手くそやったけど。知り合いからタトゥーマシンを借りてきて。最初は自分で自分に刺青をしてました。で、僕にも入れたくなったそうです。――リュウ、ママがあんたを素敵な天使にしたげる、て」

「子供になんてことを……」佳代が声を震わせた。

「僕は記念品なんです。ほら、下に名前があるでしょ？　マイエンジェル、エレン＆ヒロトってね。母と父の名です。とうにヒロトには捨てられてたくせにね」

「エレン？　外国人か？」

「絵に恋するでエレンです」リュウはシャツを下ろすと、再びパーカーを羽織った。

「母は僕の翼がお気に入りでした。僕の背中を眺めて、こう言うんです。――本当に素敵な翼や。うらやましい、って。やから、子供の頃はただただ嬉しかったんですよ。針を刺されるのは怖かったけど、母に褒めてもらえるなら全身に刺青を入れてもいいとまで思てました」

　これほど異常なことが語られているのに、リュウの口から出る言葉は当たり前に聞こえた。怒りも哀しみもない。そう言えば、今日、学校でこんなことがあったんだよ、といった感じだ。

「ママ、もっと描いて。もっともっと翼を描いて、て。僕も阿呆やったと思います。思い出すだけで恥ずかしくて死にそうで。――いや、実際、死にかけてるけど」

そこで、リュウは笑った。顔を赤らめ、本当に恥ずかしそうに笑った。

「消そうと思て何軒も医者を回ったんやけど、大きすぎて断られました。レーザーも皮膚移植もとんでもない費用と時間がかかる。要するに無理だ、と。それどころか、肝炎の検査と定期検診を勧められました。刺青を入れると内臓にダメージが出ることが多い。特に肝臓、って。でも、まさか肺に来るとは思わへんかったけど」

リュウはひとしきり笑ってから、真顔になった。紘二郎と佳代の顔を順番に見て、それから頭を下げた。

「すみません。やっぱり、今から出て行きます。お世話になりました」

リュウが卓袱台に手をついて立ち上がった。かすかにふらつく。

「待て、リュウ」

「三宅さん、どいてください」

紘二郎も立ち上がり、素早く出入り口をふさいだ。敷居の前で、しばらく二人はにらみ合った。

紘二郎はリュウの顔をにらみつけ、怒鳴った。

「阿呆。君は俺の雇った交代運転手や。まだ契約は切れてない。大阪に帰るときは運転してもらう。勝手に出て行くなんて許さん」

　はっとリュウが息を呑む。一瞬で苦しげな表情になった。

「三宅さん。帰りの運転いうたかて……そのときには、僕はもう身体がダメかもしれませんよ」

「なら、横に乗っとるだけでいい。君はいつもみたいに適当にへらへら笑てろ」

「なんやねん。人をまるで阿呆みたいに……」

　リュウの顔が歪んだ。顔を伏せ、肩を震わせる。

「ええから、行くな。ここにじっとしてろ」

「……でも、一緒におったら三宅さんに迷惑が掛かります」

「迷惑？　そんなもんとっくに掛かっとるわ」

　怒鳴ったつもりなのに、かすれた情けない声になった。いつの間にか我慢ができなくなっている。くそ、眼の前がにじむ。

「俺に迷惑を掛けてくれたんは君だけや。そやから、君はもっともっと俺に迷惑を掛けるんや」

「三宅さん……」リュウの顔がくしゃくしゃになった。

「君は俺に迷惑を掛けるんや。わかったか」

リュウはうなずいた。何度も何度もうなずき、それから子供のように泣き出した。

第九章　令和元年五月十八日　再び倉敷　ビーンズヴァレー

ラジオの音で眼が覚めた。

頭が重い。鼻の奥がまだじんじんしている。昨日、泣いたせいだ。紘二郎は布団の上で身を起こし、しばらくじっとしていた。すると、襖が開いた。リュウが入ってくる。

「こんな天気のいい日にじっとしてたら、もったいないですよ」

リュウはいつものようにへらへらと笑っている。紘二郎は昨日のことが夢だったような気がした。

佳代の作ってくれた朝ご飯を食べた。干魚とだし巻きだ。珍しく、リュウは全部平らげた。

「ドライブでも行きませんか？」

佳代も誘ったが、断られた。いろいろ買い物があるらしい。いきなり大の男が二人も押しかけたのだ。申し訳なくなった。

「だったら、コンテッサで行きませんか？　どこかショッピングモールでも」

「いえ、細々したものばっかりやし遠慮しときます。お二人はせっかく日田に来たんやから観光でもしてきはったら。町並みは綺麗やし、祇園山鉾会館行ったら見事な山鉾が見学できますよ」

　無理強いもできず、二人で出かけることにした。駐車場まで来ると、コンテッサを見てすこし考え込んだ。

「ねえ、三宅さん。ずいぶん汚れてますね。一度綺麗にしてあげませんか？」

「そやな。大阪からここまで走ってきたんや」

　早速、近くのガソリンスタンドに持ち込んだ。スタンドの若い従業員はコンテッサを見て興奮していた。ニコイチとも知らず、紘二郎を褒めてくれた。

「コンテッサって言うんですか？　そんな車はじめて知りました」

　奥からオーナーらしい中年男が出てきた。一目見ると眼を輝かせた。

「これ、コンテッサですか？　本物？　うわ、はじめて見た。いや、丁寧に乗られてたんですねえ」

　凄い凄い、と言いながら、コンテッサの周りをぐるぐる回っていた。なんだか照れくさくなって思わず背を向けると、リュウと眼が合った。すると、リュウがにこっと笑った。

手洗いコースを頼み、コンテッサを預けることにした。

預かり証を書いていると、携帯が鳴った。高橋からだった。出ると、リュウに代わってくれと言う。リュウは不思議そうな顔で出た。すぐに、その顔が曇った。

「……ええ、それはちょっと……申し訳ありませんが……。ええ、本当にすみません」

なにを話しているのかはわからなかったが、良い電話ではなさそうだった。紘二郎は席を外した。これ以上、リュウが詫びるのを聞きたくなかった。

通話を終えたリュウが携帯を紘二郎に返した。その顔はひどく青ざめていた。

「リュウ、具合悪いんか？　それとも、あの男になにか言われたんか？」

「いえ、大丈夫です。コンテッサの調子を訊かれたんです。これ以上、迷惑を掛けたくなかったので、大丈夫だと答えました」

「そうか。あまり世話になるのも心苦しいからな」

まさか点検に来てくれ、など言えない。

「勝手に返事してすみません」

「いちいち謝るな、俺は言うたはずや。もっと迷惑を掛けろ、て」

「でも……」

「ごちゃごちゃやかましい」

今になって兄の気持ちがわかった。兄は迷惑を掛ける相手に佳代を選んだ。それは佳代に対する最大の感謝だった。

「ドライブは今度にして、今日は町の中をぶらぶらしましょうよ」リュウは翼を広げるように両手を広げた。「五月って気持ちいいですねえ」

五月が気持ちのよい季節か。紘二郎は驚いて一瞬、足を止めた。今までは五月と言えば、睦子と桃子の死を思う、陰惨な暗い季節でしかなかった。だが、リュウと一緒なら気持ちのよい季節だと思えるかもしれない。

水路の多い通りをリュウと二人でゆっくりと歩いた。朝日に温められた水の匂いがする。花月川までくると、橋のたもとに酒蔵があった。その横に休憩スペースがありベンチが置いてあった。

あまり疲れさせてはいけない。リュウを休ませることにした。

「君の病気のこと、君の親御さんは知ってるんか？」

「いえ、なにも。でも、縁は切りました。知らせるつもりはありません」

「縁を切ったとはいえ、血の繋がった親子やろ」

「……勘弁してください」リュウは情けない笑みを浮かべ、首を横に振った。「母に迷惑を掛けるくらいやったら、三宅さんに迷惑掛けます」

「俺はかまわんが……」

自分が死んでいこうとしているのに、親に頼れないというのはどれだけ辛いことだろう。母よりも一週間ほど前に知り合ったばかりの老人を選ぶのか。

「リュウ、君のことをもうすこし聞かせてもらえるか？」

「あんまり楽しい話やないですよ」

「かまわん」

「わかりました。じゃあ、母の話をします」

リュウは金色の髪を引っ張った。そして、話しはじめた。

*

母は気立てのいい人でした。でも、気の毒なことに、あんまり頭のいい人やなかったんです。母は九九が怪しくて、分数が苦手で、漢字もあまり読めませんでした。当然、学校の成績はクラスで最下位でした。かといって、運動もできない。歌が上手いわけでも、なにか人と違う才能があるというわけでもない。でも、ちょっとかわいい顔をしてたから、男はいくらでも寄ってきました。僕の父はそんな男たちのなかの一人やそうです。

母は十七で僕を産みました。父は妊娠がわかると逃げたそうです。母は僕を育てることができず、施設に預けました。そこで、里子の話も養子の話も何度かありました。でも、母は断りました。必ず僕を引き取るから、と。そして、五歳の時、母が迎えに来ました。僕は嬉しくてたまりませんでした。

母は僕を引き取ると懸命に働きました。でも、どんな簡単な仕事もうまくできへんのです。母は一所懸命やってるつもりでも、周りから見ればそれはただ無能でした。母はいつもすぐクビになりました。

そして、母はよく僕に愚痴をこぼしました。僕は母の話をいつも聞いて、慰めてあげました。

母はレジが打たれへんのです。ウェイトレスをしても注文が憶えられないし、トレイに物を載せて片手で運ばれへんのです。工場も無理でした。組み立ても仕分けも検品もできません。ラインのスピードにはついてかれへんのです。かといって、ラインがなくても同じです。不器用な母は弁当工場すらダメでした。容器の仕切りの中に、きれいにおかずを詰められへんかったんです。

そのうち、母は風俗で働くようになりました。でも、もちろんその世界も甘くはありませんでした。給料は訳のわからない理由で天引きされ、ノルマ未達成で罰金を取られ、客からは売掛金を踏み倒され、借金だけが残りました。店と客のいいようにされたんです。

　それでも、母は僕をかわいがってくれました。ある日、僕の髪を金色に染めたんです。もともと色白やったこともあって、そこそこはかわいい天使になれました。母は大喜びで僕を連れ歩きました。自慢の息子やと思ったんでしょうね。僕もそう思てました。今ならわかります。だれもそんなこと思てません。ほんまはみんなこう思てたんです。悪趣味で派手な服で着飾り、ぎょっとするようなプラチナブロンドで歩く下品な母子や、と。

　暴力なんか一度もありませんでした。本当です。僕がいじめられたら大変やから、と男をアパートに連れ込むこともしませんでした。アパートにいる間は懸命に育児と家事をしたんです。でも、母には家事の才能がなかったんです。米はいつ炊いても、硬すぎるか柔らかすぎるかのどっちかでした。ホットケーキをひっくり返すたびに失敗して、カレーも焦がしました。コインランドリーが遠かったから、洗濯は滅多にしませんでした。特に悲惨やったのは、片付けと掃除でした。母は整理整頓がでけへんかったんです。というよりは、出した物をしまうということがでけへんのです。一度出して使たものは、僕が片付けるまでそのままでした。

　だから、幼いなりに僕が懸命に手伝いました。僕が家事をすると母は褒めてくれました。――リュウ、ありがとう、て抱きしめてくれました。僕は嬉しくてたまりませんでした。そんな暮らしでも幸せでした。

そんなある日、母が言うたんです。……リュウ、あんたはあたしの子供。絶対に親子の絆は切れへんねん。今からその証拠をつくるから、って。そして、背中に翼を彫って名前を入れたんです。僕は嬉しかった。

やがて、小学校へ上がる頃になりました。健康診断やら手続きがありましたが、母は放置してました。すると、役所の人がアパートまで来ました。そして、僕の背中の刺青に気付きました。大騒ぎになり、結局僕は施設へ戻ることになりました。

でも、僕は別れたくなかった。母のおもちゃにされることを、母にかわいがられているのだと思てました。刺青も金髪も、母の愛情の証拠だと思てました。

＊

リュウはすこしむせた。軽く咳き込み、背を折り曲げる。呼吸が苦しいらしく、肩で大きな息をした。

「大丈夫か？」

紘二郎はリュウの背中をさすってやった。肺ガンの末期の病態では呼吸困難は当たり前だ。リュウは荒い息をつきながら、うなずいた。

「刺青してるとMRIが撮られへんそうです」苦しそうにリュウは笑った。「三宅さん、いくらオシャレでも、刺青なんか絶対にやめといたほうがいいですよ」

「今さらこの歳でするか」

あはは、とリュウは声を立てて笑って、また咳をした。

「学校では苦労しました。健康診断は一人だけ別室。必死で隠してたんですよ。体操服に着替えるのもトイレでした。プールに入ったことは一度もありません。それでも、いつの間にか、どこからかバレたんです。床に押さえつけられて、シャツをめくられて、携帯のカメラで撮られた。ネットを探せばまだ見つかるでしょうね」

リュウは言葉を切って、眼を閉じた。胸苦しさを堪えているらしい。何度か深呼吸をし、息を整えた。

「大人になると、母からよく金の無心をされました。こんな母がいたら、ジュジュとの結婚の邪魔になると思いました。僕は母と縁を切るため、借金を全部払ってやりました。要するに手切れ金です。金で親子の縁を切ろうとしたんです。でも、三宅さんにニコイチコンテッサを売るように高橋さんに指示したその夜、咳が止まらなくなりました。咳は前からやったんです。その時は季節の変わり目やから風邪ひいたんかな、くらいで。でも、その夜は違った。息苦しくて、胸が痛んで眠れなかった。そして、咳をするとティッシュに血がついた。僕は驚きました。でも、結核やと思いました。まさか死ぬとは思わなかったんです。

そのときになっても、僕はまだジュジュとの結婚を考えてたんです。早く治さんと結婚でけへん、て思て。それで、背中のこともあったけど、恥を忍んで医者に行きました。すると、医者は難しい顔をしたんです。……罰が当たったんですよ。そのとき思いました。本物の天使の翼やったら天国に行ける。でも、僕のは偽物なんです。名前かてそう。リュウはリュウやけど片仮名や。漢字やない。天には昇られへんのやから――」

そこで、リュウは顔をしかめ、わずかに身をよじった。

「痛むのか？」

「大丈夫」リュウは肩で息をしながら、それでも微笑んだ。「調子に乗って喋りすぎた。ちょっと息が切れて」

「喋るな。すこし休め」

「話は、あとちょっと、やのに」リュウは胸を押さえて、深呼吸を繰り返した。「僕の過ちはまだまだ続くんです」

リュウはひとつ咳をして顔を歪めた。そのまま身体を折り曲げる。

「大丈夫か？」

「はい」リュウはうめいた。「ちょっと骨に響いただけです」

「一旦戻るか？」

「いえ、もうすこし」リュウがうめいた。「いやでもそのうち寝たきりになるんです。だったら、今のうちにすこしでもたくさん外の空気を吸っておきたい」

　紘二郎は思いきって言ってみた。

「リュウ。君は彼女に会いたくはないんか？」

　リュウがはっと息を呑んだ。そのまま黙り込んでしまう。紘二郎は言葉を続けた。

「彼女は君がガンやいうことを知らんのやろ？」

「……ええ」

「彼女は変貌した君を見て傷ついた。その後で君が悔い改めて、高橋さんに謝罪したことは知らん。それでは彼女が気の毒や。本当のことを知らんまま、一生苦しむかもしれん」

「言うてどうするんですか？　病人を捨てた自分が悪かった、てジュジュに思わせたいんですか？　冗談やない」

「リュウ。彼女が俺みたいになってもいいんか？　五十年も怨みを抱えたままでいいんか？」

　リュウはしばらく黙っていた。そして、紘二郎を見つめてきっぱりと言った。

「むしろ、そうしてもらいたいんです。最低の男にひっかかった、て思てもらいたい。そやから、ジュジュの話はもう終わりにしてください」リュウは静かに首を横に振った。

　リュウの苦しげな顔を見ていると、もうそれ以上はなにも言えなかった。

　そのとき、紘二郎の携帯がまた鳴った。もしや高橋からかと思ったが、表示されているのは未登録の番号だ。市外局番は０８６、倉敷からだ。

「もしもし、三宅さんでいらっしゃいますか？　朝早くからすみません。元豆腐屋のケーキ屋『ビーンズヴァレー』です。先日はありがとうございました」

　花菜だ。相変わらず元気のいい声だった。

「ああ、その節は世話になりました」

「三宅さんにお伝えすることがあって……。倉庫を片付けていたら、三宅さん宛の缶がもう一つ出てきたんです。すみません、気がつかなくて……」

「今から行きます」

　花菜の言葉を途中で遮り、言った。紘二郎は無意識に立ち上がっていた。

「え？」

「今、大分にいる。今からすぐに取りに行くから」

「わかりました。お待ちしています」

　携帯を切って立ち上がった。リュウは心配げにこちらを見つめていた。

「例の豆腐ケーキ屋から電話があった。もう一つ缶を見つけたそうや。今から倉敷に行ってくる。夜には戻れると思う」

兄の家に戻ろうと歩き出したとき、後ろからリュウが呼んだ。

「三宅さん、その手紙、もういいんやないですか？　もう済んだことやし……」

一瞬、リュウがなにを言ってるのかわからず、紘二郎は啞然とした。リュウが困惑した眼で言葉を続けた。

「もう終わりにしましょう。今さら昔のことを引っかき回しても、なんにもいいことありません」

「そんなことができるか。あれは睦子の手紙や」

「睦子さんを大事に思うなら、もう静かにさせてあげましょうよ。今、ここで終わりましょう。死んだ人は死んだ人で、そっと眠らせてあげましょう」

「分かったふうなことを言うな。睦子の手紙はどうなる？　睦子の思いはどうなる？」

「思いなんてどうにもなりません。せっかく落ち着いたんです。お願いやから」

「もういい」

これ以上押し問答を続けても埒があかない。紘二郎はそのまま行こうとした。

「三宅さん」リュウがかすれた声で叫んだ。そして、咳き込んだ。「なにもかも、終わったことなんです。もう忘れましょうよ」

「終わったからどうでもいいと？　終わったから忘れろと？」

もう取り返しがつかない。紘二郎は激しい後悔にさいなまれながら背を向けた。


「リュウ、なんでそんなに止めるんや？　忘れてしもたら、俺が生きてきた意味がなくなる」

「生きてきた意味？」リュウの顔が強張った。

「そうです」

リュウの前で使うべき言葉ではなかった。だが、詫びればリュウはもっと傷つく。

＊

支度をして、日田を出た。新幹線で岡山に向かい、「ビーンズヴァレー」に着いたのは午後だった。

店は改装工事中で、花菜は奥の倉庫で埃まみれになっていた。紘二郎を見て、ほっとしたような顔をする。

花菜が出してきたのは、すっかり錆びたせんべいの缶だった。以前見たクッキーの缶よりはひとまわり小さい。振ってみると、かさかさと音がした。

「すみません。缶は実は二つあったんです。クッキーの缶とおせんべいの缶と。この前探して見つけたのはクッキーの缶だったんで——あれ、おかしいな。昔に見たのは、おせんべいだったような気もするんだけど、なんて思ってたんですが」

　花菜は相変わらず大声で饒舌だった。

「いや、ありがとう」紘二郎は花菜に頭を下げた。

「いいえ、こちらこそすみません」

　早く缶を開けて中を確かめたい。礼を言ってさっさと店を出ようとしたら、呼び止められた。

「あ、待ってください。もう一つ用件が」

「なんや？」

「実は、さっき、お連れさんを探してる人が来て」

「連れ？　リュウのことか？」

「ええ。三宅さんと一緒にいた背の高い男の人です。あの人を探してるっていう若い女の人が来たんです」

「その女、ジュジュ、いや……壽々子と言わなかったか？」

　えっと、と花菜はポケットからメモを取り出し確認する。

「ええ、間違いありません。壽々子さんです。お知り合いですか？」

「ああ、リュウから聞いてる。それで、今、彼女は？」

　瞬間、紘二郎は歓喜に胸が震えた。ジュジュはリュウと完全に縁を切ったわけではなかった。彼女もきっとリュウのことが忘れられないのだ。

「リュウさんとどうしても連絡を取りたいって言われたんですが、勝手に三宅さんの連絡先を教えるわけにもいかず……。でも、今日、三宅さんが来ると言ったら、待つと言ってました。すぐ近くにいると思うんですが……」

そのとき、ドアが開いて若い女が飛び込んできた。

「あの、失礼ですが、リュウのお知り合いの方ですか？」いきなり早口で言った。

肩までの黒髪が乱れて揺れている。色白なので紅潮した頰が鮮やかだった。

「ああ、そうや。君がジュジュ？」

「そうです」ほっとした顔でジュジュはうなずいた。「あの、リュウは無事ですか？」

「無事や」

おかしい、と紘二郎は思った。ジュジュはリュウの病気について知らないはずだ。なぜこんなことを訊くのだろう。だが、なにも知らない可能性もある。迂闊に確かめられない。

花菜が興味津々といった顔でこちらを見ている。話が長くなりそうなので、一旦店を出ることにした。

「とにかくちょっと外へ出よか。こんなとこで仕事の邪魔や」

リュウと入った喫茶店に向かった。席についてコーヒーを頼むと、まず口を開いたのはジュジュだった。

「リュウは今、どこにいるんですか？」

「大分、日田にいる」

「日田？　なぜそんなところに？」

「君の質問に答える前に、私から確認させてくれ。君は川上壽々子。通称ジュジュ。リュウと付き合ってたが別れたんやな」

　若い女性相手なので、少々丁寧に話した。

「そうです。ふた月前まで付き合ってました。でも、別れました」

「なぜ別れた？」

　ジュジュはすこし戸惑ったが、思い切ったように話しはじめた。

「リュウが部下を怒鳴りつけたり、土下座させたりするところを見てしまったんです。相手を人間扱いしてませんでした。あんなリュウを見たのははじめてで、ショックやったんです。でも、今は後悔してます。リュウにもなにか事情があったのかもしれません。今さら遅いかもしれませんが、もう一度会って話がしたいんです」

　ジュジュの口調は丁寧で好感が持てた。ただ座っているだけで、育ちのよさが感じられる女性だった。

　リュウの話と一致する。どうやら、眼の前の女性はリュウの彼女に間違いないようだ。

「じゃあ、次は私の番や。私は三宅紘二郎。リュウの店から車を買うたが、欠陥車だったのでリュウが謝罪に来た。私は大阪から日田まで車で行く用事があり、いろいろあってリュウがその道連れになった」

「道連れ？」

「長距離を一人で運転するのは大変なんで、交代ドライバーとして雇ったんや」

「じゃあ、リュウは今、ドライバーとして働いてるんですか？」

「本職のドライバーというわけやない。行きがかりで頼んだだけや」

「そうですか。じゃあ、今、仕事をしてるわけじゃないんですね……」瞬間、ジュジュの顔に失望が浮かんだ。

「仕事をしてるわけやないが、私はいろいろと彼に助けてもらっている」

「そうなんですか」

ジュジュの顔がほころんだ。嬉しそうだ。だが、すぐにその表情に影が差した。

「あの、本当にリュウは無事なんですね。おかしなことなんかしてませんよね」

「今朝、大分を出てくるときに見た限りでは、ちゃんと息をしてた」

「ちゃんと？」

ジュジュが不思議そうな顔をした。やはり病気のことは知らないらしい。

「それより、よくここにたどり着けたな」

「あたし、ずっとリュウを探してたんです。『イダテン・オート』では突然辞めたと言われ、アパートに行ったら引き払った後でした。途方に暮れたんです。でも、諦めきれなくて、昨日もう一度『イダテン・オート』に行ったんです。そうしたら、リュウを見た人がいる、と」

「それは高橋という男か？」

「そうです。その高橋さんから同僚のかたに連絡があったそうなんです。それで、高橋さんが言うには、『蓬萊元店長が突然訪ねてきた。すっかり変わってた。びっくりした』と」

「なるほど。あの男が……」

紘二郎はジュジュの強運に感心した。単なる偶然とは言え、リュウに会いたいという執念が引き寄せた幸運のように思えた。

「あたしは高橋さんに会うために岡山に行きました。そして、リュウのことを教えてもらったんです。リュウは年配のかたと一緒で、乗っていた車は『イダテン・オート』で扱ったものだそうです。リュウに命令されて、ひどい欠陥車を無理矢理売らされたと言ってましたが、本当ですか？」

「その謝罪ならリュウからちゃんと受けた。今、私は欠陥車だと知った上で、納得して好きで乗っている。もうリュウに責任はない。で、高橋は私の携帯番号を知っているはずや。教えてくれへんかったんか？」

「……拒否されたんです。リュウに」

「リュウに？」

「高橋さんにリュウの連絡先を訊ねました。そうしたら、リュウに連絡を取ってくれました。でも、リュウはあたしと話したくないと言って、電話を切ったそうです。じゃあ、番号を教えてください、自分でもう一度掛けて話をするから、と必死で頼みましたが、高橋さんに諦めろと言われました。とっくの昔に別れた、関係ない、二度と顔も見たくない、とリュウは言ったそうです」ジュジュが一瞬顔を歪めた。

「じゃあ、今朝、リュウに掛かってきた電話は、君が高橋に掛けてもらったやつか」

「ええ。リュウに拒まれて泣きそうになっていたら、高橋さんが紙袋を見せてくれました。リュウが持ってきたお菓子だっていうんです。手がかりはこれだけや、って。だから、とりあえず『ビーンズヴァレー』まで来たんです。三宅さんはリュウの居場所を教えてくれますか？」

ジュジュはまっすぐに紘二郎を見た。厚意を疑わない眼だった。

リュウの言っていたことがわかった。ジュジュはごく普通のまっとうな家庭で愛されて育ったのだろう。努力は報われる、世に正義は行われる、と信じている。正しく生きていれば幸せになれる――。そんな幻想を疑ったことのない日々を送ってきた。それはジュジュの愚かさでもあり、弱さでもあるが、圧倒的な美点でもある。リュウが惹かれたのも無理はない。

「まず、こちらからも訊きたいことがある。君はさっき、リュウは無事か、と訊いたな。どういう意味や？」

「リュウが自殺するかもしれないと思ったからです。あたしはリュウが育った施設に行きました。すると、リュウが突然多額の寄付をした後で連絡がつかなくなったと言うんです。それでなにかあったのではないか、と心配に。でも、無事だと聞いてほっとしました」

ジュジュが安心したように微笑んだ。紘二郎は思わず眼を伏せた。ジュジュがリュウの命を心配していたのは、まったく別の意味だった。やはり、ジュジュはなにも知らないということだ。

今からジュジュに告げなければならない。無論、そのつもりで来た。わかっていたことだ。だが、心は果てしなく重かった。

「私が言わなければならないことは、たったひとつだけや」

紘二郎はそこで一旦言葉を切った。胸の鼓動が苦しい。スタート台に上がったときのようだった。一つ深呼吸をして息を整え、できる限り冷静に言った。

「もうすぐリュウは死ぬ」

ジュジュがぽかんと口を開けて紘二郎を見た。

「え？」

「肺ガン、末期だ。あとひと月保たんかもしれん」

「まさか。だって、リュウは煙草なんて吸いませんよ。それに、まだ若いし」

ジュジュが曖昧な笑みを浮かべ、首を左右に振った。切りそろえた髪が顎の下で揺れた。紘二郎は黙ってジュジュを見ていた。ゆっくりとジュジュの笑みが消えていく。そして、代わりに困惑が広がっていくのがわかった。

「リュウがガンって、冗談ですよね？」

紘二郎はそれでも黙っていた。ジュジュはもう一度、首を振った。今度はすこし大きく髪が揺れた。ジュジュは髪をかきあげ、それから、紘二郎をすがるような眼で見た。絞り出すような、かすれた声で言った。

「……それ、ほんとなんですか」

紘二郎はうなずいた。

瞬間、ジュジュが眼を大きく見開き、それからかすかな息を洩らした。血の気のない顔で、呆然とどこかを見ていた。

「肺ガンって……ちょっと咳はしてましたけど……ただの風邪やから、て。ガンなんて考えたこともなかった……」

ジュジュは震える手で水を一口飲んだ。グラスを握り締めたまま動かない。彼女が事実を受け入れるためには、もうすこし時間がかかるだろう。だが、待っている時間はない。

「とにかく日田に来てもらえるか？　リュウに会ってやってほしい」

「ええ、もちろんです。あたしもリュウに会いたいから……」

言葉が途中で途切れた。しばらく紘二郎の顔を見つめていたが、突然声を震わせた。

「嘘ですよね。ねえ、三宅さん。リュウが死ぬなんて、やっぱり嘘ですよね」ジュジュの眼は大きく見開かれている。「ねえ、冗談ですよね。肺ガンなんて、あたしをだまそうとしてふざけてるんですよね」

紘二郎はなにも言わなかった。ジュジュは口を半開きにして、大きな息をしている。怯えきった眼で紘二郎を見つめていたが、やがてうつむいた。そのまま動かない。

紘二郎は黙って待った。

「すみません。もう大丈夫です」

ジュジュがゆっくりと顔を上げた。声はまだ震えていたが、懸命に落ち着こうとしているのがわかる。

そこでふっと思い出した。

「そう言えば、リュウは今、金髪や。会えばわかるが、なかなか綺麗なもんや」

「金髪に？」

　ジュジュはすこしの間呆然としていたが、ふっとなにかを堪えるような表情になり、眼を伏せた。睫毛が震えたのがわかった。

「そうですか。リュウは金髪にしたんですか……」

　小さな声で呟くと、しばらくじっとしていた。やがて、顔を上げて、紘二郎にスマホを見せた。

「これ、リュウです」

　スマホの中に黒髪のリュウがいた。今ほど痩せてはおらず、ずっと健康的に見えた。スーツを着ているリュウもいた。黒い髪はきれいに刈り込んであった。猫を抱いているリュウもいた。

　ジュジュと二人で写っている写真もあった。ジュジュの髪は長く胸まであった。リュウは掛け値なしに幸せそうだった。ジュジュの家族と撮ったものもあった。初詣のようだった。ジュジュの家族は全員着物で、リュウはスーツ姿だった。リュウはぎこちなく笑っていた。

「三宅さんはリュウとはずっと親しいんですか？」

「六日前から親しいな」

「車が届いたのが六日前。その後すぐにリュウが謝罪に来た。それからの付き合いやな」

「六日前ですか？」

「じゃあ、三宅さんは六日前に知り合ったばかりのリュウのために？」

「まあ、そういうことや」

するとジュジュがまじまじと紘二郎を見た。

「あの、どうしてそこまで？」

「俺にもうまく答えられん。リュウによると不思議な力が働いているらしいが……」

紘二郎は言葉に詰まった。「ただ、俺は好きでやっている。それは確かや」

紘二郎の返事を聞くと、ジュジュが泣きそうな顔をした。そして、スマホを置くと、手を膝の上にきちんと置いて話しはじめた。

「リュウはいい人やと思いますか？」

「ああ。ばかばかしいくらい善人やと思う」

「リュウは毎月施設に寄付してたんです。施設を出て働きはじめたその月から、ひと月も欠かさず」ジュジュは軽く拳を握りしめていた。「クリスマスにはサンタの格好をして、プレゼントを持って行ったんです。節分にはちゃんと鬼の格好もしました。あんまり似合ってなかったけど、リュウは大真面目でした」

ひょろひょろのサンタとすこしも怖くなさそうな鬼を想像し、紘二郎は思わず笑ってしまった。ジュジュも笑った。だが、すぐに眼を伏せた。

「その話をすると、両親がいやな顔をしました。施設育ちは仕方ないとしても、いつまでも関わるのはどうか、と。いい加減に縁を切るべきだ、って言うんです。そんなこと、到底リュウには言えませんでした。でも、その後で部下を怒鳴りつけるリュウを見ました。以来、あたしはずっと混乱してました。本当にあれがリュウの本性なのだろうか。まさか――。ぐるぐるとそんなことばかりを考えてました。あのとき、実際に眼にしたリュウは怖ろしかったし、なにより醜かった。仮に、あれが一時の激情だったとしても、あんな人とやっていけるとは思えなかったんです。あたしはリュウにこう言いました。――あなたが信じられなくなった、と。そうやって別れました」

ジュジュは初詣の写真に眼を落とした。

「リュウと別れたことを知った両親は、こう言いました。――こんなことは言いたくないが、やっぱり育ちに問題があるということは人間性に問題があるということだね。私たちの前では善良そうに振る舞っていたが、化けの皮がはがれたんだ。早くにわかってよかったね、と。そして、こう言ったんです。あの男は善人すぎた。みんな演技だったんだ。ただの偽善者だったんだ、と」

ジュジュは顔を上げ、紘二郎を見つめた。

「リュウのやってたこと、偽善やと思いますか？」

「彼はいい子でいたいと言っていた。いい人ぶってたのは演技やと自分で言うてた」

「いい子？」

ジュジュがはっとした。そして、また写真に眼を落とした。スーツ姿のリュウだった。えんじ色のネクタイをしていた。

「リュウと別れた後、ショックでなにもできませんでした。でも、ふっと思い出したんです。はじめてリュウと手を繋いだとき、どれだけ彼の手が震えてたか――。もう一度リュウと会って話をしようと思いました。でも、もう連絡がとれなくなってたんです。あたしは施設を訪れてリュウについて訊ねました。施設の人はみんなリュウを褒めました。小さいときからリュウを知っている人はこう言ったんです」

――気の毒なくらい、いい子でしたよ。いつも、にこにこしてました。欲しいものも他の子供に譲って、自分は我慢してにこにこ。文句ひとつ言わず小さい子の面倒を見て、やっぱりにこにこ。わがままを言ったことなど一度もない。怒ったところを見たことがない。泣いたところを見たことがない。いつも、にこにこ。他の子を気遣って、私たちスタッフを気遣ってくれました。お話の中にしかいないような、いい子でした。

――それが演技である可能性は？

——演技ですよ。あんなもの。

「施設の人はそう答えました。あたしはやはりそうなのか、とがっかりしました。リュウの優しさは見せかけだったんです。ショックを受けて黙り込むと、施設の人はこう続けました」

——あの子はいい子になることでしか、生きてこられなかったんですよ。私たちはなんとかしてあげたかった。でも、できなかった。

「リュウのお母さんはリュウを天使やと言ってたそうです。でも、それはリュウにとっては辛いことやったんです」

——天使なんやから、いつも微笑んでるんやよ。絶対に怒ったらあかん。いつも笑って、かわいい天使でいるんやよ。

「そう言って、リュウに笑顔を強要してたんです。毎日毎日、呪文みたいに言ってたそうです。どんなときでも、満ち足りて幸せそうな子供でいろ、って。小さかったリュウはいい子になろうと努力したんです。お母さんに嫌われまいと」

紘二郎は息を呑んだ。

「まさか、金髪にしたんは……」

「ええ。たぶん」ジュジュはスマホの中のリュウに眼を遣った。「三宅さん。リュウの癖、知ってます？」

「いつも、にこにこか？」

「それもあります。でも、もうひとつ。髪に手をやって、引っ張ったりしてませんでしたか？」

「そう言えば、しょっちゅう髪をいじってたな。金髪を気にしているのかと思ってたが」

「違うんです。あれはずっと昔からの癖なんです。小さい頃のリュウには、自分で髪を抜いたりする自傷行為があったそうです。施設の人はこう言いました」

――だから、結婚を考えている人がいると聞かされて、どんなに嬉しかったか。あの子にもやっと心を許せる人ができたのだ。これであの子も幸せになれると思っていたのに。

ジュジュはリュウがするように髪を引っ張った。

「それを聞いてからずっと引っ張ってるのに、全然リュウの気持ちがわからない。結局、あたしはリュウのこと、なんにも理解してあげられない。それどころか、あたし、リュウとの約束を破ったんです」

「約束？」

「いえ、もっと酷いことです」ジュジュはすこし言い淀んだ。「ちょっと、はしたない話になるんですが――」

＊

リュウと付き合いはじめても、なにもありませんでした。一緒に歩いたり、ドライブしたり、映画を観て食事をしたり、それだけです。一年経っても手も繋いでくれない。キスも、その先もなにもないんです。

あたしは不安になりました。自分に女性としての魅力がないのか、それともリュウに好かれていないのか、と。

すこし胸元のあいた服を着てみました。ミニスカートにしてみました。いつもより高いヒールのパンプスを履いてみました。大人っぽい香水をつけました。でも、やっぱりダメでした。それどころか、余計に避けられるようになりました。並んで歩くときも距離を取るんです。あたしは傷ついて落ち込みました。

クリスマスの夜です。いろんなお店をひやかしながら、イルミネーションの中をゆっくりと歩きました。

周りのカップルはみな仲がよさそうでした。手を繋いだり、肩や腰に手を回したりしていました。でも、リュウはあたしとすこし離れて歩きました。

そのとき、思ったんです。あたしは完全に子供扱いされている、と。つまり、彼女として見られてないんです。

帰り道のことです。車はすこし離れたところに止めてありました。人の眼がなくなると、思い切って自分から手を繋いでみたんです。すると、リュウは慌てて手を振り払いました。

ショックでした。我慢ができず、泣き出してしまいました。そして、今までの不満をぶつけたんです。どうして触れてくれないのか、と。

リュウは困った顔をしていました。どんなに理由を訊いても、はっきり答えないんです。あたしは泣くことしかできませんでした。

リュウとの交際は親によく思われていません。表面上は理解のあるふりをしていますが、本音が違うことくらいわかっています。あたしの親はこう思っています。差別はいけない。でも、できれば別の男と、と。

車の中でも、リュウは一言も口をききませんでした。すると、突然、リュウがハンドルを切りました。驚いていると、車はホテルの駐車場に入って行きました。

リュウは黙って車を降りました。あたしも後をついていきました。部屋に入ると、リュウはベッドに腰掛けました。そのまま動きません。あたしはどうしていいのかわからず、立ち尽くしていました。

すると、突然リュウが服を脱ぎました。そして、あたしに背中を向けました。瞬間、眼を疑いました。どうして、そんなところにピンク色が見えるのかわかりませんでした。

リュウはやっぱり黙っています。そのとき、ようやくわかりました。リュウの背中のピンクは刺青です。しかも、不揃いの翼です。

「母は僕を天使にしたかったんや。僕は大切な愛の記念らしい。ジュジュに触れへんかったんは、この刺青を知られたなかったからや。だから、ジュジュが悪いんやない」

リュウの言葉を聞いた途端、なにもかもがわかりました。リュウがどれだけ苦しんだか。どれだけ辛い思いをしてきたか。

「ジュジュと手繋いだら抱きしめたなる。抱きしめたらキスしたなる。キスしたらセックスしたなる。そう思たら、なんにもでけへんかった。一緒に歩くのも怖かった」

リュウは話の間やっぱりうつむいていました。でも、その顔は鏡に全部映っていました。リュウは寂しそうでも悲しそうでもありませんでした。すっかり諦めきった顔でした。リュウは完全に覚悟を決めてたんです。

その瞬間、あたしはもうたまらなくなりました。リュウの背中に、ピンク色の背中にしがみつきました。

「リュウ、ごめん。あたしなんも知らんと」

「ジュジュのせいやない」

あたしは泣きました。どうして、リュウのお母さんはこんな酷いことをしたんでしょう。小さい子供に刺青を入れるなんて許されることじゃありません。

リュウが立ち上がりました。

「もう会わへんから」

「なんで？」

するとリュウが振り返りました。あたしをにらんでいます。

「そんなこと訊くんか？」

「訊くよ。だって、刺青なんか理由になれへんよ。気にする必要ないやん」

すると、リュウがすごい形相で怒ったんです。

「ジュジュにわかるんか？　僕がこれのせいでどんなに苦労してきたか。バカにされて、いじめられて、白い眼で見られて。背中を隠して、こそこそ生きていかなあかん。この先も一生それが続くんや」

「他の人なんかどうでもいいやん。あたしはリュウのこと、バカにせえへんし、いじめへんし、白い眼で見いへん。そやから、なんにも隠す必要ないやん。こそこそする必要ないやん」

自分でも阿呆やと思いました。言っていることは小学生レベルでした。でも、そのときはそんな言葉しか出てこなかったんです。

「あたしは刺青なんか気にせえへんもん」

なんとかして笑おうと思いました。いつも笑ってるリュウが怒ってるんです。だったら、今度はあたしが笑う番です。

「甘いかもしれへん。わかってないかもしれへん。でも、それでいいやん。なんの問題もないよ。他の人がなんと言おうと、あたしはリュウの刺青を気にせえへん。それで解決やないの？」

「今はよくても、いつかきっと後悔する」

涙は止まらなかったけど、それでも一所懸命笑いました。

「いつかの心配してどうするん？　今、あたしがいいって言ってるんやよ。それでもあかんの？」

鼻水まで出てきました。きっとお化粧も流れて酷い顔になってたと思います。

「こんなに阿呆らしいピンク色やのに？　歪んでみっともない翼やのに？」リュウが怒鳴るみたいに言いました。

「あたしやったらあかんの？」

すると、リュウが黙りました。そして、うつむいたまま、小さな声でこう言ったんです。

「ほんまにいいんか？」

「そんなん当たり前やん。ピンクの翼つきの彼氏なんて滅多におれへんよ。あたしは絶対にリュウを離せへんから」

　あたしはリュウの背中にしがみつきました。ピンクの翼が震えてました。

　リュウは泣いてました。子供みたいに泣いてたんです。

　もう一度、クリスマスマーケットに行きました。もう、どのお店も片付けはじめていました。リュウは大きな星の飾りを買いました。ツリーのてっぺんにつけるやつです。そして、あたしにプレゼントしてくれました。

「いつか、ツリーを飾れる家庭を持ちたい。それまで、ジュジュが預かっててくれ」

　お正月もお花見も七夕も、みんなやりたい、とリュウは嬉しそうでした。

　あの頃は二人とも信じてたんです。これから幸せになれる、って。

＊

　ジュジュは話を終え、スマホをバッグにしまった。そして、紘二郎に丁寧に向き直った。

「なのに、あたしはリュウを拒んだんです。今さらなにができるんでしょうか」

「君にしかできんことがある」

「でも、リュウはあたしを許してくれるでしょうか。あたしはリュウの人間性を否定するようなことを言いました」

「一度はそういうことをしたんやから仕方ない。そのことはリュウが一番よくわかってる」

「でも、自分になにができるかわからないんです」ジュジュは懸命に泣くのをこらえていた。だが、声の震えは隠しようがなかった。「あたしになにができるんでしょう？あたしはリュウになにをしてあげられるんでしょう？」

「死ぬときにそばにいるだけでいい」

「いるだけですか？」

「ああ。でも、それが一番辛い。ただそばにいるだけのことが、君が想像する百倍も千倍も果てしなく辛い。それがわかってるから、先に君に謝っとく。本当にすまん」

「三宅さん、そんな……」

「君はリュウがすこしずつ弱っていくところを、ただじっと見なければならん。リュウが痛がって、苦しんで、のたうちまわるのをただじっと見るんや。君にはなにもでけへん。ただ、リュウが壊れていくのを見るだけや。美しくなんかない。感動的でもない。眼を背けたくなるようなこともあるかもしれん。もう君の知ってるリュウじゃなくなる可能性もある」

　ジュジュは唇を噛みしめている。組み合わせた両手は指の節が白くなっていた。

「それでも君に頼む。たとえ一分一秒でも長くリュウのそばにいてやってくれ。頼む。俺にできることはもうない。でも、君にはある。リュウのそばにいるべき人間は君や」

「ほんまにあたしなんでしょうか」

「俺にできるなら俺がやる。でも、ダメなんや。俺はリュウになにもしてやれん。そのことが悔しい」

　もう取り繕う気持ちはなくなっていた。これまでの人生で俺の望みはなにも叶わなかった。でも、できることをしたい。

「わかりました」

　ジュジュは一度大阪に戻って身の回りの用意をし、仕事を休む段取りをするという。

「わかった。じゃあ、日田で待っとる。必ず来てくれるな」

「ええ。用意ができたら、すぐに行きます」ジュジュはすこしためらってから、曖昧な笑みを浮かべた。「倉敷ははじめてなんです。せっかくやから大原(おおはら)美術館を観たかったんですが、もし、三宅さんから連絡が来たらと思うと、美術館には入れなくて」

「それは残念やったな」

「今度、リュウと来たいと思います。素敵な天使の絵があるそうやから」

ジュジュが懸命に笑った。声はまだ震えていたが、それでも力強かった。

「ああ、それがええ……」

不意に目頭が熱くなった。紘二郎は慌ててうなずくふりをしてごまかした。

＊

岡山駅から新幹線で博多を目指した。リュウになにか土産を、と思いホームの売店で「きびだんご」と「むらすずめ」を買った。

乗り込むとすぐ、紙袋から缶を取り出し、錆びて歪んだ蓋を開けた。中には谷さんあての封筒に入った紘二郎への手紙が五通、封をしたままで入っている。慌てて書いたのか、表書きの字はすこし乱れていた。紘二郎はその中の一通を開いた。

三宅紘二郎様
今日は雛祭りでした。
桃子は楽しそうに走り回っています。着物がぐちゃぐちゃです。先程、万博まで一息に駆けたそうです。将来は陸上選手になれるでしょうか。

ぼんぼりを点けました。でも、桃子は将来紘ちゃんみたいに水泳選手になってほしいと思っています。今、スイミングスクールを探しています。

選手養成をしてくれる、きちんとしたところがいいなと思っています。紘ちゃんみたいなコーチがいるところがいいですね。でも、もう桃子はちゃんと泳げるんです。紘ちゃん、いつ帰ってきますか？

スタートが上手なんです。

近所では河童の桃ちゃん、って呼ばれてるんですよ。そうそう、帰りに四天王寺に寄ってきたそうです。だったら釣鐘まんじゅうを買ってきてくれたらいいのに、と思いました。

気が利かない娘です。

征太郎さんが言うように、甘やかしすぎたのでしょうか。でも、今日は雛祭りだから、釣鐘まんじゅうより雛あられですね。でも、桃子は釣鐘まんじゅうが大好きなんです。「アラスカ」はもういいです。髪を汚してしまうから。紘ちゃんなら、ちゃんと買ってくれますよね。

紘ちゃん、いつ帰ってきますか？　釣鐘まんじゅうを買ってきてくれますか？　かっぱ巻きでごまかさないでくださいね。

「なんやこれは……」

紘二郎は背筋が凍る思いがした。これまでの手紙とはまるで違っていた。字は所々乱れているが、明らかに睦子のものだ。信じられない、と思った。本当にこの手紙は睦子が書いたのだろうか。

紘二郎は震える手で次の手紙を開いた。

三宅紘二郎様

今日は雛祭りでした。桃子はすっかり眠っています。白酒を飲んだせいでしょうか。紘ちゃんに報告です。

征太郎さんがあたしに病院に行けというのです。桃子をかわいがりすぎだと言うのです。桃子をあたしから引き離そうとしているのでしょうか。絶対に桃子を手放す気はありません。もしあたしがいなくなったら、だれが桃子にひなまつりをしてやれるでしょう。せっかく上手に泳げるようになってきたのにかわいそうです。

征太郎さんも桃子をかわいがるのですが、でも、やっぱりあたしや紘ちゃんには勝てないのです。どんなにかわいがっても、紘ちゃんには勝てないのです。

見ていて気の毒になります。だから、征太郎さんの前ではおとなしくしていることにしました。わざと桃子に素っ気なくしています。中島さんが遊びに来たので、紘ちゃんのことを訊ねました。紘ちゃん、いつ帰ってきますか？

　でも、やはり知らないと言います。父が離れで叫んでいます。

　近所迷惑なのでやめてほしいです。紘ちゃん、今日はひなまつりですね。桃子が嬉しそうです。一秒でも早く紘ちゃんのところに手紙が届くよう、これから郵便局に持って行きます。速達にします。桃子がまた走り回っています。跳んだり跳ねたり、なんておてんばなんでしょう。あれだけ泳いだのにちっとも疲れてないみたいです。やっぱり子供は元気ですね。

　スイミングスクールのコーチは紘ちゃんにそっくりです。紘ちゃん、やかないでくださいね。あたしは紘ちゃん一筋です。ちょっと文章が酔っぱらっています。おかしいですね。白酒なんて飲んでないのに匂いだけで酔ったみたいです。最近、コンテッサが家の中を走り回っているのをよく見かけます。いつの間にか家に入ってきて、廊下をすごい勢いで飛ばして、フスマをするっと抜けて、最後はちゃんと玄関から出て行くんです。運転している人は見えませんが、私にはちゃんとわかってますよ！　いたずらをしているのは紘ちゃんですね。紘ちゃん、いつ帰ってきますか？　桃子は喜んでいますが、もし怪我をしたら危ないのでスピードはあまり出さないでくださいね。かっぱ巻きを飾ったら、いつの間にかなくなってました。食べたのは紘ちゃんですね。白酒を飲んで泳ぐのはだめだと言ってましたよ。桃子が随身の刀を振り回して壊しました。悪い子です。紘ちゃんの真似だと言っていました。紘ちゃん、いつ帰ってきますか？

字はひどく乱れて、ところどころ読めない部分もあった。

全身の震えが止まらなかった。膝の上から缶が滑り落ち、手紙の束が落ちた。紘二郎は身をかがめて拾い集めた。だが、手紙は指をすり抜けた。指にまるで力が入らない。うまく拾い上げることができず、何度も失敗した。

隣の席には中年のサラリーマンが座っていた。ずっと眠っていたのだが、紘二郎が動き回るので眼が覚めたらしい。いやな顔でにらんでいる。男の足許にも手紙が散らばったのだが、拾ってくれる気はなさそうだった。

時間を掛けて手紙を缶に戻し、次を開封した。

どれも内容は同じだった。睦子は繰り返し雛祭りを続けていた。

三宅紘二郎様

今日はひなまつりですね。最近、ぼうっとすることがふえました。春眠暁（しゅんみんあかつき）を覚えず、って言いますよね。寝ても寝ても眠たいんです。紘ちゃん、いつ帰ってきますか？ ひなまつりに間に合いますか？ 一日中、夢を見ているような気がします。もしかしたら、こうちゃんに変な手紙を送っているかもしれません。変だったら、捨ててくださいね。今夜は雛祭りです。陽が落ちてからぼんぼりをつけると、すごくきれいなんです。さて、今日は雛祭りでした。桃子には新しい着物をつくってやりました。桃子は嬉しくて嬉しくて、すこしもじっとしていません。さっき、谷さんの声がしていました。最近お豆腐を買いに行かないので、届けにきてくれたみたいです。襟元が合わせられないので、叱るとしゅんとしてしまいました。ごめんなさい、ももこ。悪いお母さんですね。コウちゃんはいつ帰ってきますか。ちゃんと紘ちゃんのぶんの白酒はとってありますよ。つりがねまんじゅうも買ってきました。紘ちゃんがスイミングスクールから帰ってきたら一緒に飲もうと思います。もも子に帯を締めました。紘ちゃん。あたしはすごく着付けが上手になりました。といっても、ちりめん帯だから簡単です。ちゃんと結ぶと桃子もいい子になりました。離れで父が呼んでいます。ちょっと行ってきますね。紘ちゃん、いつ帰ってきますか？　本当に父のわがままには腹が立ちます。今日ははっきりと言ってやろうと思います。父に言いました。でも、父は謝ってくれません。腹が立ちます。注意し続けるしかないみたいです。ひな飾りの刀がありません。今晩もおからです。壊したのは紘ちゃんだと征太郎さんが言いました。本当ですか。刀、見つかりました。あたしが持ってました。自分で持ってるのを忘れてたみたいです。コマッチャウナ。あたしは嬉しくてたまりません。やっぱりひなまつりは楽しいですね。もうすぐ朝ですね。新聞配達の人が来ました。まさか紘ちゃんじゃないですよね。ちょっと見て来ます。やっぱりこうちゃんではありませんでした。この手紙をすぐに出します。コンテッサで迎えに来てくれたら、ポストまであっという間でしょう。間に合うでしょうか。今から出してきます。それから紘ちゃんのところに行きます。五分くらいで着くと思います。待っていてください。でも、やっぱり手紙だけでは心配なので、紘ちゃんに会いにいくことにします。桃子も連れて行きます。ズイジンの刀も探して持って行きます。本当のお父さんに会いにいくのよ、と言うと、コウちゃん、いつ帰ってきますか？　モモコが大喜びしています。走り回ってせっかくの着物がまたぐしゃぐしゃです。おとなしくするよう注意しました。もうおとなしくなりました。しまった。おからを買ってくるのを忘れました。ちょっと買ってきます。眠ったようです。ひなにんぎょうも持っていきます。こうちゃん、つりがねまんじゅう。今すぐ行きます。手紙が届いたらコンテッサで迎えに来てください。こうちゃん、イマカラ行きます。

字はほとんど読めない部分もあった。ちらと見ただけでは字というよりは虫のようだった。

最後の手紙の日付を見て、紘二郎はうめいた。

五月十四日だった。封筒を見て消印を確かめると四七とある。つまり、昭和四十七年。一九七二年五月十四日だ。

十三日の夜には千日デパートで火事が起こった。手紙の記述を信じるなら、睦子の手紙は日付が変わった明け方に書かれ、投函されたことになる。

その朝、兄は救護活動から疲れ切って帰ってきた。そして、睦子になじられ言い争いになり、凶行に及んだと言ったが――。

手紙を握りしめたまま、紘二郎は立ち上がった。なにかを叫びたかったが、なにを叫んでいいのかわからなかった。呆然と立ち尽くしていると、車内販売の女性と目が合った。

「お客様？」黙ったきりの紘二郎に女性が声を掛けた。

女はにこやかに微笑んだ。ワゴンが近づいてくる。

「いや、いい」

崩れるように腰を下ろすと、隣の中年のサラリーマンが露骨な舌打ちをした。……ボケ老人が、というつぶやきが聞こえた。

紘二郎は眼を閉じ拳を握りしめた。こんなことは知りたくはなかった。こんな手紙を読みたくはなかった。

紘二郎は顔を覆い、嗚咽を堪えた。サラリーマンが雑誌を座席に叩きつけると、とうとう席を立った。

日田に戻ったのは夜が更けてからだった。

佳代が心配げな顔で迎えてくれた。リュウはもう休んだという。様子を見に行くと、リュウはすっかり眠っていた。布団からはみ出した足はぴくりとも動かない。思わず寝息をたしかめ、ほっとした。

「昼間は元気にしてたんやけど。夕方になって、ときどき酷く痛むみたいで」佳代はすこし眉を寄せた。

「そうですか。リュウが世話を掛けてすみません」

「いえ、そんな。私はリュウくんの世話ができて喜んでるのに」佳代が頬を赤らめ言う。

「そう言ってもらえると助かるが」

佳代が熱い茶を淹れてくれた。紘二郎は腰を下ろし、背中を伸ばした。倉敷からのとんぼ返りの行程は、さすがに老いた身体にはきつかった。疲れ切って、身体の節々がひどく痛んだ。

「これ、倉敷で買うてきたんやが。リュウは饅頭の類いが好きみたいでな。佳代さん、よかったらどうや？」

紘二郎は紙袋から「きびだんご」と「むらすずめ」を出した。

「ありがとうございます。でも、まずはリュウくんに」

「ああ、そやな」

そうだ、それがいい、と紘二郎は思った。きっと、あの男は一番に菓子を食ったことなどないだろう。にこにこ笑って他人に譲ってきたに違いない。

佳代はうなずいて微笑んだが、すぐにその顔が曇った。

「リュウくんがずっと心配していました。帰りを待つ、て言うてたけど無理矢理寝かせました」

「すみません。ありがとうございます」

紘二郎は茶を飲みながら逡巡した。今、佳代と話をしても冷静でいられる自信がない。今夜はこのまま眠ったほうがいい。わかっているのに、黙っていられなかった。

「佳代さん。兄のことを聞いていいやろうか」

「どんなことでしょう？」

「俺は出所してからの兄のことを知らん。兄はどんなふうに暮らしてたんや」

「そうですね。今から思えば、征太郎さんと暮らした二十五年ほどは本当にあっという間やったような気がします。日田に落ち着くまでは、日本中を転々としました。征太郎さんは筆を持ったり、庭いじりをしたりしてました。隠居というか、まるで出家した人の暮らしのようでした。私が薬剤師の資格を持っていたので、なんとか生活はできました」

「つまり、あなたが兄を養っていたということか？」

「私が外で働いて、征太郎さんが主に家のことをしてた、ということです。それに……」

佳代が抽斗（ひきだし）から紙束を取り出した。般若心経（はんにゃしんぎょう）やたくさんの臨書の他に、酒屋のチラシ、和菓子屋の挨拶状、居酒屋の品書きなどだ。それぞれ用途に応じて書き分けてあるが、どれも兄の字だった。

「これは、兄が？　筆耕でもやってたんか？」

「ええ。自治会費を納めに行ったところ、封筒の字を見た会計担当に熨斗（のし）の表書きを頼まれ、それを見た人がチラシを頼み、というふうになりました。どんなものでも楽しそうに書いてました。教室を開いたら、なんてことを言う人もいたそうですが、我流やからと断ったんです。そうやって、静かに暮らしてました」

そこで佳代がほっと小さな息を吐いた。手にした兄の書を見下ろし、眼を細める。

「あの人はたぶん、医者になるよりは書家になったほうがお幸せやったと思います」

筆を持った兄を想像した。それはにじんだ青墨のような、ひっそりとした影だった。

その夜、布団に入った紘二郎は寝付かれず、ずっと天井をにらんでいた。粘つくような夜の気配が重苦しかった。

「……ただ見る双黄鳥。緑陰深き処に呼ぶを」

かすれた声を絞り出すようにして呟く。その声はどこにも行かず、五月の闇にいつまでも淀んで漂っていた。

第十章　令和元年五月十九日　日田　咸宜園

　次の朝、眼が覚めるとリュウはもう先に起きていた。縁側に座って庭を見ている。横には茶と「むらすずめ」があった。

「三宅さん、おかえりなさい。我慢できへんで、朝ご飯前に一ついただきました。美味しいですね、これ」

「ああ、どんどん食うてくれ」

　途端に紘二郎は嬉しくなった。胸の真ん中がじわりと熱くなるのがわかった。いや、それだけではない。目頭だって熱くなってきた。天気を確かめるふりをして、慌てて縁側から空を見た。

「ええ天気や」

　すると、リュウがすこしふらつきながら立ち上がった。両手を広げて見せる。

「ほら、これ、お兄さんの浴衣を借りたんですよ」

　浴衣を着て綿入りの半纏(はんてん)を羽織っていた。浴衣は短く脛(すね)は丸見えで、半纏は肘のすこし先までしかない。古い日本家屋には不釣り合いな身長で、鴨居をくぐるときには身をかがめる。そして、金髪頭でやたらとにこにこ笑っていた。

「日本かぶれの変な外国人みたいやな」

「えらい言われようや」

リュウが居間の卓袱台の前に腰を下ろした。兄が着ていたものだから、白地に亀甲という地味な柄だ。それでもリュウは嬉しそうだった。袖を振って、またにこにこと笑った。

「ほら、ホテルのとは全然違う上等の生地でしょ？　ほんまもんの浴衣着るのは生まれてはじめてやから、夢が叶った、いうとこです」

紘二郎は軽口を後悔した。あまりにリュウの機嫌がいいので、つい忘れてしまう。家庭に恵まれなかったこと。背中にひどい刺青があること。そして、もうすぐ死ぬことだ。

リュウとたわいない話をしながら、佳代が用意してくれた朝飯を食べた。軽くあぶったヤマメの一夜干しは美味だった。リュウは粥だった。梅干しと高菜漬けが添えてあった。

「ずっと憧れてたんです。病気になったらお粥、ていうのに。願いがまた叶った、いうところです。……そうそう、三宅さん。港町の名前の謎が解けたんです。ほら、ここからすこし行ったところに細い川があったでしょ？　用水路みたいな」

リュウはいつにもまして饒舌(じょうぜつ)だった。本当に浴衣に浮かれているようだった。

「ああ。あったな」

「あそこは昔、中城(なかじょう)河岸いうて年貢米を積み込む船着き場やったそうです。もっと川幅も広かったようで、このあたりは船が行き来する港町いうわけで。昨日歩いたら、ちゃんと説明の看板がありました」

紘二郎はぼんやりとリュウの手許を見つめていた。リュウは矯正箸で高菜の漬物を器用につまんだ。もうすぐ死ぬ人間のくせに、それでも箸の使い方を直そうとしていた。

朝食を終えると、佳代がコーヒーを淹れてくれた。紘二郎とリュウは縁側で並んでコーヒーを飲んだ。

暖かな日だ。庭の桃の木には鮮やかな葉が茂っている。鳥が来るかとしばらく待ったが、一向に姿を見せなかった。

紘二郎は睦子の手紙をリュウに手渡した。リュウは睦子の手紙を読みはじめた。途端に顔色が変わった。今にも倒れるのではないかというくらい蒼白になり、額には汗が浮いている。なのに、リュウは憑かれたかのように、次から次へと手紙を読み続けた。

手紙を読み終わると、リュウは小さな声でつぶやいた。

「かわいそうに」そっと涙をぬぐうと、リュウはもう一度繰り返した。「かわいそうに」

「リュウ、そろそろほんまのことを話してもらおか。君は知っていたから、俺を止めたんやろ?」

「知っていたわけやないです」

「君は何者や?」

「三宅さん、そんな怖い顔せんでも」

「茶化すな。君は何者や」

「何者って、ただの住所不定無職の死にかけですやん」

「蓬来リュウ。二十五歳。施設出身。高卒。第二種電気工事士。『イダテン・オート』に就職。のち、店長。ジュジュにふられ、肺ガンが見つかり、自棄になって退職。今は金髪頭で矯正箸を持ち歩くホームレス。余命たぶんひと月」紘二郎は早口で並べた。

「正解、パーフェクトです。三宅さん、記憶力すごいですやん。当分、認知症の心配ありませんよ」リュウが腕を振り上げ大げさな声を上げた。

軽口を叩くリュウをじっと見つめたまま、紘二郎はにこりともしなかった。

「君は何者や」

　リュウはしばらく黙っていたが、やがて小さな溜息をついて笑った。

「三宅さん、勘違いしてはる。僕はほんまにただの死にかけなんです。ただちょっと、経験者なだけです。やから、事件の詳細を三宅さんに聞いたとき、変やと思いました」

「変？　どこが？」

「もう、せっかちやなあ。ちゃんと順々に話しますから」

　軽くあしらわれて、紘二郎もふいに気が抜けた。この笑顔には勝てない。

　だが、リュウはすぐに笑うのを止めた。短い息を吐きながら、眼を閉じて痛みに耐えていた。しばらくの間、紘二郎はなにもできず、ただリュウの背中が震えるのを見ていた。丈の合わない浴衣の下には、ピンク色の翼があるのだ。きっと、今、その翼も震えている。歪んで、波打ち、羽ばたけぬまま震えている。

「すみません」リュウが顔を上げて、涙を拭いた。微笑んでいるように見えた。

「いや」

　リュウは咳をしながら立ち上がった。

「三宅さん、外の空気でも吸いにいきませんか？」また咳をする。そして、笑った。

「やっぱり家の中やと酸素が足らんようです」

洗車から戻ってきてピカピカになったコンテッサで向かったのは、咸宜園だった。

だだっ広い敷地には「秋風庵」と「遠思楼」という二つの建物が移築されている。建物の前には芝生が広がっているが、碑がいくつかと木が数本立っているだけだ。秋風庵も遠思楼も塾というよりは、一見ただの古民家のようだ。

「昨日も来たんです。三宅さんが倉敷に行っている間」

「そんなに気に入ったのか？」

「広いでしょ？　なにもないから風が通る。息するのが楽です」リュウは腕を広げて、深呼吸をした。

リュウは希望に満ちあふれた若者といったふうに、まだ色の薄い空を仰いでいる。金の頭が星のように輝いた。

「あの漢詩を書いたのが広瀬旭荘で、そのお兄さんが咸宜園を開いた広瀬淡窓」

「正解や」

「咸宜園てすごいとこやったんですね。江戸時代やのに、身分に関係なく学びたいものが学べるようにした、て」

「実力主義やったらしいな」

「ええ。学歴、年齢、身分、一切関係なしやから、全国から人が集まった、て」

「咸く宜し、やったかな。みなすべてよい、ということや」

「理を知れば正しく生きられる。そうすれば、天はきっと報いてくれる、て。つまり、正しいことをすれば天に報われる、てことですか？」

「そんな単純なことやない。淡窓はこうも言ってるんや。天と理は別物で、天は人には理解できない、と。もしかしたら、天の考えでは、これで我々に報いたつもりかもしれない。我々にはわからんだけで」

「報いたつもり、か……」リュウはしばらく考え込んで、溜息をついた。「僕の人生なんて、天にとったらこの程度なんやろか」

「俺の人生もこの程度や。この程度同士が出会って、いきなり旅をしてる。不思議なこともあるもんやな」

「ほんまに。不思議な力や」

リュウは眩しそうに空を見て微笑んだ。

陽が高くなると、むしむしと暑くなってきた。どこか涼しいところを、と事務所で見学を告げ、秋風庵に向かった。

茅葺きの建物に入ると、すぐ土間だった。裏に庭があって、古い井戸が見える。靴を脱いで畳に上がった。二間続きの和室に入ると、さまざまな資料が壁に掛けてあった。庭に面して濡れ縁がぐるりと回してある。そこから驚くほど心地よい風が通った。

「僕はずっと昔から、三宅医院でなにがあったか知っていました。失礼な言い方ですが、昔から三宅医院は幽霊屋敷として噂になってました。ご存知でしたか?」

「ああ。幽霊医院。廃病院。そんなふうに言われていることは知ってる」

「僕がまだ小さい頃です。母に連れられて、三宅さんの家を見に行ったことがあるんです」

――リュウ、知ってる? ここは有名なお化け屋敷なんやって。ここに住んでたお医者さんはね、奥さんと子供と、奥さんのお父さんの三人を殺したんよ。

「僕はぞっとしました。自分の子供を殺したいうのがショックやったんです。それでずっと憶えてました。最初は、三宅さんが家族を殺した医者やと思ってました。コンテッサを売ったとき、高橋さんも言ってました。――頑固でにこりともしない。偏屈なジジイや、て」

「そのとおりやな。否定はできん」

「そやから、ほんまに失礼な話ですが勝手に納得してたんです。人殺しやから、前科者やから、て。でも、ずっと独身やと聞いて、勘違いに気付いて驚きました」

「じゃあ、最初は俺のことを人殺しやと思っていたわけやな。怖くなかったんか?」

「いえ、怖くはありませんでした。ただ、暗い匂いがして苦しかった」

「暗い匂い？」

「そう感じるんです。うまく言えませんが、怖ろしいのにうっとりするほど甘い、引きずり込まれそうになる匂いです。会ったときから暗い匂いを感じました。はじめは家族を殺したせいかと思ったんですが、人違いやった。じゃあ、なぜ三宅さんから暗い匂いがしたのか。おまけに、ニコイチの車だとわかって旅を続けるという。よほどの事情があるのやなと思いました」

「そう言えば、手紙の入った缶、あれを見たときも言うてたな」

「はい。あの缶からも暗い匂いを感じました」

「そのほかにもあるんか？」

　リュウはしばらく黙った。それから、思い切ったふうに言った。

「母が僕を殺そうとしたときに」

　秋風庵は二人の他に見学者もいない。ただひんやりと涼しい風が抜けていくだけだ。

「僕は母に殺されかけたんです」

　リュウが静かに笑った。

刺青がばれて母から引き離されて、施設に戻りました。そして、二年ほど経った頃、母が突然現れました。小学校の校門を出たら、母が待っていたんです。母の第一声はこうでした。

＊

「なんやの、その髪。そんなん全然天使と違うやん」

僕は母に抱きしめてもらえると思っていたので、一瞬立ちすくみました。母の眼は以前とは違って、錆びて尖(とが)っていました。それでも、やっぱり僕は嬉しかったんです。

母は僕を美容院に連れて行くと、髪を金色に染めました。美容院を出ると、車が待っていました。フルエアロの軽。色は黒。エンブレムは金です。

「ちゃんと挨拶してね。うるさくして怒らせたらあかんよ」

運転席にはサングラスをかけた男がいました。母と二人きりになれないとわかり、がっかりしました。

それから、母と母の彼氏と僕と三人でドライブに行きました。母と彼氏は夜はラブホテルに泊まりました。僕は部屋には入れてもらえなかったので、駐車場の車の中で眠りました。翌日も、ずっとドライブでした。母の彼氏は僕を無視し続けましたが、それでも僕は母と一緒だというだけで幸せでした。

母と男はつまらないことでよくケンカをしました。でも、すぐに仲直りをしました。あるとき、昼食にラーメンを食べるか牛丼を食べるかでケンカになりました。なぜかそのときは激しい言い合いになり、男が母を殴りました。母は泣いて謝り、男は母を許しました。僕はその間、完全に無視されていました。母は変わってしまった。僕は哀しくなりました。

その夜、男がトイレに行った隙に母親は僕を連れて逃げ出しました。そして、こう言ってくれたんです。

「ママはリュウがいたら幸せやから」

僕はどんなに嬉しかったでしょう。変わってなんかない。昔通りの母です。母に抱きしめられ、金髪を褒められ、本当に生きていてよかったと思ったんです。

逃げ出すときに、母は男の財布からお金を抜いていました。そのあと、二人でディズニーランドに行ったんです。生まれてはじめて新幹線に乗りました。興奮しました。楽しかった。本当に楽しかった。パスポートを買って、朝から晩まで。アトラクションをたくさん回って、パレードを見て。ちょうどクリスマスシーズンでしたから、いたるところにクリスマスツリーがありました。金の星も輝いてました。

でも、その夜ホテルで僕の背中を見た母が言いました。

「所詮、偽物は偽物やん。飛ばれへんもん。ほんまに役立たずや。きったない翼。歪んでるやん。みっともない。そんな翼背負って、よう恥ずかしないわ。偽物、偽物。そんなもん見せんな。そばに寄んな」

　母がこんな酷いことを言うなんて信じられない。僕は声を上げて泣きました。でも、罵るだけ罵ると、母は僕を抱きしめ泣きながら謝りました。

　大阪に戻るときには、もう新幹線代もありませんでした。母はヒッチハイクをすることにして、適当なトラックに声を掛けました。母と運転手は、僕を国道沿いのマクドナルドで待たせました。一時間ほどすると、二人は戻ってきて、三人でトラックに乗りました。

　大阪へたどり着くと、とうとうお金が完全になくなりました。僕たちはパンやおにぎりを万引きしたり、食い逃げをしたりしました。母は気まぐれで、リンゴが食べたくなったから、とわざわざ果物ナイフを万引きしました。店の人に見つかったけど、間一髪で逃げ切ったんです。いまにも捕まりそうで、怖くてたまりませんでした。でも、あのとき、母が剝いてくれたリンゴはとても美味しかったんです。

　僕たちはどんどん薄汚れていきました。着た切り雀（すずめ）で、風呂にも入れないんです。

　母はもう笑わなくなりました。僕を抱きしめることもなくなりました。母は気付いてしまったんです。僕がいるから自由になれない、って。

　今なら母の気持ちがよくわかります。たぶん、母は自由を奪う僕というお荷物が、自分を捨てた男の子供である僕が憎くなったのでしょう。さらに、僕の背中が男への未練以外のなにものでもないことを思い出した。天使ごっこなんていうくだらない遊びでごまかし続けた自分を嫌悪し、その苦痛から眼を逸らしたくて……僕にすべての憎しみの矛先を向けたのだと思います。

　母がどんどんおかしくなっていくのがわかりました。ある夜、母は僕を三宅医院に連れて行きました。母の顔はうっとりと幸せそうでした。門の前に佇み、母はとり憑かれたように三宅医院を見つめていました。

「リュウ、知ってる？　ここは有名なお化け屋敷なんやって。ここに住んでたお医者さんはね、奥さんと子供と、奥さんのお父さんの三人を殺したんよ」

「なんで？　なんで子供を殺したん？」

「きっと、大好きやったからやよ。好きで好きでどうしようもなくなって、殺すしかなかったんやよ」

「なんで？　好きやのになんで殺すん？」

「リュウにもきっといつかわかる」

　それを聞くと、僕は母に訊ねたくなりました。

　――ママは僕が好き？　もし、好きやったら僕を殺すん？

でも、訊ねる勇気がありませんでした。好きやない、と言われたらどうしよう。好きやから殺す、と言われたらどうしよう。どっちの返事も怖ろしいことは変わらない。だから、僕は黙っていました。

母は門を叩いたり、揺さぶったりして開けようとしました。すると、家の中から男の怒鳴り声がしました。必死に止めましたが、母は耳を貸しませんでした。僕はとっくに気付いていました。母が校門に迎えに来たときからわかっていたんです。母はもう昔の母ではない。変わってしまった。壊れてしまったのだ、と。

「なにしてるんや。さっさと帰れ」

でも、母は門の前を動きません。すると、家の中から男が叫んだんです。

「ええ加減にせえ。警察呼ぶぞ」

通報される。捕まってしまう。僕は母の手を引いて無理矢理引き戻しました。

「ねえ、もう行こ。ここは悪い場所や」

それでも母は動きませんでした。そして、僕にこう訊きました。

「なんで子供を殺すん？　って訊いたよね。その答えを教えてあげる」

「え？」

「リュウがママの子供やから。ママの血を分けた子供やから。リュウとママは同じ血が流れてるねん。リュウとママは本当は同じやねん。離れるなんて、でけへん。そんなんおかしい。だから、ずっと一緒。ずっと一緒やよ」

門灯に反射して果物ナイフがきらきら光りました。母の身体からは暗い匂いがしました。髪も、眼も、口も、腕も、指も暗い匂いを放っていました。

「ママね、リュウのこと大好きやから」

怖くてたまらないんです。深い深い、この世で一番深い穴にひきずりこまれるような怖さです。なのに、うっとりするほど心地いい。ホットケーキのシロップみたいに甘い。そんな匂いです。

僕は母に好かれているのなら殺されてもいいか、と思いました。

そのとき、パトカーが来たんです。母は逮捕され、僕はまた施設に戻りました。

＊

リュウはそこで咳き込み涙を浮かべた。紘二郎は背中をさすってやった。

「だから、僕を助けてくれたのは三宅さんです。あのとき、三宅さんが通報してくれたからです」

「ただの偶然や」

紘二郎はリュウの背中をさすり続けた。

「……ほんまに余計なことをしてくれて」

ふいにリュウの声が変わった。紘二郎はぎくりとした。手が止まる。リュウはうつむいて言葉を続けた。

「あのとき、死なへんかったから、僕はいまだに考えてる。なぜ、親は子供を殺すのか？ なぜ、僕は殺されなかったのか？ なのに、なぜ今になって死ななあかんのか」

リュウの眼が一瞬光のない沼になった。胸がかきむしられるように痛み、しびれた。リュウの言っていたことがわかった。これが暗い匂いだ。死の匂いだ。

「……ねえ、三宅さん。ここはやっぱり酸素が足らんようです。向こうの建物へ行きましょう。もっと高いところへ……」

「わかった。歩けるか」

「大丈夫です」

リュウを支えて隣の遠思楼に移った。木造、二階建ての小さな建物だ。当時は書斎として使われていたという。梯子段(はしご)を昇って二階へ上がった。

「ああ、これは……」

紘二郎は思わず声を上げてしまった。戸をすべて開け放したなにもない部屋の中には五月の風が満ちていた。雨戸も格子戸もない。回り縁には低い木柵があるだけ。部屋がそのまま空へ続いている。ぐるりと部屋を見渡す。反対側には壁があって、落ち着いた丸窓があった。

「なるほど、たしかにええ感じや」

リュウは大きく息を吸いこみ、満足げに言った。

「……天に近い感じがする」

リュウはしばらく風に吹かれていたが、やがて腰を下ろし、再び話し出した。

「僕が三宅さんについてきた理由は、ニコイチ車が心配だっただけやない。最初、僕は三宅さんが家族殺しの医者やと勘違いしてた。だから、三宅さんに訊きたかったんです。──なぜ子供を殺したのか、って。僕は子供を殺した親に訊きたかったんです。本当に好きやから殺したのか、って」

「好きやから殺す？　そんなくだらん言い草があるか」

「わかってます。そんなものは母の身勝手な言い訳です。僕の背中に翼を彫ったこと、髪を金色に染めたこととまったく同じです。でも……」リュウはかすれた声を張り上げ、紘二郎を見つめた。「でも、僕は信じたかった。母は僕のことを好きやから殺そうとした、と……ほんのすこしでいいからそう信じたかったんです」

リュウは胸を押さえて大きく深呼吸をした。二度、三度と繰り返す。いくら息を吸っても息苦しさが消えることはない。肺ガン患者の末期の苦痛を目の当たりにし、紘二郎はやり場のない怒りを感じた。ただ見ているだけ、リュウをどうしてやることもできないのだ。

「自分を殺しかけた最低の母親です。やのに、縁を切ったことを今頃後悔してるんです」

紘二郎はなにも言えなかった。リュウが息を切らしながら笑っているのを、ただ見ていた。

「お兄さんが償ったんは、人を殺したことやなくて……殺させてしまったことですね」

睦子の手紙を読んでから、ずっと考えていた。兄が死んだ今、もう真相はわからない。だが、可能性を否定できないのが苦しい。

「ねえ、三宅さん。『高瀬舟』って知ってますか?」

「知ってる。森鷗外(もりおうがい)の……」紘二郎は呻いた。「兄は睦子に楽にするように頼まれたのかもしれん……」

「睦子さんは自分の父親を刺し殺し、桃子さんの首を絞めた後、死のうとしました。でも、死にきれなかったんでは」

「傷の違いなど警察にもわかるやろう」

「やから、滅多刺しなんですよ。お兄さんは睦子さんを楽にしたあと、すべてを自分の犯行に見せかけるため、睦子さんと義理の父親を滅多刺しにした。でも、桃子さんだけはどうしてもできへんかったんですよ」

「あの手紙を読んだ限り、睦子が正常な精神状態やなかったことは認める。だが……」

紘二郎はどうしても納得することができなかった。リュウはそんな紘二郎を見て、小さく首を振った。

「子供のために自分の命を投げ出す母親も、子供のためにその子の命を奪う母親も、根っこは同じなんと違いますか？　自分の子供やから、子供を愛してるから、ていうだけで、命を捨てたり奪ったりするんです」

リュウは震えていた。見れば額に汗が浮いている。

「苦しいんか？」

「いえ、大丈夫。なんか暑いのか寒いのかようわからん感じで」

「戻るか？」

「……あともうすこし」リュウは深呼吸を繰り返した。「やっぱり出て行こうかと思うんです」

「阿呆。まだそんなこと言うてるんか」

「ねえ、三宅さん。睦子さんのことを思い出してください。介護がどれほど苦しいものか、わかるでしょ？　僕はやっぱりだれにも迷惑を掛けたくないんです。……あの子はだれにも迷惑をかけへんかった。いい子やった、と褒めてもらいたいんです」

リュウは言い終わるといつものようにへらへら笑った。瞬間、紘二郎はかっとした。思わず声を荒らげてしまった。

「なにがいい子や。君は悪人や。卑怯で最低の極悪人や」

「それはどういう意味ですか？」リュウが血相を変えた。

「君が我慢していい子になったとする。でも、それで気持ちがいいのは君だけや。ほかの者は迷惑する」

「どういうことですか？　なんで迷惑するんですか？」

「わからんのか？　なら教えてやる。我慢してる君を見るのは辛いからや。俺は今、辛い。みんな君のせいや」

リュウは返事をしなかった。紘二郎はリュウの返事を待った。リュウはすこし震えていた。混乱しているようだった。

「我慢は美徳やない」

リュウはしばらく黙って言葉を探しているようだったが、やがて眼を伏せ吐き出すように言った。

「……そんなんわかってます。僕は僕が気持ちよくなるために、いい子でいたいだけです」

「リュウ、いい子でいて、ほんまに気持ちよくなれたんか？」

「ええ、もちろん」

「嘘つけ。気持ちいいわけないやろ。じゃあ、なんで刺青を入れられた？　なんでいじめに遭った？　なんで進学できへんかった？　なんでジュジュに振られた？」

「そんなん関係ないでしょう」

「いや、ある。じゃあ、なぜ君はガンになった？　なぜ立ってられへんほどの激痛がある？　なぜ夜も眠れへんほどの息苦しさがある？　なぜ？　なぜ、いい子やのに君は死にかけてるんや？」

「いい加減にしてください」

リュウが怒鳴り返した。すこし咳き込み、肩で息をする。胸を押さえ、身体を曲げてうめいた。大丈夫か、と声を掛けようとしたとき、リュウがかすれ声で言った。

「仕方ないんです。不思議な力のせいなんです」

「不思議な力？　前もそんなこと言うてたな。なんのことや？」

リュウは眼に涙を浮かべていた。かなりの痛みをこらえているらしかった。全身を使って呼吸しようとする。

「コンテッサを欲しがる客がいる、と聞きました。書類を見ると三宅、とある。まさかと思って住所を確かめたら、あの幽霊病院でした。僕はぞっとしました。偶然とは思えなかったんです。なにか不思議な力が働いているのやと思いました。僕は別になにか宗教を信じているわけやありません。仏壇を拝んだこともないし、お墓参りをしたこともない。そやから、こう思うんです。こんな不思議な力こそが僕の神さまかもしれへん、って」

「くだらん。ただの偶然や」

「くだらんと思いますか？　でも、不思議な力はちゃんと続いてるんですよ」

「どう続いてる？」

「僕が死ぬからです。昔、死にかけて死にませんでした。死にかけたきっかけは三宅医院。死ななかったきっかけも三宅医院。そして、今、再び三宅医院と関わった。すると、ガンで死ぬことになった。不思議やと思いませんか？」

「だから何回も言ってるやろ。ただの偶然や」

「まあ、ニコイチ売りつけた罰が当たった、いう見方もあります。でも、こうも言えるんです。あのとき、殺し損なったから今度こそ、て。不思議な力はそんなこと考えてるかもしれへん」

「くだらん。寝言はええかげんにせえ」

「くだらなくないです。偶然が続くことを奇跡って言うんやないですか？　僕の身に起きたことは奇跡に近い偶然です。つまり、それが不思議な力ということです」

リュウはムキになって言葉を続けた。その懸命な表情に紘二郎は言葉を失った。

「不思議な力のせいなんです。だから、僕は死ぬ。それだけのことです。人間の力ではどうしようもないんです」

熱を帯びた早口で不思議な力を語るリュウの姿に紘二郎は胸を突かれた。リュウ、君は気付いていないのか？　今、君の語る言葉がどれだけ虚(むな)しくて哀しいかに。

「リュウ、それでも俺は不思議な力など……」

そのとき、新しい見学者が入口に顔をのぞかせた。初老の男女だった。こちらの様子を見て、当惑したように立ちすくんでいる。

いつまでもここにいては他の見学者の迷惑になる。

「そろそろ帰るか。佳代さんが待ってる」

コンテッサに乗り込むと、リュウは自分の髪をつかんで、ぐい、と強く引っ張った。金色の髪の根元の黒が見えた。

「ねえ、三宅さん。さっき僕のことを悪人やと言いましたよね。やったら、三宅さんも悪人になってください。これ以上僕に関わっても損するだけです。大阪に帰ったら……そしたら、僕のことは綺麗さっぱり忘れてください。僕を見捨てて悪人になってください。お願いします」

そう言って、リュウはやっぱり笑った。

その夜、親王飾りの前に座った。ぼんぼりを点けると、年代物の人形が闇に浮かび上がる。

「睦子、桃子」紘二郎は呼びかけた。「いつ死んでもええと思てたが、すこし予定が変わった。リュウという若者がいる。それを見送るまでは死なれへん。だから、もうすこし待っててくれ」

欠けたプラスチックの菱餅、色褪せた造花の桃を見た。

「睦子、桃子。さぞかし苦しかったやろう。辛かったやろう。もっと生きてたかったやろうに、二人ともあんな早くに死んでもうて……」

思わず声が詰まった。ずっとずっと思っていた。二人の人生はなんの意味もない虚しいものだった。ただただ理不尽な死だ。かわいそうに、と。

「なあ、睦子、桃子。酷い言い方やが、こんなふうに考えてはくれんか？　お前たちの命が奪われたおかげで、俺はリュウと出会えたんや、と」

夜の向こうから、かすかな風が吹いた。窓枠がカタカタと揺れた。

「俺はなんのために生きてるんやろう、てずっと考えてた」

紘二郎は長い間黙っていた。雨戸は閉めた。淀んだ空気の中に、ほんのすこし甘さを感じた。

記憶の中の桃の匂いか。それとも、暗い甘い死の匂いか。

「なあ、睦子。俺はやっとわかったような気がするんや」

紘二郎はリュウの真似をしてふわっと笑ってみた。

終章　緑陰深きところ

リュウをどこで看取るべきか。

昨夜から紘二郎はずっとそのことを考えていた。リュウは治療を拒否しているが、このままでいいわけがない。入院するか、それともホスピスのような施設を探すか。もし在宅で看取るなら相応の準備が必要だ。

はじめは大阪に連れ帰るつもりだった。だが、三宅医院は死の象徴だと言う。となると別の場所を探すしかない。幸い、リュウは日田を気に入っている。なら、最期はここで過ごさせてやりたい。準備しなくてはならないことが山のようにあった。

午後になって、ジュジュを駅までコンテッサで迎えに行くことにした。リュウは昼寝をすると言って、布団の中にいた。

「リュウ、ちょっと出てくる。じきに戻る」

「そうですか。じゃあ、あとで焼きそば食いに行きませんか？　日田の名物らしいんですよ」

布団から首だけ出して言う。おかしな亀の子のようだ。紘二郎はにこにこ笑うリュウを見ていた。この男が頭に焼きそばをぶちまけられたのはいつだったか。もう、遠い昔のような気がした。

「わかった。おとなしく待ってろ。絶対に一人で食いにいくなよ。また君はぶっかけられるかもしれん。心配や」

「三宅さん、勘弁してくださいよ」

「とにかく、無理はするな」

「わかってます」

「なにかあったら俺の携帯に連絡するんや。一人で勝手なことはするなよ」

「わかってますて。行ってらっしゃい」リュウが布団の中から手を振った。

日田駅に迎えに行くと、ジュジュはもう待っていた。紘二郎は思わず息を呑んだ。一昨日まで黒かった髪が金色になっている。

「リュウの気持ちがわかるかもしれへんと思て」

ジュジュは静かに、だがきっぱりと言った。顎の下で切りそろえた金色の髪が揺れて、陽の光でぱっと光った。

「すごいな。天使の知り合いが二人もできた」

紘二郎が思わず感嘆の声を上げると、ジュジュは困った顔で微笑んだ。すこしリュウと似ていた。

ジュジュはコンテッサを見て、歓声を上げた。

「すごい。綺麗な車ですね。でも、これが不良品なんですか？　そんな風には見えませんが」

「まあ、そこはいろいろな」

早速ジュジュを助手席に乗せた。ジュジュはあちこち眺め、また感嘆の声を上げた。

「今の車とは全然違いますね」

「君はなにに乗ってるんや？」

「家の車はレクサスとプリウスです」

「なるほど。そりゃあ違うやろうな」

紘二郎はコンテッサを発進させた。横にジュジュが乗っている。紘二郎は細心の注意で運転した。もし事故でも起こしたら、リュウに申し訳が立たない。

「そうそう、リュウはいまだに矯正用の箸を使っとる」

「え？　本当ですか？」ジュジュが驚いて眼を見開いた。

「ああ。一文無しのホームレスになったくせに、御大層に漆塗りの箸箱持ち歩いとった」ここでカマを掛けてみた。「あれは君のプレゼントやろ？」

「プレゼントやありません。二人で買いに行きました。うちの親と食事をするから特訓するために」

「なるほどな」紘二郎は笑った。いい加減を売りにするテレビのタレントを思い出しながら、できるかぎり適当に笑った。「二十五にもなって阿呆やな」

「……ほんまに阿呆や」

ジュジュが涙を浮かべて笑った。

兄の家に戻ると、佳代は縁側に座って針仕事をしていた。膝の上には緑がかった藍地に絣縞（かすりじま）の布が広げてある。佳代はジュジュの金髪を見てすこし驚いたようだが、なにも言わなかった。

「こちら、川上壽々子です」

「川上壽々子君、リュウの恋人や」

リュウの恋人と聞き、佳代がまあ、と眼を輝かせた。紘二郎は隣の部屋をのぞいたが、布団は空っぽだった。

「リュウは？」

「急に思い立ったと言って、梅を見に行きました」

「あの絵葉書のか？　もう咲いてないやろ」

「ええ。でも来年はもう行かれへんから、動けるうちに行ってくる、てタクシーで」

一瞬、不吉な想像をし、紘二郎は不安になった。横でジュジュも顔を強張らせている。

「リュウはだれにも迷惑をかけたない、と言うてた。もし、早まったことをしたら……」

「いえ、大丈夫です。帰りは迎えに行く、て言うたら、あの子はわかりました、と答えました。そやから大丈夫です」

「でも、そんなことを言うて、一人でなにかあったら……」

「大騒ぎするのはやめましょう。あの子は約束を破りません」

「でも……」紘二郎は不安でたまらなかった。

佳代はじっと紘二郎を見た。まるで子供をなだめるような眼だったが、不快ではなかった。

「お見舞いに来てくれはったときのこと、憶えてますか?」

急に話が変わって戸惑ったが、佳代の眼は静かな中にも力があった。

「ああ、憶えてる。高校時代の話をして、中島は泣いてたな」

「弟はもう一度泳ぎたい、と何度も言うてたんです。でも、私は万一のことが心配で反対しました」

「でも、あの状態で泳ぐなんて無茶やろう」

「ええ。でも、弟には大きな意味があったんです。たんに泳ぎたかったんやないんです。間違いをやり直したかったんです」

管に繋がれていた中島を思い出した。泣きながら高校時代の話をした。

――もう一度高校時代に戻って泳げたらな。スタートをやり直して、間違わずに、今度こそ……。

あれは水泳だけの話ではなかった。中島は自分の過ちを悔い、やり直したいと思っていたのか。

「でも、私が反対したせいで、弟は自分のしたことを悔いたまま、苦しんで死ぬしかなかったんです。私は後悔しました。残りの時間を好きにさせてあげればよかった。なんとかして叶えてあげればよかった、と」

佳代が眼を押さえた。

「リュウくんには絶対にそんな思いをさせたくないんです。悔いを残すのは、死んだ人だけやありません。遺された人もです。私自身も後悔しない日はありません。……でも、そんなときは征太郎さんの言葉を思い出すんです」

――私は若い頃から……そう、まだ睦子が私の家にやってくる前から、あなたの気持ちに気付いていた。だが、あなたとはただの幼なじみだから、あなたの気持ちなど無視してもかまわないと思っていた。当時の私にはくだらない自尊心があった。あなたの家をずっと見下していた。それよりも、長男として父の恩人の娘と結婚することは美徳で、誰からも賞賛される立派な行為だと信じていた。つまらない見栄(みえ)や。私は父の恩人の娘、片田舎から出てきた貧しい娘を救う役目を弟に譲りたくなかった。私は睦子に執着していた。精一杯大事にした。だがそのせいで、たくさんの人間を不幸にした。そんな私が今、あなたに看取られて死ぬことができる。分不相応の幸せや。この幸せを拒むこともできるが、私は感謝して受け取ろうと思う。

「征太郎さんは庭の桃に来た小鳥を眺めながらそう言ったんです。あの人がそんな穏やかな顔をしているのをはじめて見ました。なんだかその様子がとても印象的で、私も横で同じことをしてみたんです。すると、うまく言えへんけど、不思議な気持ちになりました」

「不思議な気持ちというのは？」

「すみません。口では言えません。でも、不思議ななにか、です。それはとてもとても静かで強いものでした」

紘二郎は佳代がなぜこんな話をはじめたかわからなかった。

「佳代さん、すまん。俺はまだ兄の話をどう受け止めていいかわからんのや。兄が穏やかに死んだということを素直に喜べん」

「それは仕方のないことやと思います。でも、リュウくんが来て、私は今また、あのときと同じ不思議な気持ちを感じています」

佳代は話し終えると、はにかんだように微笑んだ。

紘二郎は庭の桃に眼を遣った。鳥はまだいなかった。だが、初夏の陽射しの下、緑の陰は心地よさそうに見えた。

佳代が音を立てて、糸をしごいた。

「さあ、急がんと。お二人があの子を迎えに行ってる間に、もうちょっとがんばります。ああ、あの子は背が高いから、ほんま大変」

「それ、リュウのものなんですか？」ジュジュが訊ねた。

「ええ。浴衣です。いい色でしょう？」佳代が顔を上げてジュジュを見た。しばらく考えて言う。「もしよかったら、あなたのぶんも仕立てさせてもらえますか」

「あたしの浴衣ですか？」

「ええ。どうせやったら、二人で新しいの着たらいいかと思て」

ジュジュはすこし迷ったようだが、すぐに頭を下げた。

「ありがとうございます。お願いします」

針を動かしながら、佳代はなんでもないことのようにさらりと言った。

「そうそう、リュウくんに焼きそばの美味しい店を訊かれました。三宅さんと食べに行く約束をしたそうです」

「……ああ、そうやったな。約束した」

紘二郎は笑いながらコンテッサのキーを握った。

日田の町をはずれ、大山川沿いの道を走る。川は濃い緑で山は深い。美しい光景だが、楽しむゆとりはなかった。

紘二郎もジュジュも一言も喋らなかった。互いに考えていることはわかっている。口にするとその不安が現実になりそうで、どうしても言えない。無論、佳代のいうこともわかる。だが、生きているものにも願いがある。たとえ一日でも長く生きて欲しい。どんな形であれ、一秒でも長く生きて欲しいのだ。

日田の市内からコンテッサをだましだまし走らせると、やがて佳代から聞いた梅林に着いた。

奥には宿泊施設がある。深い山の中だ。正面には切り立った巨大な岩壁が見えたが、眺望を楽しむどころではなかった。温泉があるらしいが、リュウが入るとは思えない。引き返して、途中の梅林をひとつひとつ探した。

「リュウはあたしに会ってくれるでしょうか？」

やはりずっと不安だったようだ。ジュジュが泣きそうな顔をした。

「思い込みの強いやつやからな。俺がちょっと行って話を通してくる。君はその後のほうがいい」

「お願いします」

紘二郎はひとりで車を降りた。新緑の山は風の匂いも青かった。あたりは一面の梅林だ。花は過ぎ、実はまだ固い。一面、ただ緑だけが広がっている。

梅の木は背が低い。木陰はあるが、休むことはできない。

「リュウ」

山に向かってリュウを呼んだ。返事はない。鳥の声がするだけだ。途端に心配になった。まさか、と最悪の想像をしてしまう。紘二郎はリュウの名を呼びながら、駆け出した。

「リュウ、どこや」

そのとき、金色の頭が見えた。リュウが梅林の奥から現れた。紘二郎を見て、足を止めた。にこっと笑う。

「三宅さん。わざわざすみません」

「リュウ。ジュジュを連れてきた」

「え？」

一瞬でリュウの顔が強張った。しばらく歯を食いしばって紘二郎をにらんでいた。やがて、木の幹に手を掛けて身体を支えながら背を向けると、木立の奥へと歩き出した。

「リュウ、待て。彼女は君に会うために会うためにここまで来たんや」


「勝手なことを」

リュウは足を止めない。ふらふらとよろめきながら、奥へ奥へと入って行く。

「リュウ、逃げるな。君は間違ってる」

リュウはその言葉を聞いて足を止めた。そして、振り返らずに言った。

「間違っているのは三宅さん、あなたでしょう？　僕はあなたを怨みます。なぜジュジュを連れてきたんですか」

「君の言うとおりにしただけや」

「ジュジュを連れてきてなんて言うてない」

「言うたやろ？　悪人になってください、って。君が頼んだんや。だから、俺は死にゆく気の毒な君の願いを、笑って踏みにじることにしたんや」

「そんなん屁理屈や」

「俺は悪人や。屁理屈のどこが悪い？」

「開き直らんといてください」リュウが怒鳴った。

「なにも知らないままいれば、彼女かて幸せやったろう。——悪い男に騙された。今度はいい男を好きになろう、ってな。そうやって前向きに生きられるやろう。でも、俺は彼女にすべてを話した。君がもうじき死ぬこともな」

「なんで、なんでそんなことを」

「彼女は辛いやろうな。傷つくやろうな。これから毎日、君がすこしずつ弱っていき、痛みにもがいて死んでいくのを見なあかんのやからな。一生苦しむかもしれんな」

「阿呆お」

　はじめて聞くリュウの罵声だった。

　リュウが殴りかかってきた。痩せた腕だったが、思いのほか力があった。紘二郎はよろめいた。

「リュウ、もっと殴れ」紘二郎は木の幹に腕を伸ばし、身体を支えた。「殴りたかったら殴れ。君は怒ってええんや。天使やけど怒ってええんや。俺は悪人なんや。死を待つ君の、たったひとつの望みを打ち砕いたんや。さあ、怒れ」

「阿呆なことを……」唇の端が震えていた。

「君が怒るのは承知の上や。彼女が苦しむのも承知の上や、それでも、俺は君に会わせたかった」

「そんなのはわがままや。身勝手や」

「ああ、そうや。俺のエゴや。でも」紘二郎はそこで一旦言葉を切った。すこしためらってから、静かに言葉を継いだ。「君はもうすぐ死んでいく。死ぬんや」

「やからというて……」

「君はもうすぐ死ぬ。この世から消える」

「そんなこと、わかってます」リュウが苦しげに答えた。

「消えるのは君だけや。他の者は残る。俺も、彼女も、君の最悪な母親もや。君はなにも悪くないのに死ぬ。たったひとりでこの世から消えていくんや」

リュウは唇を噛んだまま、じっと紘二郎をにらんだ。全身が震えていた。紘二郎は真っ直ぐに眼の前の若者を見た。

リュウだけではない。睦子も桃子も、だれも死んでほしくなかった。だれも見送りたくなかった。そう、今なら思う。兄と会いたかった。きちんと話をしたかった。

「君は死ぬ。たったひとりで君だけ死ぬ。俺にはどうすることもできん」

「うるさい、やめろ」リュウが怒鳴った。

リュウは咳き込み、草の上に膝をついた。全身を震わせて顔を覆う。長い指の間から、押し殺した嗚咽が洩れてくる。紘二郎はただ黙って見下ろしていた。

「わかってる。どうせ僕は死ぬんや。そんなんとっくにわかってる」

すすり泣きながら、リュウは草の上に突っ伏した。いつもは見上げる金色の髪が、ずっと低いところに見える。

「わかってる。でも、聞きたない」リュウは赤ん坊のように身を丸め、泣き続けた。

「死ぬなんて聞きたない。僕は死にたない。死ぬのはいやや。ひとりだけ死ぬのはいやや。天はクソや。不思議な力はクソや」

「天も不思議な力も関係ない」

「じゃあ、どう思たらいいんです？　僕はなんで死ぬんです？　僕は悪人ですか？　僕がなにをしたいうんです。父親はおれへん。母親は頭が足りへん。刺青入れられて、殺されかけて。それでも真面目に生きてきて、働いて、やっと彼女ができて……」

リュウは声を詰まらせた。「ジュジュと結婚しようと思て、上を目指した。確かに僕はやり過ぎた。ひどいことをした。でも、もっとブラックな会社はいくらでもある。もっとひどい上司なんか掃いて捨てるほどいてる。ニコイチ詐欺かて僕は一回だけや。中にはしょっちゅうやってるやつもいる。そやのに、なんで僕だけが、僕だけが死ななあかんのですか？」

紘二郎はなんの言葉も掛けられず、号泣するリュウを見ていた。

「なんで僕は死ななあかんのですか」

リュウが声を詰まらせ、顔を覆った。

「三宅さんは生きてる。七十年も生きてる。でも、僕は死ぬ。まだ二十五年しか生きてないのに死ななあかん。おかしいやないですか」

もうあまり息が続かない。何度も途中で息を継ぐから、言葉がぶつ切れになる。

「僕かてもっと生きたい。もっと遊びたい。もっともっとジュジュとセックスしたい。

子供つくって、一緒に遊んで、犬と猫を飼って、家族でドライブ行って……死ぬんやったら、それから死にたい。なんで僕だけが死ななあかんのですか？　僕がなにをしたいうんですか？」

紘二郎は懸命に歯を食いしばった。

この若者に時間を譲ってやりたい。自分の残りの寿命を差し出してやりたい。そうやって、たとえ一日でもリュウが長く生きられるのなら、今すぐ死んでもいい。

リュウは五十年も凝り固まっていた心を温め、解いてくれた。「誰か」のために心が動く、というのはこれほど幸せなことなのか。でも、その心の動きが今は苦しくてたまらない。己は無力だからだ。どうすることもできない。どうしてやることもできない。それが辛くてたまらない。心など動かなければよかったと思うくらいに。

「君はなにもしてない」

「じゃあ、なんで死ぬんです」

「理由なんかない」

「ごまかさんといてください」

「ごまかしてるんやない。人が死ぬのに理由なんかあるか。桃子を見ろ。五歳で殺された。あれがなにかしたか？　なにか悪いことしたいうんか？　死ぬ理由があったいうんか？　戦争で死んだ人はどうや？　交通事故は？　どうや？　死ぬのに理由なんかないんや」紘二郎はリュウをにらみつけた。

その返事を聞くと、リュウはさらに泣いた。咳き込み、むせて喉を詰まらせ、もがきながら号泣した。

死にゆく者の問いに対して、問いで責める。なんと自分は愚かで残酷なのだろうと思う。

「リュウ」

紘二郎はリュウの横に膝をついた。そっとリュウの髪に触れた。根元がすこし黒くなっているにもかかわらず、本物の天使の髪のように見えた。

「君の言うたことが正解やった。やっぱり不思議な力というものはある」

はっとリュウが顔を上げた。紘二郎は言葉を続けた。

「俺はずっと怨みに囚われて生きてきた。そして、大切な人生を棒に振った。だが、君と出会った。俺が君と出会って旅をしたのは、単なる偶然やない」

ようやくわかった。なにもかも意味がある。睦子の、桃子の、そして兄の人生にも意味がある。そして、もちろん俺の人生にもだ。

「俺のすることはなにもかも遅すぎた。俺はこれまでだれひとり見送ることができへんかった。大切な人をだれひとり送ることができへんかった。なんのために生きているかわからず、ずっとずっと苦しかった。だが、今度こそできる。俺は君を送ることができる。こんなつまらない老人に天が褒美をくれた。俺は君に感謝している」

リュウが呆然と紘二郎の顔を見た。半開きの口は赤ん坊が泣こうか、泣かずにおこうか、戸惑っているかのようだった。

「たとえ死ぬのが君ひとりやとしても、死ぬときはひとりやない」

金色の髪を撫でた。リュウの背中がびくりと震えた。紘二郎はゆっくりと静かに言った。

「君が死ぬときは彼女がそばにいる。君はひとりやない。俺もいる。佳代さんもいる。君はひとりでは死なん」

もう一度、紘二郎はリュウの髪を撫でた。またリュウの背中が震えた。翼が羽ばたこうとしているようだった。

「たった六日の旅やったが、君が俺を救ってくれた。なのに、その君は死んでしまう。こんな、なんの価値もない老人を救って、まだ若い君は死んでしまう。天は褒美をくれるが、同時に理不尽や」

紘二郎は歯を食いしばりながら、リュウの髪を撫で続けた。睦子にも桃子にもこうしてやりたかった。

「それでも、君はひとりやない。俺は君を見送る。最後まで一緒にいる」

「三宅さん……」リュウがかすれた声で答えた。

紘二郎はゆっくりと立ち上がった。膝が震えているのが自分でもわかった。だが、リュウに気取られないよう、懸命に涙を堪えて何気ないように言ってみせた。

「さあ、俺は車で昼寝でもしてよか。君たちはしばらくゆっくりしとけ」

コンテッサへと戻りかけて、足を止めた。振り向いて言う。

「そうや。せっかく彼女が来てくれたんや。夜はみんなで焼きそばを食いに行こう。その後、ちょっと飲んでもええな。日田は水がいいらしいから、きっと酒も飯も美味いやろ」

「……ええ」

リュウの声はまだかすれていたが、さっきよりは力強かった。紘二郎はうなずいて、付け加えた。

「明日は俺がカレーを作る。それでどうや?」

「ええ、楽しみや」

リュウが笑った。背中にピンクの翼が見えた気がした。

紘二郎は木陰を離れると、ジュジュに合図した。ジュジュが緊張した顔でゆっくりと近づいてくる。

リュウが金髪のジュジュを見て、はっと眼を見開いた。ぽかんと口を開け、間抜けな顔をしている。すると、ジュジュが手に持った星を示した。

リュウが息を呑んだ。ひどく動揺しているのがわかった。そして、片手を頭にやった。いつものように髪を引っ張ろうとしたが、ゆっくりと手を下ろした。じっと星を見つめたまま動かない。まるで怯えているようにも見えた。

ふいに、風がふいた。リュウの金髪がふわりと揺れた。それが合図だった。リュウもふわりと笑った。もう怯えてなどいない。恋人を見て、はっきりと言った。

「ジュジュ。なんやねん、その頭」

すると、ジュジュが笑いながら言い返した。

「リュウこそ……なんやの、その頭」

恋人たちは見つめ合って笑い続けた。

空のずっと高いところから射し込む光が三つの金の星を照らしている。星は嬉しそうにちかちかと明滅していた。

山を渡って、甘く青い風が吹いている。木々が揺れ、葉末が擦れ、そっと音を立てた。緑の陰は濃く、深く、どこまでも優しい。

五月の空の下、つがいの美しい金色の鳥がひっそりと鳴き交わしている。

睦子も桃子もどこかで聞いているだろうか。

兄もどこかで聞いているだろうか。

死んでいった者たちをそっとかばうように、鳥たちは鳴いている。それはこの世で最も幸せで美しいささやきだ。

新緑にワインレッドのコンテッサが映える。天国よりも美しい五月の午後だった。

解説——ハッピーエンドの意味

久坂部　羊

本作の単行本が出たとき、ある週刊誌に書評を書いたのが縁で、今回、文庫の解説を書かせてもらうことになりました。書評で評価したのは、この小説のすさまじい展開と、長年の恨みが意外な解放を迎えるラストの感動でした（解説では本作の結末にも触れますので、本作を読了してから読むことをお勧めします）。

主人公の紘二郎は、一枚の葉書をきっかけに、四十七年前にかつての恋人とその娘、その父を殺した兄征太郎を殺すために、九州へと向かいます。征太郎が殺したのは自身の妻睦子で、睦子は結婚式の当日に弟の紘二郎と駆け落ちしたのでした。そんな睦子を征太郎が改めて妻にしたのは、単なる愛情ではなく、少しややこしいですが、父の命の恩人の娘との結婚という美談を、弟に取られたくないという歪んだプライドの故です。父は戦争中、南方のジャングルで睦子の父親に命を助けられ、その恩義に報いるため、戦後、経済的な援助をし、互いの子どもを夫婦にしようと思い決めるまでになっていたのです。

いくら恩義を感じ合う仲でも、自分たちの子どもの結婚を勝手に決めるなど、現代ではあり得ない暴挙です。しかし当時の感覚では、あってもおかしくないことだったのでしょう。これがそもそもの発端となり、さらには弟の紘二郎が兄の許嫁（いいなずけ）と駆け落ちしたことで、それぞれの人生が狂わされます。

ひょんなきっかけから紘二郎の九州行きに同行することになったリュウは、金髪のホームレスで、軽薄な若者として登場しますが、彼もまた過酷な過去を背負っています。そして自らの人生を切り開くため、懸命な努力をしたものの、それが裏目に出て幸福をつかみ損ねた挙げ句、死に直面させられます。

高齢になって残りの時間がわずかになったとき、時間は未来にではなく過去に向かって流れると、紘二郎は言います。どうしてもけりをつけなければならない人生。紘二郎ほどでなくても、似たような思いを抱えた人は少なくないかもしれません。しかしその思いの背後に隠された事実があったら――。

本作では終盤にそれが明らかにされ、読者は紘二郎同様、衝撃を受けるにちがいありません。抱き続けた恨みとは何だったのか。

作中、リュウは人生に意味を与える「不思議な力」に何度も言及します。紘二郎はそんなものはない、単なる偶然だと否定します。リュウが過酷な人生を歩んだことも、自分が深い恨みを抱いたことも、交通事故や病気などと同様、偶然の結果で、人生にははじめから意味などないと断言します。

医者という職業で、多くの患者さんの死を観てきた私は、紘二郎の感慨に大いに共感しました。何の落ち度もない人々が、思い当たる理由もなく、がんやその他の病気で亡くなる現実に向き合うと、あまりに非情、理不尽の思いが堪えがたく、この世に意味などない、あるのは人間の思惑を一顧だにしない無情の現実だけだと感じていたからです。

しかし、リュウが命を賭して生きることの意味を訴え、リュウの恋人ジュジュの思いを知ることで、紘二郎は自らの人生のありようを考え、「不思議な力」の存在を意識するようになります。過去にしか向かっていなかった紘二郎の時間が、前に向き直る瞬間です。

本作は大阪から九州へ向かう話ですが、発端となる事件は大阪が舞台で、関西在住の私には親しみのある地名や名所が数多く登場します。

リュウが店長を務めていた「イダテン・オート」は、関西の人間ならすぐに中古車センターの「ハナテン」を思い浮かべるでしょう。「ハナテン」を買収したのが「ビッグモーター」で、保険金不正請求などの問題が世間を騒がせたのは記憶に新しいところです。厳しいノルマやパワハラも明らかになり、「イダテン・オート」の元店長リュウのひどい仕打ちもさもありなんと思えます。作者はそんな中古車業界の内情をどうして知り得たのでしょう。

ほかにも、紘二郎の愛車コンテッサ1300クーペにも、作者の強い思い入れが感じられます。単行本のカバーにも小さく描かれるその赤い車は、補色の効果もあり、濃い緑の中に鮮やかな印象を与えます。数多（あまた）ある車の中から、作者はなぜこの車を選んだのか。

さらには、さほど有名とも思えない広瀬旭荘（ひろせきょくそう）の漢詩の一節、「緑陰深処呼」を、タイトルに持って来た理由は何か。

これらの答えを知りたくて、私は編集者にお願いして、作者に直接、話を聞かせてもらう機会を作っていただきました。そんな厚かましいお願いをしたのは、作者の遠田潤子さんが私と同じく大阪在住で、たまたまですが彼女が私の高校の後輩という縁を感じたからです。

お目にかかった第一印象は、作品の壮絶な展開とは裏腹に、物静かなふつうの主婦という雰囲気で親しみが持てました。

「この作品でもっとも描きたかったものは何ですか」
そう訊ねると、遠田さんは少しはにかみながら、「最後に希望が持てるハッピーエンドのラストシーンです」と答えました。私には意外でした。というのも、物語は凄惨な殺害事件からはじまり、主人公は恨みを殺意に変えて本懐を遂げようとし、付き添う青年は最後に死を迎えることが確実で、とても一般的なハッピーエンドとは思えなかったからです。

納得できないまま、質問を続けました。「イダテン・オート」は「ハナテン」がモデルというのはアタリでしたが、特に内情に詳しい人に取材したわけでもなく、業界のイメージから想像して書いたとのこと。まさに小説が現実を先取りした形です。

紘二郎の愛車をコンテッサにしたのも、特に思い入れがあったわけではなく、物語にふさわしい車をさがしていて、たまたま目についた車種らしいです。イタリア語で「伯爵夫人」の意味を持つことが決め手となり、執筆に際して、遠田さんは編集者を介して現役のコンテッサのオーナーにたどり着き、実際に走行する車に同乗させてもらったそうです。サスペンションの関係か地面が近い感じで、乗り心地は現代の車のようにはいかないけれど、美しい工芸品に乗っているような感覚があったとのこと。

広瀬旭荘の漢詩の一節をタイトルにしたのは、以前、京都の料亭を紹介するテレビの番組で、伊藤博文が揮毫したこの漢詩の額が映り、「緑陰深處呼」の一句に強烈な印象を受けたのがきっかけだといいます。遠田さんは高校生のころ、『真夜中のカーボーイ』というロードムービーの名作を観て感動し、いつか自分もロードノベルを書きたいと思っていたそうです。漢詩の舞台は大分で、大阪から大分ならロードノベルになる。これが本作の執筆動機となったわけです。

枠組みが決まれば、あとは自由に物語を作れるはずですが、凄惨な殺害事件を設定し、その裏に複雑な事情を絡ませ、恨みを晴らすためのロードノベルに仕立て上げたのは、遠田さんの一筋縄ではいかない重く暗い資質としかいいようがありません。

そのことを言うと、「わたしは暗い小説を書いているつもりはないんです。読者を暗い気持ちにするつもりもありません」との答え。しかし、明るく前向きで読んでスカッとするような小説は読んでこなかったし、読みたいとも思わなかったとのことで、同じ嗜好(しこう)の私は第一印象以上の親しみを感じました。

遠田さんが小説家になったきっかけをうかがうと、三十代の終わりまで作家になるつもりはまったくなく、結婚し、子育てをする中で、母親の看病と死があり、抜け殻のようになったときにパソコンを買って、使い方を学ぶうちに何か書こうという気になり、書くなら小説だと思い、小説を書くなら作家になろうと思ったのだといいます。

自分も小説を書いて、作家になりたいと思う人は少なくないでしょう。ですが、デビューできる人は多くはありません。ましてやそれまで小説を書いたこともなく、文章修行のようなこともしていない専業主婦が、プロの作家になるなんて、ある種、夢のような話です。

そう伝えると、「だから、デビューするまで五年もかかりました」とおっしゃいましたが、小説家を志してデビューするまで三十年以上もかかった私は、羨ましいやらちょっと悔しいやらで、才能のある人はいいなと、親しみが少し薄れました。

お話を聞かせてもらった最後に、もう一度、遠田さんが描きたかったハッピーエンドについてうかがいました。遠田さんは静かにこう答えました。

「人は必ず死にますが、どういう最期を迎えるかが大事だと思うのです。最後にだれかがそばにいてくれる。特別な関わりを持った人が、親身になって最期を見守ってくれる。それは決して悪い死ではないと思います」

リュウは二十五歳の若さで死ななければならない理不尽に怒りをぶちまけますが、そうできる相手に巡り会ったことに意味があり、またそれを受け止める紘二郎も、リユウと出会うことで五十年抱え続けてきた恨みから解放され、リュウを看取ることに人生の意味を見出します。リュウの病気が治ることもなければ、紘二郎のつらい過去が消えるわけでもない。恋人のジュジュも、リュウを見守る以外に何もできない無力に耐えなければなりません。それでもリュウの最期は、実現しうる最良のものになるでしょう。

前向きでスカッとするラストばかりがハッピーエンドではありません。むしろそういうラストは絵空事です。死や別れというつらい状況をごまかさず、意味のある形で迎えようとする深みのあるラスト。それこそが現実にもあり得るほんとうの意味でのハッピーエンドではないでしょうか。

（くさかべ・よう／小説家・医師）

※この作品はフィクションであり、登場する人物・団体・事件等は、すべて架空のものです。

本書のプロフィール

本書は、二〇二一年四月に小学館より単行本として刊行された作品を加筆修正し、文庫化したものです。

JASRAC　出　2402906－401

小学館文庫

緑陰深きところ

著者　遠田潤子

二〇二四年六月十一日　初版第一刷発行

発行人　庄野　樹
発行所　株式会社　小学館
〒一〇一-八〇〇一
東京都千代田区一ツ橋二-三-一
電話　編集〇三-三二三〇-五九五九
販売〇三-五二八一-三五五五
印刷所 ——— 中央精版印刷株式会社

この文庫の詳しい内容はインターネットで24時間ご覧になれます。
小学館公式ホームページ　https://www.shogakukan.co.jp

ISBN978-4-09-407359-1